O Legado da Caça-Vampiro

Colleen Gleason

O Legado da Caça-Vampiro

Crônicas Vampíricas de Gardella

TRADUÇÃO
Paulo Schmidt
Bernardo Schmidt

O LEGADO DA CAÇA-VAMPIRO

Copyright © 2010 by Colleen Gleason

1ª edição – Maio de 2010

Grafia atualizada segundo o Acordo Ortográfico da Língua Portuguesa
de 1990, que entrou em vigor no Brasil em 2009.

Editor e Publisher
Luiz Fernando Emediato

Diretora Editorial
Fernanda Emediato

Assistente de Produção
Ana Paula Lou

Capa e Projeto Gráfico
Alan Maia

Diagramação
Kauan Sales

Tradução
Paulo Schmidt
Bernardo Schmidt

Revisão
Josias A. Andrade

DADOS INTERNACIONAIS DE CATALOGAÇÃO NA PUBLICAÇÃO (CIP)
(Câmara Brasileira do Livro, SP, Brasil)

Colleen, Gleason
O legado da caça-vampiro : crônicas vampíricas de Gardella /
Colleen Gleason ; tradução Paulo Schmidt, Bernardo Schmidt.
-- São Paulo : Jardim dos Livros, 2010.

Título original: The rest falls away.

ISBN 978-85-63420-02-2

1. Vampiros - Ficção - Literatura norte-americana
I. Título.

10-04242   CDD: 813.5

Índices para catálogo sistemático

1. Vampiros : Ficção : Literatura norte-americana   813.5

JARDIM DOS LIVROS

ADMINISTRAÇÃO E VENDAS
Rua Pedra Bonita, 870
CEP: 30430-390 – Belo Horizonte – MG
Telefax: (31) 3379-0620
Email: leitura@editoraleitura.com.br
www.editoraleitura.com.br

EDITORIAL
Rua Major Quedinho, 111 – 7º andar, conj. 702
CEP: 01050-030 – São Paulo – SP
Telefax: (11) 3256-4444
Email: jardimlivros@terra.com.br

2010
Impresso no Brasil
Printed in Brazil

Para Steve, Holli e Tammy,
com amor

AGRADECIMENTOS

Não posso agradecer o suficiente a Marcy Posner por tomar-me sob seus cuidados e trabalhar comigo nos últimos dois anos. E uma palavra de agradecimento a Claire Zion, por se arriscar comigo e com a história de Vitória, e por sempre verbalizar minhas ideias antes que eu mesma o fizesse! Tina Brown tem sido formidável em tudo, desde responder perguntas simples de "novata", a dar apoio e manter tudo fluindo tão suavemente.

Minhas irmãs da Wet Noodle Posse também estão no topo da minha lista de gente a agradecer. Nunca conheci um grupo de mulheres tão solidário, amoroso e talentoso.

Sem Holli e Tammy eu teria ficado atolada no primeiro capítulo durante meses. Obrigada por estarem do meu lado a cada semana, e por todo o seu apoio, orientação e por aquelas malditas perguntas que vocês viviam fazendo! Muitos abraços agradecidos também a Mamãe, a Jennifer, Linda, Kelly, Diana, Wendy, Jana e Kate, por ficar ao meu lado durante esta história e inúmeras outras. Amo todas vocês!

Obrigada ao meu marido e filhos por aguentar todas as vezes em que estou no computador, ou perdida em pensamentos, tentando resolver algum problema de enredo. E obrigada a Mary Kay — você sabe por quê. Por fim, e principalmente, agradeço ao meu Criador, sem o qual nada disto seria possível.

ACHO QUE EXISTE UMA ESCOLHA POSSÍVEL
PARA NÓS EM QUALQUER MOMENTO,
ENQUANTO VIVEMOS. MAS SEM
SACRIFÍCIO ALGUM. HÁ UMA ESCOLHA,
E O RESTO DESAPARECE.

Muriel Rukeyser

Prólogo

Nossa história começa

Os passos dele eram inaudíveis, mas Vitória o ouviu mexer-se.

Ela agarrou-se à casca do carvalho, apertando o corpo contra a árvore como se esta pudesse protegê-la. Mas tudo que sentiu foi aspereza. Não podia ficar ali.

Agachando-se e enrolando os dedos em volta de uma pesada vara, ela saiu da sombra segura da árvore e adentrou o luar prateado. O estalo agudo de um galho sob sua bota precipitou-a de volta para outra sombra próxima...

Ela podia ouvi-lo respirar.

E sentir as reverberações do coração dele.

Ele batia alto, firme e forte, pulsando nos ouvidos dela e através do seu corpo como se fosse seu próprio órgão.

Vitória avançou de novo, suas saias esvoaçando ao redor dos tornozelos enquanto ela fugia do som do seu perseguidor. Atravessou arbustos, esquivando-se de árvore em árvore e pulando por cima de troncos caídos como uma égua desgovernada.

As pisadas sólidas dele se aproximavam cada vez mais rápido enquanto ela corria.

Um galho arranhou o rosto dela. Moitas se emaranhavam nas suas saias.

Ela corria, corria e corria sob o luar branco, empunhando sua vara, e ele continuava atrás dela, o coração batendo de modo tão constante quanto seu pesado tropel.

Antes que percebesse, Vitória tropeçou num pequeno desnível e caiu espadanando dentro de um riacho. Com a ajuda da vara aprumou-se e tentou caminhar com a água até as coxas, suas saias cada vez mais pesadas puxando-a para baixo, até ela mal poder dar um passo à frente.

Um grito de raiva ressoou atrás dela enquanto ela cambaleava para o suave declive do outro lado do riacho.

À medida que galgava para fora, ela se virou e o viu em pé, na margem oposta. Não podia ver-lhe o rosto, mas os olhos dele cintilavam na escuridão, e seu corpo exalava fúria e frustração. Porém, ele não a seguiu.

Não cruzou a correnteza.

Vitória acordou sobressaltada, o coração tamborilando loucamente dentro do seu peito.

Raios solares, não lunares, fulguravam através da janela.

Um sonho. Havia sido um sonho.

Ela passou a mão sobre o rosto úmido de transpiração e afastou os anéis de cabelo que haviam escapado da sua grossa trança.

O quinto sonho. Havia chegado a hora.

Sua cama pairava bem acima do soalho, e seus pés pousaram no tapete Aubusson quando ela saiu de baixo do edredom, necessitando desesperadamente do penico. Sem se importar com a falta de pudor, Vitória ergueu a camisola molhada de suor, descobrindo seu corpo e sentindo com alívio o ar fresco sobre a pele úmida.

Cinco sonhos em menos de uma quinzena. Era o sinal. Naquele dia mesmo ela iria ver a tia Eustácia.

Os vestígios do sonho se dissolveram, substituídos por um zumbido de expectativa e um tinido de apreensão. Vitória olhou-se no espelho alto e enevoado. O aviso havia chegado.

Hoje ela saberia exatamente o que aquele aviso prenunciava.

1

As duas estreias da srta. Vitória Grantworth

Vampiros.

Os Gardella eram caçadores de vampiros.

Vitória iria caçar vampiros.

— Vitória, querida — a voz gentil de *lady* Melisande continha um levíssimo tom de censura —, pode começar a servir.

Vitória piscou e percebeu que sua mãe estivera sentada com as mãos perfeitamente dobradas sobre o colo, enquanto suas duas convidadas aguardavam segurando taças de chá vazias.

— Claro, mamãe. Peço desculpas por sonhar acordada — acrescentou, erguendo o bule de marfim. Era o favorito de sua mãe, trazido da Itália pela sua avó ao casar-se com Herbert, lorde de Prewitt Shore, e ostentava imagens de catedrais romanas.

Felizmente as duas convidadas eram as melhores amigas de *lady* Melly e não se ofenderam com a falta de atenção de Vitória.

Três semanas antes, sua maior preocupação havia sido qual vestido usar para um evento noturno, ou o medo de que — Deus nos livre! — o cartão de dança dela não fosse preenchido.

Ou se ela encontraria um marido adequado durante seu baile de estreia na sociedade.

Mas agora... como diabos ela esconderia uma estaca de madeira em sua pessoa? Não dava para simplesmente enfiá-la na luva, ou no espartilho!

— Não se preocupe, querida Melly. É natural que ela esteja um pouco distraída, com sua estreia a menos de duas semanas. — *Lady* Petronilha Fenworth sorriu afavelmente para Vitória ao empunhar sua taça fumegante. Das três matronas, era a de temperamento mais doce, que combinava com seu rosto angelical e constituição delicada. Fazia lembrar uma boneca de porcelana. — Depois de esperar quase dois anos, de luto, ela deve estar ansiosa para ser finalmente apresentada à sociedade!

— Está mesmo — redarguiu a mãe de Vitória, a célebre beldade do trio. — Tenho grandes esperanças para ela. Embora seja dois anos mais velha que a maioria das outras, ela é, com certeza, bonita o suficiente para chamar a atenção de um marquês... talvez até de um duque! — Olhou com afeto para a filha mais velha, que colocara o bule de volta e agora tentava parecer interessada na conversa em andamento.

Lady Winifred, outra velha amiga de Melisande, inclinou-se para frente, a fim de selecionar um biscoito com seus dedos roliços. Seus olhos faiscavam de entusiasmo.

— Minha cunhada falou que este ano Rockley vai finalmente procurar uma esposa!

— Rockley! — As duas outras senhoras repetiram o nome em uníssono, quase gritando, como se elas fossem as damas casadouras em vez de Vitória, embora estivessem casadas havia pelo menos um quarto de século (com exceção de Melisande, que enviuvara um ano antes).

— Vitória, ouviu o que Winifred disse? — sua mãe repetiu agarrando a mão dela. — O marquês de Rockley está à procura de uma noiva! Precisamos assegurar-nos de que ele seja convidado à sua estreia na vida social. Winnie, sua cunhada vai comparecer?

— Vou fazer com que compareça... e que insista para que o marido dela traga Rockley. Nada me agradaria mais do que ver nossa querida Vitória roubar o coração (e a bolsa) do indefinível marquês de Rockley. — Winifred, que ficara viúva uma década antes e não tinha filhos, havia adotado Vitória como filha. Entre Petronilha, Winifred, e, é claro, Melisande, Vitória tinha virtualmente três mães preocupando-se com seus prospectos matrimoniais.

Ela estava mais preocupada em saber se o pequeno crucifixo que pendia do seu pescoço seria suficiente para deter um vampiro salaz.

Segundo tia Eustácia, seria; mas enquanto Vitória não se visse cara a cara com uma das criaturas, não se sentiria plenamente convencida. Na verdade, essa se tornara a sua maior preocupação nos últimos dias: quando ela veria seu primeiro vampiro?

Um deles simplesmente apareceria na casa dela numa noite? Ou ela receberia algum tipo de advertência?

Uma rápida batida seca na porta da sala de visitas desviou a atenção das damas da discussão a respeito do físico e da renda de Rockley.

— Sim, Jimmons? — perguntou Melisande, quando o mordomo adentrou o aposento.

— Tenho em mãos uma solicitação para que a srta. Vitória vá à casa de *lady* Eustácia Gardella. A carruagem de Sua Senhoria aguarda a jovem senhorita, se ela concordar em visitar sua tia.

Vitória depôs sua xícara com um tinido intenso. Mais treinamento. E uma oportunidade de fazer mais perguntas à sua tia.

— Mãe — disse ela levantando-se mais abruptamente do que pretendera. A última coisa que ela queria ouvir era um sermão a respeito dos movimentos delicados e graciosos pertinentes a uma dama. Sobretudo desde que o assistente de tia Eustácia, um homem chamado Kritanu, passara as últimas duas semanas ensinando-a a se mover com rapidez e precisão. E como desferir num homem o pontapé perfeito. Como pegar um atacante de surpresa esquivando-se e saltando do modo menos delicado e gracioso possível. Sua mãe cairia morta se visse o modo como Vitória aprendera a golpear com seus braços, pernas, e até com a cabeça. — Vou ao encontro de tia Eustácia, se me dá licença.

Melly ergueu o olhar para ela; sua face arredondada era uma versão menos fina e menos elegante que a de Vitória.

— Você tem andado muito apegada à sua tia nas últimas semanas, querida. Tenho certeza de que a sua companhia deve dar grande prazer à velha dama. Espero que ela não se sinta negligenciada quando a temporada começar e você estiver dançando em bailes ou indo ao teatro todas as noites.

Dançando em bailes, indo ao teatro, espreitando vampiros.

Sem dúvida alguma, Vitória seria uma debutante extraordinariamente ocupada.

* * *

Na noite de sua estreia — a qual, primeiro por causa da morte de seu avô, depois devido à morte do seu pai, fora adiada para dois anos depois que ela completara dezessete anos — Vitória sentou-se à sua penteadeira, uma perfeita senhorita da cabeça aos pés.

Seu cabelo negro ébano, massa revolta de cachos, fora repuxado atrás da cabeça e muito bem preso, a fim de que nenhuma mecha saísse do lugar por mais que sua dona se entregasse a danças, mesuras ou correrias.

Pérolas de cor rosa bem pálida haviam sido entrelaçadas em seus cachos, e gemas negras reluziam quando ela virava a cabeça, enquanto as pérolas cintilavam na mesma tonalidade que seu vestido. Pedras preciosas pendiam de suas orelhas e um colar rosado de pérolas e quartzos cingia-lhe o pescoço. No peito levava pendurado não um broche de camafeu, e sim um pequeno crucifixo de prata.

O vestido de Vitória apresentava o mais suave tom de rosa e derramava-se em pregas diáfanas do seu peito até a ponta dos sapatos. A saia flutuava, quase esvoaçava, e por baixo dela havia mais duas camadas de cor marfim translúcido. O decote quadrado e profundo deixava à mostra uma boa quantidade de pele muito clara, desde o colar à ponta dos seios. E suas luvas, compridas e de um branco virginal, ultrapassavam os cotovelos, quase tocando as pequenas mangas bufantes.

De fato, Vitória parecia a debutante recatada e ingênua que era... exceto pela sólida estaca de madeira na sua mão.

Tinha a circunferência de dois dedos e o comprimento do seu antebraço. Uma extremidade era bem polida e a outra terminava talhada numa ponta afiadíssima. Grossa demais para entrelaçar no seu penteado, grande demais para caber na bolsinha que pendia do seu pulso.

— Debaixo das saias, querida. Enfie na liga debaixo de suas saias — disse-lhe calmamente tia Eustácia. O rosto dela era marcado pela idade, mas irradiava beleza e inteligência, como se cada centelha de felicidade dos seus oitenta e poucos anos cintilasse ao mesmo tempo. Ela usava o cabelo ainda preto preso atrás da cabeça numa intrincada massa de caracóis entremeados de pérolas, laços brancos e gemas negras. Era um penteado mais apropriado para uma garota da idade de Vitória do que para uma anciã, mas até que ficava bem na tia Eustácia, da mesma forma que o vestido de tafetá vermelho-sangue com gola alta.

— Por que você pensa que eu lhe dei essa liga? Depressa, sua mãe pode voltar a qualquer momento!

— Debaixo das saias?

— Você precisa ser capaz de agarrá-la com rapidez e facilidade, Vitória. Ficará bem escondida, e com a prática, você aprenderá facilmente a sacá-la e empunhá-la quando necessário. Vamos, rápido!

Tia Eustácia não esperou que ela agisse; ergueu as saias de Vitória, descobrindo a liga com fivela de marfim atada logo abaixo do joelho e observou a sobrinha acomodar a estaca entre a liga e a pele.

Mal terminaram, a porta abriu-se e *lady* Melisande entrou seguida por suas duas amigas risonhas.

— Está na hora, Vitória! Venha, venha!

— Você está linda! Absolutamente deslumbrante! — Petronilha aprovou, espiando a si mesma no espelho, por trás de Vitória, e ajeitando um cacho seu.

— Rockley está lá embaixo — crocitou Winifred, tocando o cotovelo de Vitória ao estender a mão para um dente de alho branco que jazia entre joias, vidros de perfume e pentes ornamentados. — O que é isto? — perguntou, aprumando-se para aproximá-lo ao seu pincenê a fim de confirmar que se tratava mesmo de alho.

Olhando para Eustácia através do espelho, Vitória forçou um sorriso e inclinou-se de modo conspiratório em direção a Winifred e Petronilha.

— Tia Eustácia trouxe para mim — disse ela em voz baixa. — Segundo ela, vai me proteger contra vampiros. —Deliberadamente ela baixou uma pálpebra num vagaroso piscar e, olhando sobre o ombro para parecer que não queria que a tia-avó escutasse, tomou o alho de Winifred. — Vou deixá-lo aqui.

Petronilha e Winifred assentiram de cabeça, esbugalhando os olhos para não rir, e lançaram olhares divertidos para tia Eustácia. Vitória foi a única a ver a idosa dama piscar de volta para ela.

— Mal posso esperar para apresentar você a Rockley! — *Lady* Winnie murmurou enquanto saíam do quarto. — Ele já dançou com *lady* Gwendolyn Starcasset mais de uma vez na semana passada, mas ainda não conheceu a *nossa* linda debutante! Não seria demais se você o roubasse para si, bem debaixo do nariz dela?

No alto da longa e curvada escadaria, Vitória deteve-se, fora do campo de visão da festa lá embaixo. Um sucesso como aquele era o sonho de toda mãe de filha casadoura; as *ladies* Melisande, Petronilha e Winifred deviam estar em êxtase com o número de pessoas que abarrotavam o lar Grantworth. Apesar de Melly ser a mãe de Vitória, as outras duas insistiam em patrociná-la também; e como Winifred era a duquesa Farnham, sua reputação pôs um ponto final no assunto.

Vitória ficou sozinha, aguardando ser anunciada, nervosa e na expectativa. Aquela noite seria a da sua estreia na sociedade... e também sua estreia como a nova caça-vampiro da antiga família Gardella. Não apenas ela tinha de encantar os solteiros belos e ricos, mas também precisava dar um jeito de achar e enfiar a estaca no seu primeiro vampiro. Aqui. No meio da sua apresentação à sociedade.

— Anunciando... Senhorita Vitória Anastácia Gardella Bellissima Grantworth.

Vitória começou a descer os degraus, devagar e majestosamente, a mão enluvada deslizando pelo corrimão de madeira polida. Descia sem pressa, percorrendo a multidão de caras viradas para cima, procurando por alguma conhecida... e por uma que não pertencia àquele lugar. Tia Eustácia havia assegurado que como parte do Legado, como uma Venadora, Vitória possuía um sentido inato para detectar a presença de um vampiro em forma humana normal.

Aproximando-se do fim da escada, ela sentiu. Era algo frio na sua nuca, uma brisa, um calafrio... embora nada se movesse no ar. Incapaz de controlar sua reação, ela voltou-se rapidamente para olhar por cima do ombro esquerdo, para trás da escadaria, observada por um enxame de convidados.

Chegando ao pé da escada, sua mãe tomou-a pelo braço e a fez voltar-se para apresentá-la a um distinto grupo de homens e mulheres. A formidável *lady* Jersey, o duque e a duquesa de Sliverton, o conde e *lady* de Wenthwren, e muitos outros cujos nomes lhe eram familiares. Vitória fez jus à sua orgulhosa mãe: mesurou, sorriu e permitiu que sua mão fosse erguida e beijada, enquanto dividia sua atenção entre esses assuntos e o ambiente ao seu redor.

O vestíbulo de Grantworth House era vasto. Quatro portas de três folhas, da altura do teto, haviam sido escancaradas para o salão de baile. Lâmpadas e velas cintilavam em cada canto, em cada superfície, em cada candeeiro. As colunas do aposento estavam rodeadas de árvores sem folhas, pintadas de branco com guirlandas cintilantes penduradas nelas. Uma orquestra de seis instrumentos estava instalada num canto do salão, quase oculta por um punhado de árvores brancas; e uma comprida mesa decorada com vasos de rosas brancas continha ponche e outros refrescos para os convivas. Além da extensão da reluzente pista de dança de pinho, três portas francesas abriam-se para um terraço. A brisa de fim de maio infiltrava-se pelo salão, e traria consigo o estonteante aroma de lilases e forsítias se o ar não estivesse já impregnado de perfumes franceses e águas florais.

— Sentiu? — Atrás de Vitória, tia Eustácia sussurrara em seu ouvido depois de afastá-la de Melly.

— Senti. Mas como poderei...

— Você encontrará um modo de encurralar a criatura. Você é Escolhida, minha cara. É Escolhida porque tem as habilidades. Só precisa utilizá-las.

Os olhos de Eustácia cintilaram como as pedras preciosas entrelaçadas nos cabelos de Vitória, carregados de intensidade e segurança, fazendo Vitória sentir o peso desse olhar. Aquela noite era sua primeira prova. Se passasse, sua tia lhe revelaria tudo.

Se não passasse...

Procurou não pensar nisso. Ela conseguiria. Passara as quatro últimas semanas aprendendo como se movimentar e como golpear um vampiro. Estava tão preparada quanto era possível estar.

— Boa noite, srta. Grantworth — falou uma moça graciosa mais ou menos da sua idade. — Sou *lady* Gwendolyn Starcasset, e venho desejando conhecê-la. Quero parabenizá-la pela estreia encantadora. As árvores brancas com guirlandas prateadas foram um toque de extremo bom gosto.

Gwendolyn era menor e mais delicada que Vitória, com cabelos cor de mel e olhos cor de âmbar. Seus ombros e costas eram salpicados de sardas, mas as do busto estavam disfarçadas por uma leve camada de pó de arroz. Ao sorrir, uma encantadora covinha despontou à direita de sua boca.

— Boa noite, *lady* Gwendolyn. Obrigada pelo cumprimento, mas não mereço crédito pela decoração. Foi obra de minha mãe. Ela fica muito mais à vontade com esse tipo de coisa do que eu.

Como Vitória ficara de luto por dois anos — após a morte do seu avô e, logo depois, do seu pai, quando então a família Grantworth passara um bom tempo no campo, na sua propriedade em Prewitt Shore — ela conhecia muito poucas donzelas da sua idade. É claro que essa escassez de amizades também se devia ao fato de que Vitória preferia passar o tempo cavalgando sua égua no campo ou no Parque Regents, ou lendo livros, em vez de ficar fazendo visitas e fofocando sobre xícaras de chá. Mesmo assim, ficou contente por ter a oportunidade de conversar com uma garota da mesma idade que ela. Voltando a sentir o calafrio na nuca, Vitória varreu com os olhos o aposento abarrotado. Onde estaria ele?

— Então agora pode se juntar a nós, as demais donzelas casadouras, e desfilar em bailes e afins, à procura de um marido.

Vitória parou de percorrer o aposento com o olhar, surpresa com a franqueza de sua nova conhecida.

— Eu me sinto mesmo como um cavalo de raça exibido por toda parte. Não pensei que outras debutantes compartilhassem dessa opinião. Conseguir um marido é uma tarefa tão importante, ou ao menos é o que minha mãe diz.

— A minha também. Não é que eu não queira me casar e ter filhos; é apenas a forma como somos inspecionadas. Apesar de que há muitos cavalheiros pelos quais eu não me importaria nem um pouco de ser inspecionada. — As covinhas de Gwendolyn apareceram. — Rockley, por exemplo. Ou Gadlock, ou Tutpenney, apesar desse nome infeliz.

— Tutpenney?

— Acredite, a aparência dele é bem melhor que o nome. — Gwendolyn suspirou e acrescentou: — E eu tinha grandes expectativas de dançar com o visconde Quentworth antes da tragédia.

— Tragédia?

— Você não soube? — Gwendolyn agarrou-lhe o braço enluvado e Vitória espantou-se ao ver que os olhos dela haviam se esgazeado de preocupação. — Ele foi encontrado morto na rua perto de sua casa. Parece ter sido atacado por algum animal que quase lhe separou a cabeça do pescoço. Mas havia marcas estranhas no seu peito, que não podiam ter sido feitas por um animal!

Vitória tinha toda a sua atenção voltada para Gwendolyn agora.

— Que tipo de marcas? E como você sabe disso? Com certeza sua mãe ou seu pai não lhe contariam tal coisa!

— Não, claro que não. Mas meus irmãos não são exatamente discretos em suas conversas depois de algumas doses de *brandy*, e eu costumo ouvir tudo que falam. É a única forma que tenho de saber algo interessante. — Ela olhou Vitória sob suas pálpebras cor de areia para detectar a reação dela.

— Se eu tivesse irmãos provavelmente faria o mesmo — falou Vitória, para alívio de sua interlocutora. — Como não tenho, preciso contar com minha tia Eustácia, que todos acham que não bate bem, mas que é realmente muito... esclarecedora. Que tipo de marcas?

— Ah, sim... as marcas eram três X no seu peito. E não creio que ele tenha sido a primeira vítima com esse tipo de marcas.

Gwendolyn provavelmente teria prosseguido, mas foi interrompida.

— Vitória — soou uma voz estridente carregada de excitação mal disfarçada —, posso lhe apresentar alguém?

— Com a sua licença, srta. Grantworth — disse Gwendolyn —, a duquesa Farnham está vindo buscá-la, e lorde Tutpenney encontra-se ali, parecendo muito solitário. Divirta-se durante o resto da sua estreia.

Vitória voltou-se para ver *lady* Winifred com um sorriso de expectativa no seu rosto redondo e perfurado por covinhas.

— Apresento minha cunhada, *lady* Mardemere, o marido dela, visconde Mardemere... e seu primo, lorde Filipe de Lacy, marquês de Rockley.

De repente, o persistente calafrio na sua nuca amainou. Vitória sentiu um calor súbito percorrer sua pele, das bochechas ao pescoço e ao peito. Ela evitou olhar para baixo a fim de conferir se sua pele havia ficado num tom mais escuro que o seu vestido.

— É um prazer, srta. Grantworth — ia dizendo *lady* Mardemere. — Que bela recepção para a sua estreia! Sua mãe deve estar tão contente!

— Está sim — respondeu Vitória antes de se virar para fazer uma mesura ao visconde Mardemere. — Eu mesma mal tive a chance de conhecer todo mundo.

Ela estava agora erguendo os olhos para os olhos fundos e semicerrados do marquês de Rockley.

Lady Gwendolyn não havia exagerado. "Bem apessoado" mal começava a descrever o homem em pé diante dela, erguendo a mão enluvada dela aos seus lábios. Era mais alto que qualquer outro homem presente, seu farto cabelo castanho soltando reflexos dourados quando ele inclinou a cabeça para beijar as costas da mão dela.

— Se ainda não cumprimentou todos, posso ter a esperança de que haja uma dança sobrando no seu cartão? — A voz dele combinava com sua aparência: clara, tranquila, suave; mas a expressão dos olhos destoava desse conjunto. Tinha algo que a fez sentir um calor... e também a sensação de que já o conhecia de algum lugar.

— Claro que sim, mas é uma das últimas. Após a ceia, se o senhor pretender ficar até tarde. — Ela o olhou por debaixo de seus cílios. Não sabia de onde havia tirado tanta ousadia, mas isso não pareceu desanimar o marquês.

— Mal saberei com que ocupar-me até então — respondeu ele com uma expressão significativa —, mas esperarei.

Então ela sentiu o calafrio na nuca de novo. E o peso de alguém observando...

Retirando a mão da de Rockley, voltou-se abruptamente para olhar, varrendo a multidão com o olhar e detendo-o num pequeno grupo do outro lado do salão.

— Vitória? — Ela captou vagamente a surpresa na voz de *lady* Winifred, ecoada por Rockley:

— Srta. Grantworth? Está tudo bem?

Lá! Ele estava lá! Debaixo do arco da escadaria por onde Vitória descera, fracamente iluminados pelos castiçais, cerca de doze nobres, com os rostos inclinados uns para os outros, conversavam, riam, gesticulavam.

Então ela o viu. Ele a observava, mesmo enquanto se inclinava para falar com a loira miúda do seu lado. Alto e trigueiro, exalava poder com um mero movimento de cabeça ao sorrir para sua acompanhante. Ela sorria de volta, visivelmente encantada com a atenção dele, e pôs a mão sobre o antebraço do homem, totalmente indefesa e sem noção do perigo que corria.

Exatamente como Vitória teria estado.

— Sim, sim — ela disse mecanicamente, em tom jovial, voltando de novo sua atenção para Rockley e para *lady* Winifred. — Por um instante pensei ter visto minha mãe acenando para mim. — Era uma desculpa esfarrapada, mas seria aceita. — Por favor, desculpe-me por minha distração, lorde Rockley — disse ela sorrindo para ele, percebendo de repente que ele segurava a mão dela outra vez. — Foi um grande prazer conhecê-lo. Aguardarei com grande expectativa nossa dança mais tarde.

Ele sorriu encantadoramente para ela e curvou de leve a cabeça.

— Esperarei por esse prazer com grande impaciência.

Nesse instante, Vitória sentiu mais do que viu o moreno alto e sua acompanhante saindo de sua posição sob a escada. Sua nuca estava fria, e seus dedos começaram a formigar. Os dois caminharam rumo às portas que conduziam ao terraço, a loira magrinha erguendo os olhos para ele com um sorriso doce e entusiasmado. Se eles saíssem...

Vitória começou a cruzar o aposento, costurando rapidamente em meio à multidão, desviando-se das pessoas que queriam falar com ela.

— Com licença — disse ela quando uma matrona de aparência particularmente espalhafatosa tentou bloquear seu caminho. — Preciso alcançar minha... minha tia antes que ela se recolha.

Como ele era mais alto que o resto dos convidados, Vitória pôde acompanhar os movimentos dele enquanto o casal se dirigia às portas francesas. Decerto planejavam sair para tomar um pouco de ar.

Vitória escapuliu para o terraço, torcendo para que sua mãe não tivesse notado a linha reta que ela fizera através do salão de baile. Seria difícil explicar por que ela abandonaria sua própria estreia para vagar pelo terraço.

E seria ainda pior para aquela loirinha se Vitória não interviesse.

Apressando-se sem fazer barulho com os pés, manteve-se nas sombras da casa barulhenta e bem-iluminada ao correr pelo terraço de tijolos. Escutando o burburinho de vozes, parou perto de uma estátua de Afrodite, perscrutando ao redor da base de pedra fria para ver se localizava o homem e a mulher que ele escolhera para ser sua vítima. Vitória precisava se apressar, pois ele não perderia tempo, por medo de ser descoberto.

Então ela se lembrou, e meteu a mão por baixo das saias de seda esvoaçante para sacar a estaca presa por sua liga. Empunhando-a do modo que Eustácia lhe ensinara, Vitória abandonou a sombra protetora da estátua e seguiu rapidamente pela trilha principal, com os ouvidos atentos.

Aí ela escutou um murmúrio gutural seguido de uma risada rouca. Virando à direita, avançou silenciosamente na direção deles e por fim atingiu o fim da trilha. O casal encontrava-se sob o dossel formado por um ramo carregado de lilases. A loira erguia o olhar para o homem, cheia de inocência e deleite; ele sorria para ela. Embora não fosse dirigido a ela, Vitória sentiu a força da atração daquele sorriso. Ela apertou os dedos ao redor da estaca e se aproximou.

Estava perto o suficiente para ver o subir e descer do peito da mulher, e a curva incisiva do pômulo elevado do seu alvo. Ele tinha a aparência de um aristocrata arrogante, alto e moreno, com seu rosto atraente e queixo quadrado.

Como seria a sensação de cravar a estaca no peito dele? Precisaria enfiar com força, através das roupas e dos ossos? Quanta força teria de usar? Se o coração era o ponto fraco dele, seria desprotegido e fácil de penetrar?

Ela segurou o crucifixo, rezando para obter forças. Só teria uma chance.

Ela não podia esperar mais. Ele estava alisando os braços descobertos dela, e ela estava sorrindo para ele, inclinando-se para o seu corpo. Parecia que iam se beijar; mas Vitória sabia que não. A qualquer momento o rosto dele mudaria... seus olhos se tornariam vermelhos e seus caninos cresceriam, prontos para perfurar a pele branca e lisa da mulher.

Agora! Ela precisava agir!

Empunhando a estaca, Vitória saltou das sombras, o braço bem acima dos ombros, fazendo mira no peito largo do vampiro. Bem no instante em que ela se mexeu, quando estava pronta para cravar a estaca no alvo, a boca da mulher se abriu com uma cintilação branca.

Atônita, Vitória conseguiu virar-se na hora H, rodopiando na direção da pequena loira, cujos olhos vermelhos e caninos alongados brilhavam ameaçadoramente. Foi tão rápido que a vampira não teve chance de se recuperar da surpresa. Empregando a força de sua súbita mudança de direção, Vitória cravou a estaca no peito da mulher.

A estaca perfurou a pele dela com horrível facilidade. Ela sentiu uma pequena resistência, um pequeno estalo, e então a madeira deslizou para dentro. Foi como apunhalar uma tigela de areia.

A vampira congelou, sua boca abriu-se de choque e dor, os olhos estavam enormes e de um vermelho cintilante. E então, de repente, com um pequeno "*puf*", a mulher se desintegrou e, reduzida a pó, desapareceu.

Simples assim.

Vitória ficou em pé, ofegante, de olhar fixo no local onde estivera a vil criatura.

Ela conseguira.

Havia matado um vampiro.

Seus joelhos vacilavam e sua respiração tremia. Ela olhou para sua estaca para ver se estava suja de sangue.

Estava limpa.

— Você ia me cravar com uma estaca, não ia? — sobreveio uma voz fria.

Vitória ergueu a cabeça e viu que o homem a encarava com uma expressão pouquíssimo amigável.

— Eu... — O que é que se diz a uma pessoa que a gente acabou de salvar de ser mordida por um vampiro?

— Você pensou que eu fosse um vampiro!

Vitória absteve-se de observar que fora um erro perdoável; com seu cabelo preto reluzente e cara afilada ele de fato parecia perigoso e sinistro.

— Não lhe faria mal ser um pouco mais afável com quem acabou de salvar a sua vida — ela respondeu, tensa.

A risada dele foi sardônica.

— Seria um dia e tanto... o dia em que eu precisasse de uma garota para salvar minha vida... De um vampiro, ainda por cima! — Ele riu mais alto.

Naquele momento Vitória notou que ele segurava algo na mão. Seria... uma estaca?

— Quem é você? — perguntou ela.

— Maximiliano Pesaro, mestre matador de vampiros.

Um compromisso penetrante é estabelecido

— Foi uma mera precaução, minha querida — disse Eustácia enquanto repousava suas rangentes articulações e doloridos músculos sobre sua cadeira favorita. Favorita mesmo, graças ao assento bem acolchoado e braços fartamente almofadados, e também por causa da mesinha redonda ao lado, onde ela mantinha seus óculos, seu crucifixo e uma polida estaca branca de espinheiro.

Velhos hábitos são difíceis de largar.

Kritanu estava testando Vitória no *kalari*, o elegantemente cortinado salão de baile da residência dos Gardella, transformado em sala de treinamento. Alguns de seus cachos negros haviam se desprendido assim como os de Eustácia quando ela própria havia treinado para suas atividades de caça... hum, décadas atrás. Vitória usava saias durante essas sessões de treinamento, já que, segundo os ditames da sociedade, essa seria com mais frequência sua indumentária. Eustácia sabia que calças compridas tornavam muito mais fácil rodar e chutar, mas isso viria mais tarde, quando ela começasse a aprender a arte marcial chinesa do *qinggong*, na qual ela praticamente deslizaria pelo ar, como se voasse.

A pele de porcelana de Vitória estava rosa-escuro, sua testa e nuca ensopadas de suor, mas a expressão assassina de seu rosto dizia um monte. Eustácia não podia culpá-la por estar indignada. Maximiliano escolhera a pior forma possível de avisá-la da sua presença; mas ele era assim mesmo. Tudo era preto ou branco para Max, ao passo que a maioria das pessoas, incluindo Eustácia, era capaz de detectar diferentes matizes de cinza. Reconhecer tons pastel tornava a vida mais tolerável.

Vitória mostrara-se muito promissora na sua educação e treinamento, ou *kalaripayattu*, com Kritanu no mês anterior ao seu baile de estreia; mas como nunca enfrentara um vampiro de verdade, Eustácia havia achado por bem ter planos de emergência na noite anterior, quando sobreviera a prova. Essas precauções acabaram sendo desnecessárias, e talvez tivessem até mesmo confundido as coisas no baile. Mas Eustácia faria tudo de novo se pudesse: o orgulho de uma nova Venadora era um preço baixo a pagar pela segurança de seus convidados.

Kritanu observava com seus olhos agudos e escuros enquanto Vitória se colocava em posição de ataque e partia para a ação, rodopiando, chutando e chicoteando com o pé uma pilha de almofadas perto da cadeira de Eustácia. As almofadas saíram voando e Vitória parou de rodopiar, com as mãos nos quadris, bem em frente à cadeira.

— Tia Eustácia, eu quase enfiei uma estaca *nele*! Embora ele bem que merecesse!

— Já passou, Vitória. Você precisa aprender a seguir em frente, a colocar de lado sua raiva e sua frustração se pretende ser uma Venadora admirável. Concentração e força, pensamento rápido e coragem: você possui todas essas características, mas precisa refiná-las, aprender a utilizá-las.

Como Venadora Escolhida, da linhagem dos Gardella, Vitória nascera com as habilidades inatas de luta que precisaria para ser uma formidável caça-vampiro. A agilidade, a força e a rapidez já eram inerentes a ela; o propósito de Kritanu treiná-la em várias formas de arte marcial era aperfeiçoar essas habilidades, trazê-las à tona e ensiná-la a usá-las. E o *vis bulla* que ela estava prestes a receber lhe traria ainda mais proteção e força.

Vitória esquivou-se e rodopiou para receber o ataque de Kritanu por trás, murmurando algo como "É a ele que eu gostaria de refinar", mas claro que Eustácia não permitiria conversas desse tipo.

Em vez disso, ela se permitiu o prazer de ver seu amante e companheiro impulsionar-se em ação suave e mortífera, desviando-se da defesa de Vitória e jogando-a no chão. Kritanu, um calcutaense magro e musculoso com quase setenta anos, era um adversário temível, mesmo na sua idade. Ele usava um amuleto diferente dos *vis bullae* dados aos Venadores, que lhe dava força adicional; mas ainda era rápido e forte mesmo sem aquilo.

Cerca de cinquenta anos atrás ele fora mandado para treinar Eustácia em *kalaripayattu*, a arte marcial indiana favorita dos Venadores que lutavam contra vampiros de forças sobre-humanas, e o chinês *qinggong*. Tornara-se companheiro dela desde então. O fato de também partilhar a cama com ela era mantido em segredo, embora Eustácia sentisse que Max suspeitava da profundidade do relacionamento deles. O sobrinho de Kritanu, Briyani, era assistente de Max havia três anos, e os três homens passavam muito tempo treinando juntos.

Eustácia olhou para Vitória, que se levantava. Tinha o cabelo espalhado pelos ombros, mas trazia determinação em seu rosto.

— Kritanu, acho que ela já treinou o suficiente por hoje. Obrigada.

Ele curvou-se levemente, os olhos negros gentis e cálidos.

— Com sua licença, então.

Eustácia virou-se para a sobrinha.

— Ponha seu orgulho de lado por um momento, Vitória querida. Max estava ali como um apoio a você e uma segurança caso alguma coisa desse errado. Você se saiu muito bem, mesmo depois que ele se revelou a você. Você será uma ótima Venadora, *carissima* — disse ela. — E juntas conseguiremos dar um fim em Lilith, a Escura.

A menção da grande inimiga de Eustácia tirou a tensão dos olhos de Vitória e sua irritação pareceu evaporar.

— A senhora prometeu me falar mais de Lilith, a Escura, depois que eu executasse meu primeiro vampiro. E sobre meu *vis bulla*.

— Sem dúvida; e vamos começar isso assim que você tiver a chance de se recompor. Por que você não... ah, ele já está aqui. Agora, Vitória... — disse Eustácia com um olhar de alerta enquanto Maximiliano entrava no quarto com ar de impaciência. Ela não o esperava tão cedo; e certamente não ia querer que ele chegasse enquanto Vitória estivesse com aspecto tão desleixado. Ela teria que falar com Charley, o cozinheiro e antigo mordomo quando Kritanu tinha outros compromissos, sobre isso novamente. Mas receava que seria uma batalha perdida, pois Charley não concebia negar qualquer coisa a Maximiliano; inclusive a liberdade de entrar em qualquer parte da casa sem ser anunciado.

— *Signora* — disse ele, apertando gentilmente sua mão, levando-a ao rosto e colocando-a de volta em seu colo. A doçura do idioma de sua terra natal ainda temperava suas palavras e o som era adorável para Eustácia. Ela tinha saudades de Veneza.

— Peço desculpas por minha maldita pontualidade. — Virou-se para Vitória e Eustácia observou, fascinada, como suas feições aristocráticas se congelavam num sorriso debochado. — E srta. Grantworth, nossa protegida. Boa noite. Aparentemente eu interrompi algum treinamento.

— Boa noite — respondeu Vitória, dura. Não se deu o trabalho de estender a mão, e Max não pareceu notar ou ligar. — Como devemos nos dirigir ao... mestre matador de vampiros? Milorde? Sua Graça? Vossa Majestaca?

Eustácia interveio antes que ele pudesse responder:

— Max, por favor, sente-se. Vitória estava prestes a trocar de roupa. Vitória, vá em frente. Daqui a pouco Charley virá com o chá, ou *brandy*, se você preferir.

— *Brandy*? Por mais que quisesses, a *signora* sabe que não bebo quando estou indo para uma caçada.

Eustácia esperou Vitória sair e perguntou:

— Alguma notícia?

Ele cruzou suas longas pernas e recostou-se no assento que escolheu no sofá próximo à cadeira favorita dela.

— Lilith está aqui, atrás de algo chamado Livro de Anwarth. Ela aparentemente o localizou em algum lugar na Inglaterra. Londres, para ser mais exato. Ela se mudou com seu séquito inteiro para cá.

— Livro de Anwarth — repetiu Eustácia. Um arrepio percorreu a base de sua espinha curvada. — Eu sabia que havia uma razão para ela trazer todo seu cortejo até aqui. Só isso já me assusta, Max. Que ela se desloque e deixe a segurança de seu refúgio nas montanhas... Nunca ouvi falar desse livro, mas mandarei chamar Wayren. Se Lilith está atrás dele, não pode ser bom para nós. Ela mandará Guardiões para isso, tenho certeza. Talvez até os Imperiais.

— Vou visitar O Cálice. Talvez eu possa saber mais...

— Sim, e Wayren vai ajudar. — Eustácia deu-lhe um olhar de advertência, efetivamente encerrando a conversa assim que Vitória entrou. — Ah, Vitória! Que rapidez. Íamos justamente começar a rever a história de Lilith, a Escura — disse Eustácia abruptamente, esfregando as mãos retorcidas. — Max, eu contei pouco a Vitória sobre ela; achei que seria melhor que você estivesse aqui para ajudar a preencher os detalhes a partir da sua posição privilegiada.

— Pois não. Por favor, *signora*, conte a história. Comentarei quando necessário.

— Muito bem.

Vitória inclinou-se para frente, ansiosa, e por um momento Eustácia hesitou. Olhando o rosto lindo e inocente de sua sobrinha-neta, teve uma grande sensação de orgulho. Ela trespassara um vampiro em sua primeira tentativa. Ela se adaptara a seu treinamento extremamente bem e aceitara toda a escuridão e o mal que espreitavam este mundo com uma simplicidade que nem Eustácia tivera inicialmente.

Seria uma vida difícil. Ela precisaria abrir mão de muitas coisas que outras garotas da sua idade teriam. Ela estaria em perigo mais vezes do que uma moça deveria.

Contudo, ao mesmo tempo, Vitória teria uma vida de emoção e aventura sem paralelos. Enfrentaria criaturas mais malignas que se podia imaginar, e teria a força e a astúcia para sobrepujá-las. Perderia o controle de parte de sua vida, porém ganharia mais liberdade do que uma jovem poderia sequer sonhar.

E estava vaticinado: somente uma Gardella poderia destruir Lilith.

Max, formidável e magnífico como era, não tinha o sangue dos Gardella; e talvez isso o tornasse ainda mais eficiente, mais determinado como Venador.

— Lilith, a Escura, é filha de Judas Iscariotes — começou Eustácia. Ela contara esta história apenas uma dúzia de vezes em sua vida. A primeira vez havia sido para o Papa.

Talvez esta fosse a última.

— Judas Iscariotes? O traidor de Jesus Cristo?

Eustácia assentiu com a cabeça.

— De fato. O homem que traiu Jesus por trinta moedas de prata. Ele é conhecido como o Traidor; porém, o Senhor o perdoou, como fez com toda a humanidade. Mas Judas Iscariotes não aceitou o perdão e se enforcou, como você sabe. Ele foi então amaldiçoado com o inferno eterno. O Diabo vendeu-lhe de volta seu ser terreno e deu-lhe o poder de andar pela Terra no corpo de um humano imortal, de uma forma que chamamos morto-vivo. Um morto-vivo está amaldiçoado pela eternidade assim que bebe o sangue de um mortal. Ele não pode ser salvo.

"Nessa condição de amaldiçoado, preso entre a vida e a morte, Judas vagou pela Terra por séculos. Fala-se que ele foi o primeiro vampiro; não sei se essa é a verdade. O que sei é que enquanto esteve amaldiçoado, e vagando pela Terra, ele transformou sua filha numa vampira. Essa filha é conhecida como Lilith, a Escura. Ela se alimenta do sangue humano e da fraqueza humana. Lilith é agora a rainha dos vampiros, e quer vingar-se de nós. Ela vive do sangue dos mortais."

— Pelo fato de nós, o mundo da Cristandade, considerarmos seu pai um traidor? — perguntou Vitória.

— De fato. Não há nome na Cristandade pronunciado com mais desprezo e ódio que o de Judas Iscariotes. Outrora um nome de orgulho, hoje é um nome no qual se cospe. Judas se foi, mas Lilith percorre a Terra arregimentando seu exército de vampiros e demônios. Ela pretende governar o mundo; sua força é sempre a nossa fraqueza. É nossa tarefa, nosso legado, manter Lilith e seus asseclas encurralados.

— Ela e sua tia-avó são inimigas há décadas. Lilith sabe que a única coisa que a impede de dominar o mundo é Eustácia e seus poderes. — O rosto de Max tinha traços mais profundos que de costume, pensou Eustácia. — Quando sua tia chegou de Veneza pela primeira vez, Lilith não conseguiu encontrá-la. Ela vasculhou Veneza de cima a baixo, depois Roma e Florença... mandou sua gente a Paris, Madri e Cairo, e aqui para Londres. Passaram-se quase duas décadas até que ela encontrasse a sua tia. As pessoas ligadas a Eustácia mantiveram-na bem escondida e bem protegida.

— Você era o melhor de todos, Max, jovem como era. — Jovem e determinado é o que ele fora. Raivoso porque perdera seus amados pai e irmã para um vampiro; e sedento de sangue à sua maneira. Havia escolhido a senda de Venador.

— O que Lilith está fazendo agora? A senhora sabe qual é o plano dela? — perguntou Vitória. Seus olhos castanho-claros não denotavam preocupação ou medo, como Eustácia receara. Não, eram afiados e calculistas. E intensos. Por Deus, o Legado havia escolhido bem!

Pela primeira vez em anos, Eustácia sentiu uma centelha de esperança de que em breve poderia descansar em paz.

— Para triunfar, Lilith precisa destruir sua tia — disse Max. — Ao mesmo tempo, ela enviou hordas de vampiros e demônios por todo o mundo para transformar em seres iguais a eles a tantos quanto possível. Para se alimentar de seu sangue, eles mordem o pescoço de suas vítimas, e não seu peito, como normalmente se pensa.

— Mas eles deixam uma marca, não deixam? — interrompeu Vitória, com a compreensão despontando em seu rosto. — Três X no peito da vítima. Como foram encontrados no peito dos cadáveres daqueles homens perto do cais. Aquilo foi um vampiro, não foi?

— Você está muito bem informada para uma mocinha — comentou Max.

Eustácia interveio depressa:

— De fato, você está certa, Vitória, embora eu não faça ideia de como você veio a saber disso. Três X representam as trinta moedas de prata com que Judas foi pago para trair Jesus.

— O que explica o medo deles de qualquer coisa feita de prata. Aquele idiota do Quentford com certeza foi vítima de um dos vampiros de Lilith, e nós temos trabalhado diligentemente para evitar que qualquer traço de vampirismo seja ligado à sua morte. Foi sorte dele não ter sido transformado. Como você também já deve saber — disse Max, olhando por cima de seu longo e reto nariz para Vitória —, se um vampiro se alimenta de um mortal, geralmente causa sua morte; mas se ele, ou ela, escolher, ele pode compartilhar do sangue humano e oferecer seu próprio sangue ao humano em uma espécie de ritual de acasalamento. Se isso ocorre, o humano é fecundado, ou transformado, em um vampiro. Portanto uma mordida de vampiro pode matar um mortal ou transformá-lo num morto-vivo. E há ocasiões em que nenhuma das duas coisas acontece, quando a mordida não é profunda o suficiente para matar. Nosso trabalho...

— Nosso trabalho — interrompeu Eustácia — é destruir o maior número deles enquanto tentamos descobrir o que Lilith está planejando para tomar o poder. Sabemos que ela transferiu o grosso de sua corte para Londres; onde está se escondendo, eu não sei e Max ainda não pôde averiguar. Ela está aqui não só porque eu estou aqui, mas porque ela está à procura de algo chamado o Livro de Anwarth, sobre o qual nada sabemos até o momento.

— Nós, Venadores, sempre conseguimos detê-la no passado. No passado, entretanto, não éramos forçados a contar com garotinhas mal saídas do berço — falou Max com incomum estupidez. — Eu realmente espero que você encontre tempo entre preencher seu cartão de dança e escolher seus vestidos de baile para nos ajudar.

Vitória levantou-se de sua cadeira e se postou em frente a Max, que prosseguiu sentado confortavelmente no sofá.

— Preencher meu cartão de dança? Lorde Max, ou seja lá como devo chamá-lo, saiba que abandonei minha própria estreia, e perdi uma valsa com o marquês de Rockley! para protegê-lo de um ataque de vampiros. O *status* de meu cartão de dança permaneceu esquecido enquanto eu seguia o senhor e sua acompanhante para fora...

— Proteger-me. Sim, claro, você estava me protegendo de minhas próprias presas afiadas, não estava?

— Como eu poderia saber que o senhor era um Venador? O senhor achou por bem não divulgar essa informação até que pudesse cacarejar de alegria pelo meu erro! Mas o fato é que eu fiz o que tinha de ser feito! E farei o que tiver de ser feito no futuro!

— Vitória, Max! Por favor! Não podemos permitir que haja dissensões entre nós neste momento! Vitória, você precisa entender: antes de você houve apenas três outras Venadoras no último século de batalha contra Lilith. Duas delas tiveram mortes horrendas pouco depois de serem introduzidas ao Legado e receberem seus *vis bullae*.

— E a terceira está sentada aqui. — Max inclinou sua cabeça em direção a Eustácia. — Não há ninguém que possa ou vá segurar uma vela para a *signora*, ou, se me é permitido dizê-lo, uma estaca. A senhora é verdadeiramente a Escolhida que vai nos unir e nos liderar na derrocada de Lilith.

Vitória voltou-se para Eustácia, estarrecida.

— A senhora é uma caça-vampiro? Uma Venadora?

Max riu com desdém.

— Não, claro que não. Lilith, a Escura, teme a sua tia porque ela fica sentada em casa e faz o cabelo diariamente. É lógico que ela é uma Venadora!

Eustácia teve que dar crédito a Vitória; esta não deu a menor indicação de que escutara o comentário cáustico de Max.

— Eu não tinha percebido, tia. Pensei que a senhora fosse uma espécie de professora, de guia. Como Kritanu. Não sabia que a senhora caçava vampiros.

— De fato. E você, minha querida, é a primeira de minha linhagem que foi Escolhida... e que aceitou o fardo.

— E essa — disse Max, erguendo-se — é a razão precisa pela qual Lilith, a Escura, tem estado tão determinada a encontrar esse Livro de Anwarth depressa, antes que você termine o seu treinamento. — Seu tom sugeria que ele não entendia por que Lilith considerava Vitória uma grande ameaça. — Agora devo me retirar, *signora*. As ruas enluaradas me aguardam.

— Vou pegar minha estaca — disse Vitória.

Max se alongou à sua imponente altura e olhou para baixo de seu longo e estreito nariz. Ele era verdadeiramente magnífico, pensou Eustácia, carinhosamente.

— Agradeço sua oferta de assistência, srta. Grantworth, mas acredito que serei capaz de lidar com três vampiros sem fazê-la correr o risco de rasgar sua saia ou perder sua boina.

E, ai de mim! não seria proveitoso se a senhorita por engano enfiasse a estaca em algum guarda noturno. — Ele colocou sua capa e de suas profundezas tirou uma estaca negra de aspecto assustador. — Quando tiver um pouquinho mais de prática e recebido seu amuleto *vis*, tenho certeza de que fará suas próprias patrulhas.

Dito isso, fez uma pequena saudação e saiu do aposento.

Eustácia estava quase com medo de virar-se para a sobrinha, sabendo exatamente o que veria em seu rosto e em sua postura. O que dera na cabeça de Max? Ele não costumava medir as palavras, é verdade, e pela expressão de seu rosto, não estava preocupado apenas com três vampiros ordinários... e no entanto fora mais acerbo que o normal com Vitória.

Era quase como se ele quisesse desencorajá-la a realizar seu trabalho.

Talvez fosse isso. Talvez ele não a achasse preparada para a tarefa.

Eustácia acariciou distraidamente o cabelo negro e cintilante de Vitória. Sentiu a mesma hesitação em expor sua amada sobrinha aos males do mundo... mas a essa altura, ela não tinha escolha.

Vitória fora escolhida e aceitara seu destino.

Agora teriam que confiar que ela seria bem-sucedida.

* * *

Dois dias depois de Maximiliano ter se retirado para combater vampiros, Vitória inventou uma desculpa para substituir uma tarde fazendo visitas por uma visita à sua tia-avó.

Era um dia extremamente importante: ela passara na prova enfiando uma estaca em seu primeiro vampiro, e estava prestes a receber seu *vis bulla*.

Ela estava ali, pronta para dar seu último passo rumo a seu destino. Vitória e sua tia estavam num quartinho no primeiro andar da residência Gardella. As janelas estavam ornadas com cortinas grossas e a mobília era escassa e simples, exceto por um armário alto num dos lados do cômodo. O móvel, que alcançava a testa de Vitória, ostentava entalhes ornamentais nas beiradas das duas portas que encerravam seu conteúdo.

Velas queimavam pelo quarto, e acima do calor das chamas ervas e água ferviam em fogo brando dentro de pequenos caldeirões, liberando o aroma de verbena e mirra no ar. Um grande crucifixo pendia numa parede, simples mas imponente, feito de duas longas peças de madeira encaixadas, sem qualquer ornamentação. Uma grande mesa continha velhos livros empilhados a esmo, junto com alguns jarros e potes de ervas, unguentos e outros itens que Vitória não pôde identificar.

— O *vis bulla* é a ferramenta mais importante para o sucesso de um Venador — disse tia Eustácia, sentada em sua cadeira grande e almofadada, o único móvel que parecia confortável. — Hoje, aceitando o seu, você também aceita o seu destino de pertencer ao Legado Gardella. Você devota sua vida à tarefa de eliminar o mal dos mortos-vivos desta terra, protegendo mortais da persistente ameaça de Satanás e seus seguidores. Aceitando, Vitória, é preciso que você entenda: não há como voltar atrás.

— O que aconteceria se eu decidisse não aceitar o *vis bulla*?

Eustácia ficou imóvel, fitando-a com olhos subitamente penetrantes.

— É o que você deseja?

— Não, tia. Já tomei minha decisão. Aceitarei o Legado. Mas queria saber o que aconteceria.

A tia pareceu relaxar.

— Se você decidir não ir adiante, passará por um ritual em que todo o conhecimento que recebeu até agora será apagado de sua mente, assim como toda e qualquer habilidade que você tenha para ser uma Venadora, habilidades com as quais você nasceu e que permaneceram meramente inativas até que os sonhos vieram. Essas habilidades e sensações inerentes seriam dadas a outro.

— Alguém já fez isso?

— De fato, sim. Muitas vezes, ao longo dos anos, um rapaz, e em alguns casos uma moça, escolheram retornar a uma vida de ignorância.

— E eles não têm ideia disso? Nada que vissem ou escutassem provocaria suas mentes e faria com que se lembrassem?

— Nada. É para proteger a eles tanto quanto a nós.

— Existe alguém... que eu conheça, que foi escolhido, mas não aceitou o *vis bulla*?

— Sim, Vitória. Sua mãe foi uma dessas pessoas. E por ter escolhido não aceitar o Legado, os poderes dela foram passados a você.

— Minha mãe?

— *Si* — assentiu Eustácia. — Ela tinha conhecido seu pai e se apaixonado por ele durante sua estreia, quando os sonhos começaram a vir. Quando chegou a hora de fazer a escolha, ela escolheu o seu pai.

— Há algum tipo de... repercussões para alguém que é escolhido e não aceita o Legado?

Eustácia tomou as mãos de Vitória com suas mãos frias e frágeis.

— A única consequência é o conhecimento perdido, e o fato de que os poderes e instinto passarão para um descendente. E os poderes repassados serão multiplicados pelo número de gerações que optarem por renegar o Legado. No seu caso, você é a terceira numa linhagem de pessoas que não aceitaram o Legado, portanto é provável que você tenha grande habilidade e instinto em você.

— A terceira geração? Minha mãe e quem mais? Quem ignorou o Legado e permitiu que ele fosse passado à mamãe?

— Meu irmão. O pai de sua mãe, Renald. Eu já fora Escolhida quando Renald teve os sonhos. Foi bastante incomum duas pessoas com parentesco tão próximo serem chamadas ao mesmo tempo. Mas meu irmão escolheu não aceitar a tarefa, e então sua mãe fez o mesmo. E aqui estamos nós. Você e eu, Vitória. As únicas Gardella descendentes diretas da linhagem Gardella. Os restantes escolheram ser Venadores, sem ter sido convocados por ordem divina.

"Aqueles que não são escolhidos, mas escolhem, precisam realizar grandes e perigosas tarefas... e mesmo assim não há certeza de que serão capazes de aceitar um *vis bulla*. Mas uma vez que adquirem seu amuleto *vis*, são tão poderosos quanto nós. Isso não os faz menos habilidosos que nós, mas já que somos da linhagem original, carregamos o fardo mais pesado."

— Nós somos os únicos Venadores?

— No mundo inteiro há, talvez, cem Venadores. E há milhares e milhares de mortos-vivos, e esse número aumenta a cada dia. Nunca podemos descansar desta batalha porque uma vez que relaxarmos nossa guarda, eles aumentarão sua força e poder. É por isso que chamei Max de Veneza para cá, porque com Londres servindo de fortaleza para Lilith agora, eu sabia que precisaríamos de mais apoio. O outro Venador que estava aqui na Inglaterra foi morto há três meses.

— Max é um Gardella? Ele é um Venador de verdade?

Eustácia varou-a com olhos tão penetrantes, que Vitória quase deu um passo para trás. Ela nunca vira uma expressão tão feroz no rosto de sua tia.

— Max é mais Venador do que você, Vitória. Ele escolheu esta senda correndo grande risco, e ele é, neste momento, o mais poderoso dos Venadores... depois de mim. Mas eu... minha artrite e minha idade deixam-me lenta. É apenas sua falta de sangue Gardella que o impede de ser o Escolhido. — Seu rosto amansou. — Agora, minha querida, se você já saciou o bastante sua curiosidade, traga-me o Livro que está no armário.

Seu dedo perpetuamente retorcido, única parte de seu corpo que entregava a sua idade, apontou na direção do armário de mogno encostado a uma parede em seu salão privativo.

Vitória foi até o móvel polido e cuidadosamente introduziu nele a pequena chave que sua tia trazia sempre atada ao pescoço por uma forte corrente de ouro. *Clic, clic, clunc...* a chave virou e o cadeado tombou aberto.

Ela nunca fora sozinha até o armário antes; e certamente nunca recebera a chave para destrancá-lo. Vitória se deu conta de que estava prendendo a respiração quando abriu as duas portas como se fosse o mordomo conduzindo um grupo de convidados através de portas francesas para a sala de jantar.

Dentro do armário, exposto de maneira levemente inclinada, jazia um velho livro. A Bíblia Sagrada.

Era pesado, com corte dourado que teimava em brilhar a despeito de sua idade. As bordas de couro estavam enrugadas e deterioradas, mas a lombada estava intacta e três marcadores de seda desbotada pendiam sem vida.

Vitória levou-o para tia Eustácia e colocou-o em seu colo para que a anciã pudesse lê-lo.

— Se você cumprir o seu destino, Vitória, será vitoriosa por todos nós — disse ela, rindo suavemente. — Seu nome é bem adequado. Talvez seja mais um sinal!

Ela virou a capa e apontou as palavras escritas à tinta em vários tons de preto, marrom e sépia.

— Estes são os nomes dos Gardella que aceitaram o Legado — explicou ela, tracejando as linhas com seus dedos retorcidos. — As páginas originais desta Bíblia foram dadas à família durante a Idade Média. Seiscentos anos atrás. — Ela levantou a vista, com os olhos escuros agudos. — Veja bem, houve Venadores na família Gardella desde que Judas Iscariotes se enforcou e foi trazido de volta à Terra por Satanás. Mas nós não tínhamos lugar para registrar nossa história, até que um monge transcreveu este livro no século XII. As páginas têm sido encadernadas e encadernadas de novo, e temos acrescentado mais páginas no decorrer das décadas.

À medida que sua tia virava as páginas amarronzadas e quebradiças, elas crepitavam como uma discreta fogueira. Vitória viu imagens em algumas delas; em outras, textos que esmaeciam, linha trás linha. Iluminuras, ornamentos e ilustrações em cores desbotadas decoravam as primeiras letras de cada livro da Bíblia.

— Este livro contém não apenas a palavra de Deus, mas também os segredos da família Gardella, incluindo as orações e encantamentos que darão poderes ao seu *vis bulla*. Então, minha querida, está pronta para começar?

O coração de Vitória acelerou, mas ela assentiu sem hesitação.

— Ótimo — disse Eustácia. — Chamarei os outros. — Diante do olhar surpreso de Vitória, ela continuou: — O poder contido no seu *vis* não pode ser transmitido apenas por mim. Outros que estão por dentro do assunto e que, embora não sejam Venadores, são, no entanto, habilidosos e instruídos, aguardam na antessala. Vitória, você precisa deitar-se naquele sofá. Já está trajada de forma adequada. Venha, deite-se. Vou chamar os outros.

Vitória obedeceu e recostou-se no longo sofá, cujo apoio para as costas ficava num ângulo baixo e permitia que ela esticasse as pernas. Olhou para o vestido de treinamento que estava usando: era folgado e abotoado do pescoço ao tornozelo.

Depois disso, as coisas começaram a acontecer de maneira ao mesmo tempo rápida e deploravelmente lenta. Tia Eustácia movia-se pelo quarto, que se tornara de repente bem mais escuro, iluminado apenas pelas velas. Os outros participantes ficaram nas sombras, mas Vitória reconheceu Kritanu e Maximiliano, assim como Briyani, sobrinho de Kritanu, que também permaneceu dentro do perímetro. Algo adocicado queimava no ar e Vitória sentiu-se relaxada e na expectativa.

— Começaremos agora relembrando o propósito pelo qual nos reunimos. — Eustácia começou a falar num idioma que Vitória precisou de um momento para identificar: latim. Os outros se juntaram e o ritual prosseguiu. Os aromas no quarto se tornaram mais fortes e Eustácia colocou-se ao lado de Vitória.

Seu estômago encolheu quando tocado pelas mãos mornas e retorcidas de Eustácia. Sobreveio em seguida um friozinho quando seu vestido começou a ser desabotoado. O seu ventre foi descoberto e, de seu ângulo, Vitória pôde ver a porção de pele que incluía parte de seu abdome e expunha seu umbigo.

— Forjada com prata na terra do mais sagrado dos lugares — disse Eustácia —, este *vis bulla* vai provê-la de força e capacidade de cura incomuns, Vitória Gardella. Dar-lhe-á clareza e poder quando você mais precisar, na luta contra as doutrinas do mal que ameaçam nosso mundo.

Vitória observou Kritanu empurrar uma mesinha para perto de Eustácia, de onde ela pegou um pequeno jarro cheio de um líquido claro. Algo cintilava no fundo do jarro.

— Esta peça sagrada, guardada em água benta do Vaticano, extraída da Terra Santa, será sua força. — Mergulhando os dedos no jarro, ela retirou o pequeno objeto de prata. O *vis bulla*.

Embora a luz estivesse baixa, Vitória pôde ver facilmente a pequena cruz de prata que balançava numa fina argola também de prata. A argola era menor que um anel que ela fosse usar no dedo mínimo.

Observado por Vitória, Kritanu pegou uma fina varinha de prata, talvez do tamanho de uma palma e estreita como um alfinete, suavemente recurvada em semicírculo. As mãos de Kritanu estavam mornas no abdome dela, e Vitória sentiu sua respiração acelerar. Com um movimento rápido e preciso, ele pinçou a agulha gentil e agilmente na pele superior do umbigo. Eustácia entregou-lhe o *vis bulla* e, com uma pinçada ligeira, ele o colocou no lugar.

A cruz prateada estava fria no seu umbigo, mas a dor da perfuração já estava passando. Tia Eustácia fez o sinal da cruz sobre a barriga de Vitória e então abotoou seu vestido. Os outros participantes entoaram mais uma oração, depois se retiraram do aposento em silêncio, deixando Eustácia e Vitória a sós.

— Pronto — disse a tia. — Este presente é dado a você como recompensa por uma vida de dedicação e pelos sacrifícios que você fará. Enquanto este amuleto de força tocar sua pele, você será fisicamente forte e terá uma cura rápida. Seus movimentos serão rápidos e poderosos, sua mente será aguda e clara. Não tem efeito algum sobre qualquer outra pessoa. Não torna você invencível e nem imortal.

Ela ajudou Vitória a sentar-se e aninhou-a em seus braços com surpreendente força.

— Use-o bem, Vitória, e vá com Deus ao realizar este trabalho.

A srta. Grantworth calcula mal

— Nossa adorável debutante atraiu a atenção do solteiro mais esquivo de Londres! — guinchou a duquesa Farnham num tom nada apropriado para seu título, enquanto mexia na bandeja de guloseimas do chá. — Rockley não conseguiu tirar os olhos dela a noite toda no jantar dos Roweford!
 — Ele estava no cartão de dança dela para uma segunda vez, mas Vitória desapareceu por alguma razão ridícula e ele não pôde cobrar a dança — reclamou Melisande. Ela pegou seu favorito, um bolinho de amora, e passou creme por cima. — Ele parecia bastante desapontado. Não pude encontrá-la em lugar algum, e quando ela voltou, contou-me uma história boba qualquer sobre haver ajudado uma das garotas a procurar sua capa. — Fazendo sinal de reprovação, deu uma requintada mordida no bolinho, limpando o creme que ficou no canto de sua boca. — Lembrei a ela que sua única preocupação deve ser arranjar um bom marido... e que essas outras meninas não passam de concorrência!

— Não foi nessa noite que o sr. Beresford-Gellingham desapareceu? — perguntou Petronilha, olhando desconfiada para o prato de guloseimas, como se uma delas fosse pular em suas mãos e entrar à força em sua fina garganta. — Já é o terceiro incidente em menos de um mês!

Winifred, a duquesa, renunciara à tática de Melly de mordiscar e adotara a do processo único; por isso estava com a boca cheia de biscoitos de limão e ela se limitava a acenar cheia de convicção com a cabeça. Quando ela engoliu e lavou a última migalha seca garganta abaixo com chá, falou:

— Desapareceu e não se sabe dele desde então! Ninguém tem ideia para onde foi.

— E aquelas pessoas horrivelmente desfiguradas com Xs no peito! — exclamou Melly com voz entrecortada. — Deixadas para morrer perto do cais! Não consigo imaginar o que pode estar causando tal devastação.

Petronilha inclinou-se para frente, os olhos azuis faiscando e a voz grave:

— Só uma coisa pode causar esse tipo de destruição: vampiros!

Winnie pulou em sua poltrona e engasgou com os biscoitos que tinha na boca, o que a fez tossir. Seu queixo duplo e sua papada balançavam e tremiam enquanto ela observava, com os olhos esbugalhados, por cima de sua xícara de chá.

— Não seja ridícula, Nilly — disse Melly. — A despeito da mania de minha tia louca de carregar água benta e distribuir alho por aí, vampiros não existem. Você está lendo romances góticos demais.

— Decerto os policiais noturnos os teriam detido se fossem vampiros — falou Winnie, recomposta. — Talvez eu deva voltar a usar meu crucifixo.

— Os policiais não conseguiriam detê-los — disse-lhe Petronilha, calmamente. — Eles têm poderes sobre-humanos. São mais fortes que o mais forte dos homens, e possuem um encantamento ao qual não se pode resistir. — Ela sorriu complacentemente e sua expressão ficou sonhadora. — Segundo o livro de Polidori, e todos sabem que ele é um especialista em vampiros, um vampiro pode seduzir uma mulher apenas com um olhar.

— Nilly, você andou bebendo xerez esta tarde? Vampiros não existem! — exclamou Melly. — Você está assustando Winnie, e os empregados vão achar que você é doida se a ouvirem fantasiando sobre criaturas malignas que nem sequer existem. Temos coisas muito mais importantes com que nos preocupar, tais como dar um empurrão no interesse de Rockley por Vitória. Não espero que ele volte a pisar na casa de Almack, mas talvez o vejamos em outra ocasião esta semana.

Winifred aproveitou ansiosamente a mudança de assunto:

— Ele estará no baile dos Dunstead amanhã à noite. Se vocês não foram convidadas, posso providenciar para que sejam.

— Fomos convidadas e pretendemos comparecer. E desta vez não tirarei os olhos de Vitória até que ela tenha dançado duas danças com o marquês! — disse Melly, cheia de determinação.

— Nós ajudaremos você — disse Winnie, bebericando seu chá sem açúcar. O açúcar tendia a acrescentar quilos indesejados às coxas, se não se tomasse cuidado. — Se houver vampiros à espreita na escuridão, a última coisa que queremos é Vitória dando de cara com um!

* * *

— Srta. Grantworth... finalmente a oportunidade de cobrar minha dança perdida.

Vitória virou-se ao som da voz cálida, suave, e viu-se face a face com o marquês de Rockley. Ele tinha um sorriso gentilmente sedutor e seus olhos azuis de pálpebras pesadas cintilavam de satisfação.

— Milorde — replicou ela, devolvendo o sorriso —, que gentileza a sua me fazer lembrar do meu comportamento abominável da outra noite.

Ele deve ter apreciado o senso de humor dela, pois lhe ofereceu o braço e respondeu:

— De que outra forma eu a estimularia a buscar o meu perdão? Além do mais, retirar-se simplesmente porque sua tia idosa estava se sentindo indisposta... bem, pode-se pensar que essa foi apenas uma razão conveniente para abdicar de sua dança.

— Hum — disse Vitória, envolvendo o braço dele com seus dedos —, eu não percebi que minhas desculpas eram tão óbvias. Talvez na próxima vez eu seja forçada a inventar uma doença fatal ou algo dessa natureza!

— É minha esperança que a senhorita não inventará mais desculpas para evitar uma dança comigo, pois lhe asseguro que não pretendo pisar nos seus pés, embora os meus sejam três vezes maiores do que os seus.

— Ah, o senhor me pegou! Foi exatamente por essa razão que procurei não estar disponível quando chegasse o momento de sua dança. Os rumores de marcas negras e azuis nos pés de outras debutantes... bem, são muito assustadores! Mas agora, ai de mim!, terei que arriscar a maciez de meus artelhos, uma vez que o senhor me pegou em flagrante.

Rindo, ela apertou o braço dele com os dedos, surpresa com a solidez e o calor que sentiu, mesmo por entre suas luvas e o excelente tecido do paletó dele. Observando-o, ela mais uma vez sentiu uma ponta de familiaridade, como se o tivesse conhecido em outra ocasião.

— Parece ser uma valsa, srta. Grantworth... *Lady* Melisande, a senhora permite que sua filha dance uma valsa?

Ele olhava sobre o ombro dela. Vitória virou-se e viu sua mãe e a duquesa Winnie, que assistiam à conversa dela com Rockley com sorrisos de complacência.

— Claro, lorde Rockley, claro! — respondeu, satisfeita, *lady* Melly. — Espero que aprecie sua dança, milorde! — Seus olhos brilhavam.

— É lógico que espera — murmurou Vitória, sendo levada por Rockley.

Ela topou levemente contra ele quando se viraram, e ele a olhou do alto de sua elevada estatura com um sorriso de cumplicidade.

— É lógico que ela espera o quê, srta. Grantworth?

— Espera que o senhor aprecie sua dança comigo; mas tenho certeza que o senhor não tem mais problemas de audição do que eu. Deve ser difícil para o senhor, agora que o esquivo marquês de Rockley anunciou estar à procura de uma noiva. Todas as mamães casamenteiras devem estar fazendo fila, matutando e tramando para trazê-lo ao aprisco delas.

Eles pisaram na pista de dança da casa do duque e duquesa de Dunstead. Com um movimento ensaiado e flexível, Rockley deslizou o braço no qual ela se apoiava e o colocou ao redor e por trás dela, virando-lhe o rosto para si.

— A senhorita não consegue se imaginar nessa situação? — Ele a agarrou pelos dedos e ambos entraram no ritmo da música.

— Não, realmente não consigo. — Ela ergueu o olhar para o dele, que se tornara inquisitivo.

— Mas não se encontra a senhorita na mesmíssima posição? Sendo exposta a todos os machos jovens... e aos não tão jovens — acrescentou ele, com um sorriso pesaroso — que desejam se casar e gerar um herdeiro? A senhorita decerto deve sentir as mesmas pressões que a sociedade exerce sobre todos nós, solteiros de posição privilegiada.

A incômoda dorzinha no umbigo dela era um lembrete da maior de todas as pressões. Ela já executara dois vampiros desde que recebera seu *vis bulla*; um no baile dos Roweford (que a fizera perder a segunda dança com Rockley, para sua consternação) e outro durante um intervalo no teatro de Drury Lane. Ambas as execuções tinham sido a um tempo assustadoras e revigorantes. A parte mais complicada, no entanto, fora inventar um pretexto para sair de fininho e cumprir sua tarefa. Felizmente, a tia Eustácia estivera presente nas duas ocasiões e pudera ajudá-la em suas escapadas.

Vitória devolveu o sorriso do marquês.

— Posso até sentir as pressões, mas não pretendo sucumbir a elas.

Ele ficou perplexo.

— A senhorita não deseja se casar? Sua mãe sabe disso?

— Não é que eu não queira me casar; isso com certeza eu pretendo fazer — explicou ela sinceramente enquanto ele a rodopiava pelo salão. — É que não desejo ser apressada a tomar uma decisão que vai me afetar pelo resto da vida. — Especialmente desde que ela decidira aceitar o Legado Gardella.

Mas isso era diferente.

Não era como se alguma outra mulher — ou homem — presente ao baile naquela noite tivesse que fazer uma escolha semelhante.

A surpresa no rosto dele se evaporou.

— Posso certamente entender esse sentimento, srta. Grantworth. Não sei ao certo se sua mãe, que no momento nos observa com um olhar inequívoco de quem está tramando algo, concordaria com a senhorita, mas sei exatamente como se sente.

Vitória sorriu para ele, uma irrupção de prazer apoderando-se dela ao ser gentilmente rodada no salão por ninguém menos que o marquês de Rockley. Rockley era sem dúvida o solteiro mais belo, charmoso e rico do baile. E ele a estava olhando com interesse bastante óbvio.

— Srta. Grantworth, tenho uma confissão a fazer.

— Tem? — perguntou ela, alçando as sobrancelhas delicadamente. Cada vez que olhava para ele sentia uma leve agitação no estômago, uma agitação agradável e repleta de expectativa.

— Nós nos encontramos uma vez, há muito tempo... e não consegui esquecê-la.

— Tenho mesmo a sensação de que já nos encontramos — replicou ela. — Também tenho pensado nisso... mas confesso que não me recordo de quando nem onde foi.

— A sua franqueza me dói, srta. Grantworth, mas devo lhe contar a história. Talvez refresque a sua memória. Algumas das propriedades do meu pai faziam divisa com Prewitt Shore, a propriedade de sua família, creio. E num verão, muitos anos atrás (eu tinha talvez dezesseis anos), estava cavalgando um dos garanhões do estábulo. Um que eu evidentemente não devia montar — acrescentou ele com uma ponta de orgulho — mas, é claro, eu era temerário e montei. Vinha eu em alta velocidade por um prado, sem perceber que me desviara para as terras do vizinho e... ah, a senhorita está se lembrando, não está?

O rosto de Vitória se iluminou com um sorriso.

— Filipe! Eu só conhecia você como Filipe; você não me disse que era o filho do marquês! — A imagem permanecera com ela; soterrado nos recessos de sua mente, aquele verão em que ela não tinha mais de doze anos voltava agora como se fosse ontem: um rapaz robusto, moreno, voando pelos campos num dia quente. — Você pulou a cerca e tanto você quanto sua montaria levaram um tombo!

Ele riu, melancólico, o maxilar quadrado suavizado pelo movimento.

— De fato, e eu paguei pelo meu atrevimento. Mas a conheci, a linda garota morena que correu em meu auxílio e providenciou para que eu fosse cuidado. E a senhorita ainda perseguiu Ranger, o garanhão, para que ele não voltasse ao estábulo sem mim e contasse a história do meu infortúnio. Se bem me lembro, ao constatar que eu não estava gravemente ferido, a senhorita passou os dez minutos seguintes me repreendendo por minha tolice. A imagem da senhorita me olhando de cima, segurando calmamente as rédeas daquele grande animal castanho e me açoitando com sua língua, ficou comigo para sempre.

Vitória desviou o olhar, timidamente.

— Devo ter sido muito ousada para falar assim com um homem que eu não conhecia.

— Realmente, e foi essa ousadia, esse destemor, que me intrigou. Eu não a esqueci, srta. Grantworth, porque a senhorita causou uma impressão muito duradoura naquele rapazote. E — acrescentou ele enquanto a música chegava ao fim — ficou claro que a senhorita não perdeu nada de sua ousadia, nem de suas opiniões, nem de sua originalidade... pois tenho certeza que não há outra debutante neste salão, ou na alta sociedade em geral, tão pouco preocupada em conseguir um marido quanto a senhorita.

— E eu nunca esqueci o rapaz que cavalgava com tão despreocupado abandono, de um modo que eu apenas sonhava. Eu invejava isso no senhor. E mal posso compreender que o senhor seja aquele garoto! O filho do marquês... eu nunca teria percebido.

Ele sorriu e o calor voltou ao rosto dela.

— Talvez algum dia cavalguemos juntos, srta. Grantworth. E poderá testar sua habilidade em pular cercas e correr pelos campos. Prometo não contar a ninguém.

— É uma promessa que vou cobrar por sua palavra de cavalheiro.

Quando terminaram de dançar, o lorde Rockley a devolveu à sua mãe e *lady* Winnie.

— Estou com sede, talvez a senhorita também esteja. Posso lhe trazer uma limonada, srta. Grantworth? E, é claro, *lady* Melisande e duquesa Farnham?

— Oh, não se incomode, lorde Rockley — gorjeou a mãe de Vitória. — Mas estou certa de que Vitória adoraria beber algo.

Vitória piscou furtivamente para o lorde Rockley, mas soltou-lhe o braço.

— Perdão, milorde, mas vejo que se aproxima meu próximo parceiro de dança. Quem sabe estará com sede mais tarde?

— Claro, *milady*. Estou seguro de que terei sede pelo resto da noite. — Suas pálpebras voltaram a meio-mastro e ele sorriu de modo significativo enquanto levava a mão enluvada de Vitória aos lábios.

O lorde Stackley era o par de Vitória para a quadrilha, e ele a conduziu pelos passos com entusiasmo, se não com habilidade. A despeito de ter pisado diretamente nos pés dela com todo seu peso duas vezes, Vitória mal reparou. O *vis bulla* não era bom apenas para combater vampiros... era uma proteção contra cavalheiros desastrados!

Depois do lorde Stackley ela dançou com o barão Ledbetter. Outra quadrilha. E depois com o irmão mais velho de *lady* Gwendolyn, o lorde Starcasset, visconde de Claythorne.

Mas foi durante outra valsa, com o alto e esguio barão Truscott, que Vitória sentiu um familiar calafrio arrepiar-lhe os cabelos da nuca. Até aquele momento ela quase esquecera que havia coisas com que se preocupar além de saber se seus pés estariam intactos antes que a noite terminasse.

Enquanto Truscott a rodopiava, nem de longe com a elegância de Rockley, mas com alguma eficiência, Vitória examinava os dançarinos e os demais no salão. Ela não cometeria o mesmo erro de antes, supondo que o predador fosse aquele com mais aparência de vampiro: alto, moreno e arrogante.

Após um momento, ela já tinha quase certeza que o homem com cabelo castanho-escuro e nariz um tanto adunco, ao lado de uma moça que ela não reconheceu, era o vampiro cuja presença sentira. Manteve um olho no casal à medida que Truscott abria caminho entre os outros dançarinos. Enquanto permanecessem no salão, a jovem estaria segura. Daria tempo a Vitória de se livrar de Truscott e descobrir um jeito de apanhar o vampiro a sós.

Ela não podia exatamente enfiar-lhe uma estaca no meio do baile.

Coisa curiosa. Aos vampiros não era permitido entrar na casa de alguém que não os tivesse convidado, ou de alguém substituindo o dono da casa. Reuniões como este baile na residência dos Dunstead ocorriam por meio de convites, e apenas para os membros da alta sociedade, claro. Então, como um vampiro (ou vampira) tinha conseguido infiltrar-se no baile?

Ela supôs que se devia às idas e vindas da criadagem, e à multidão de gente convidada para eventos como este. Havia muitas maneiras de ser "convidado" para entrar em uma casa... para algo tão simples quanto entregar um buquê de flores ou a posta de carne a ser servida no jantar. E uma vez oferecido, o convite era permanente até que o dono da casa o revogasse.

Graças a Deus a dança terminou, mas Vitória ficou consternada quando Truscott deu um jeito de conduzir ambos fora da pista de dança para estar mais perto da mesa cheia de bebidas e bolos... exatamente o lado contrário de onde se encontrava o vampiro, olhando.

Olhando para ela.

Vitória percebeu com um sobressalto que seus olhos frios a focalizavam. Sem piscar. Desafiando-a do outro lado do salão.

Ele então dobrou um dos cantos da boca num meio sorriso, ainda fitando-a. Um pequeno aceno de cabeça. Em seguida envolveu com o braço a mulher ao seu lado e começou a levá-la embora.

Um desafio.

Se os cabelos da nuca de Vitória haviam ficado levemente arrepiados pelo calafrio, agora estavam quase em pé.

— Lorde Truscott, preciso lhe pedir licença — disse Vitória rapidamente, desvencilhando-se dele e ignorando o copo de limonada que ele lhe oferecia. — Eu... eu acho que um dos laços do meu vestido se soltou e eu preciso... arrumar.

— Mas srta. Grantworth...

— Por favor, me perdoe. — Ela escapuliu tão apressadamente quanto pôde sem chamar atenção, empurrando as pessoas pela beira da pista de dança. Teria sido mais rápido correr pelo meio dos pares dançantes, mas isso causaria tumulto. Deus permitiu que sua mãe ou as duas cupinchas dela não a vissem!

Ela ficou de olho na cabeça escura do vampiro, o que foi mais difícil do que quando estivera espreitando Maximiliano; pois este homem tinha altura apenas mediana e se misturou aos outros convidados. O casal atravessou uma antessala, caminhando sem pressa, e enveredou pelo que parecia ser um corredor.

As saias de Vitória se enredavam em seus tornozelos e se agitariam no ar se fossem feitas de qualquer coisa mais pesada do que um *chiffon* leve. Agachando-se rapidamente, ela deslizou a mão para baixo da bainha de sua saia e puxou a estreita estaca de madeira presa à sua panturrilha.

Ela sentia a estaca sólida e confortável em sua mão. Esta era mais fina que a outra usada para matar o vampiro em sua própria festa de estreia, porém igualmente poderosa, segundo Eustácia. O truque era, disse-lhe a tia, encontrar uma estaca leve o suficiente para carregar e esconder com facilidade, mas também forte o bastante para não quebrar quando enterrada no esterno do vampiro.

Vitória apressava-se pelo corredor, ouvindo com seus ouvidos e com seus instintos. Ela não tinha certeza em qual quarto o casal desaparecera... mas quando o gelo em sua nuca se tornou quase doloroso em sua intensidade, ela parou do lado de fora de uma porta entreaberta.

Ele estaria esperando por ela; mas a dissimulação não era tão imperativa quanto habilidade e a astúcia. Será que ele podia senti-la assim como ela o sentia? Provavelmente, senão como é que a teria conhecido?

Ela abriu a porta com o pé e aguardou. Do seu campo de visão, no corredor, próxima à parede, ela podia ver dentro do quarto. Parecia ser um gabinete. Havia uma lareira e diversos sofás grandes cercavam um tapete persa vermelho e laranja. Um reflexo de movimento chamou sua atenção e ela observou enquanto a sombra quase invisível se movia.

Seria a sombra do vampiro? Ou da vítima, usada como isca?

O vampiro podia estar escondido atrás da porta, esperando Vitória.

Ela sabia como resolver isso. Chutou a porta com força, e esta se abriu, batendo na parede de trás e deixando o quarto inteiro à vista.

— Ah, vejo que nos achou!

A mulher estava sentada em um dos sofás e o vampiro encontrava-se ameaçadoramente atrás dela. O coração de Vitória acelerou. Aqui estava ela, cara a cara com um morto-vivo. Sem a vantagem da surpresa, com o problema adicional de uma vítima.

Ela então ouviu passos rápidos, vindos do corredor. E seu nome, chamado em voz baixa, mas com urgência:

— Srta. Grantworth?

Meu Deus! Rockley!

Ela pulou para dentro do quarto, bateu a porta, mantendo sua atenção no vampiro, e sua mão se fechou ao redor da estaca. Respirando fundo, como Kritanu lhe ensinara, colocou-se em posição de ataque e fitou o vampiro.

— Solte-a! — falou, com um gesto de cabeça para a mulher, que não mexeu uma palha, paralisada de medo que estava.

— Acho que não — ronronou o homem. Ele deu a volta no sofá e Vitória de repente entendeu muito bem o que tia Eustácia quisera dizer ao mencionar a atração exercida pelo vampiro. Essa percepção crepitava pelo quarto, uma atração inexorável em direção a ele. Como se ele segurasse as cordas dela em sua mão e as puxasse levemente.

Inconscientemente ela levou a mão à barriga e tocou seu *vis bulla* através da textura das saias. A tontura diminuiu. Seus dedos apertaram a estaca. Ele chegou mais perto.

Os olhos dele, ainda normais, porém brilhando com uma ferocidade que ela só vira uma vez — num cachorro louco que tivera de ser sacrificado — nunca se afastavam dos dela. Um sorriso curvava-lhe a boca.

— Então é você. Uma Venadora.

— Você parece ter vantagem sobre mim — redarguiu ela friamente. — Mas você não ficará por aqui tempo suficiente para aproveitá-la.

Uma risada grave saiu da boca dele, e ela captou o cintilar de presas. Os olhos dele se estreitaram, as pupilas se tornaram agulhas e a íris assumiu uma tonalidade entre rosa-pálido e vermelho-rubi.

— Nunca provei uma Venadora antes. Tenho certeza de que será bem gratificante. Totalmente delicioso.

Sem aviso prévio, ele se atirou sobre ela, movendo-se com tal velocidade que parecia ter voado como um suspiro, e suas mãos fecharam-se sobre seus ombros, apanhando-a de surpresa. Ela deixou cair a estaca, e ele riu quando o instrumento tocou suas botas. O seu aperto machucava; as unhas afiadas cravavam-lhe as partes macias dos ombros, enquanto ela lutava contra a agonia e o medo.

Antes de você houve apenas três outras Venadoras no último século de batalha contra Lilith. Duas delas tiveram mortes horrendas pouco depois de serem introduzidas ao Legado e receberem seu vis bulla.

Ela preferia morrer a dar a Max a satisfação de ser a terceira.

Vitória inclinou um pouco a cabeça para trás e então golpeou com a testa a cara do vampiro, agradecendo mentalmente a Kritanu por tê-la feito praticar esse golpe tantas vezes. Ela sentiu o nariz adunco dele sendo quebrado, e a reação dele à dor permitiu que ela se libertasse. Arremeteu ao chão e agarrou a estaca lisa de freixo, mas antes que ela pudesse erguer-se, ele se recuperou e jogou-a no chão.

Saias espumosas cor-de-rosa envolviam-lhe as pernas enquanto ela rolava de costas, então ela encolheu os joelhos até o peito e chutou com ambos os pés. Atingiu-o em cheio no peito quando ele se inclinava para ela, arremessando-o contra uma mesinha, que virou, espalhando seus objetos pelo tapete. O vampiro caiu por terra e ela o seguiu, rolando sobre o tapete persa com a estaca pronta na mão.

Estava prestes a enterrá-la no peito dele quando algo lhe envolveu o pescoço por trás. Um braço magro e forte, que terminava em uma luva branca. Saias azuis, uma cor que não combinava com o vestido de Vitória enrolado aos seus pés.

Enquanto o braço a puxava, Vitória atirou sua cabeça para trás, arrebentando a cara da mulher. Mas o vampiro agarrou-lhe os ombros novamente, puxando-a em direção a seus dentes arreganhados.

Ela começou a dar chutes para todos os lados, não da maneira calculada que Kritanu lhe ensinara, e sentiu o pânico oprimir-lhe o peito. Dois vampiros! Ela fora enganada novamente!

Vitória sentiu o hálito quente do vampiro no pescoço, sentiu a atração do seu chamado; a promessa de que se ela simplesmente relaxasse... se simplesmente se entregasse... não haveria dor, apenas prazer. Êxtase. Libertação.

Seu hálito a hipnotizava; seus olhos em brasa a penetravam, promissores.

Ela sentiu vagamente um movimento por trás dela, e então o solavanco dele afastando alguém, rosnando de raiva. A mulher, pensou no fundo de sua mente. *Ele me quer para si.*

A madeira lisa deslizou por entre seus dedos. Ele respirou novamente, drenando-lhe as forças. A mente dela enevoou-se.

Ela fechou os olhos.

A sede do marquês permanece insaciada

Maximiliano passou trombando pelo mordomo, que o teria anunciado se tivesse recebido a chance, e desceu com pressa a vasta escadaria na residência dos Dunstead.

Dois vampiros Guardiões à solta e aqui estava ele, caçando uma Venadora novata, que estava mais preocupada em preencher seu cartão de dança e alternar-se entre almofadinhas do que em manejar uma estaca. Apenas a chance ínfima de que os vampiros a encontrassem primeiro convencera-o a alertar a srta. Grantworth, localizando-a em um baile cretino.

Uma rápida olhada pelo salão abarrotado mostrou-lhe que ela não estava participando daquela valsa ridícula. A sua nuca permanecia neutra; nenhum vampiro nas proximidades. Franzindo o cenho, Max passou empurrando um magote de debutantes risonhas que o encaravam por trás de leques em todos os tons de rosa. Lançou-lhes uma carranca a fim de afastá-las, mas algumas delas o olharam fazendo bico, com promessas nos olhos.

Malditas inglesas idiotas! Nada na cabeça a não ser o que um homem tem em sua carteira ou nas calças. Ou ambos. Não admirava que tantas delas fossem alvos de vampiros: eram fáceis de identificar.

Ele foi abrindo caminho aos empurrões pelo salão. Tinha vontade de cair fora, voltar para a rua e rastrear os Guardiões, mas também tinha que informar Eustácia de que fizera o possível para localizar Vitória. Ele percorreria todo o perímetro do salão, daria uma olhada no terraço, já que não era improvável que a virginal srta. Grantworth encontrasse uma desculpa para passear sob o luar... e então iria embora.

Fizera o circuito e nem sinal de sua presa; estava prestes a pisar no terraço quando sentiu uma leve brisa gelada na nuca. Max parou. O calafrio era fraco, quase inexistente; mas como não havia corrente de ar e sua nuca estava encoberta por uma saudável quantidade de cabelo, não havia como equivocar-se. Ele olhou em volta, esquadrinhando o salão novamente e depois o corredor que prosseguia após cinco degraus.

Ali!

Ele galgou os degraus e cruzou o corredor, que fazia uma curva depois de apenas três portas. Com os cabelos de sua nuca agora arrepiados, ao menos ele sabia que estava no caminho certo. O fato de Vitória não se encontrar no salão intensificava sua preocupação: ou ela estava com o vampiro — ou vampiros — ou lá fora beijando um de seus pretendentes. De uma forma ou de outra, Max teria que lidar com a situação.

Uma Venadora novata não era páreo para um vampiro Guardião; que Deus a protegesse se ela estivesse lutando contra dois!

Enquanto se precipitava pelo corredor, viu um dos almofadinhas por quem Vitória se derretera no baile dela.

— Srta. Grantworth? — chamava o homem, abrindo uma das portas.

Ou tinha um encontro marcado com a garota ou a estava perseguindo num encontro *dela*. Não importava, Max tinha que se livrar dele, pois era óbvio que Vitória estava por perto.

— Por acaso o senhor está procurando a srta. Vitória Grantworth? — perguntou Max polidamente, disfarçando sua aflição. Sua nuca estava congelada.

O homem, um tal marquês de Rockford ou coisa que o valha, empertigou-se como se tivesse sido pego com a mão no corpete de uma dama.

— De fato, estou — respondeu, fitando-o com uma ponta de desafio nos olhos profundos.

— Acho que acabei de vê-la andando naquela direção... parecia estar voltando à pista de dança — disse-lhe Max. A última coisa que precisavam era da intromissão de um sujeito metido a herói, exatamente o que aquele marquês de Não Sei das Quantas parecia ser. — Ela estava com muita pressa.

O marquês mediu-o de cima a baixo e curvou levemente a cabeça.

— Obrigado ao senhor.

Max mal esperou que o sujeito fosse embora para seguir apressadamente pelo corredor. Seus instintos o guiavam e ele soube quando encontrou a porta certa.

Escancarou-a e entrou correndo, puxando uma estaca do bolso.

Chegou bem a tempo de ver um vampiro se pulverizando no outro lado do quarto; mas não teve chance de assimilar os detalhes, pois um segundo Guardião virou-se quando ele irrompeu porta adentro e voou para ele com espantosa velocidade. Max a deteve no pulo enterrando-lhe a estaca no peito, e a vampira, com um *puf*, se foi.

Fechando a porta atrás de si, pois tudo acontecera tão rápido que ele a deixara escancarada, Max adentrou o quarto e inspecionou a cena.

Vitória estava num emaranhado de saias no chão, mas começava a se levantar quando ele se aproximou. Seu cabelo preto encaracolado ainda estava preso atrás de sua cabeça, entrelaçado com arrebiques que pareciam lampejar quando ela se mexia. Um grosso saca-rolha se desprendera e caíra sobre um ombro branco. O delicado tecido de suas saias estava irremediavelmente amarfanhado, e sua bela pele inglesa apresentava um brilho mais pálido que o normal.

— Maximiliano — disse ela procurando endireitar-se, apoiando-se no recosto de um sofá. Ele notou que a mão dela tremia um pouco ao afastar uma mecha de cabelo dos olhos. — Quão fortuito você chegar a tempo de ver minha grande façanha. Ou — continuou ela, baixando o queixo e olhando-o por entre os cílios — você veio me resgatar? Lorde Crava-Estacas salvando a donzela indefesa?

Ela estava branca. E o leve tremor de sua voz entregava sua tensão. E...

— Porca miséria! — Max estava a seu lado e rudemente afastou os revoltos cachos negros que escondiam... — Você foi mordida!

— Aiiii! — Ela se retraiu, ainda apoiada no sofá. — Estou perfeitamente ciente disso... e dói, portanto não mexa!

Maximiliano ignorou a resposta e puxou-a para perto de um dos lampiões a gás a fim de ver melhor.

— Ele não sugou muito. — Max alisou levemente a pele morna de Vitória, sentindo a batida ritmada de uma veia sob seus dedos ásperos. Quando afastou a mão, percebeu que uma mancha rubra coloria seus dedos. — Maldição!

Enfiou a mão no bolso e remexeu lá dentro até puxar um frasco.

— Não se mexa, Vitória! — disse ele com aspereza, girando a rolha da ampola. Empurrou-lhe a cabeça para o lado de modo bem pouco gentil a fim de ver a ferida. Antes que ela pudesse reagir ele já havia salpicado água nos quatro pequenos círculos vermelhos.

Vitória guinchou de dor e afastou-se de um pulo, apertando a mão sobre a ferida.

— O que você está fazendo?

— Lavando a mordida com água benta e sal, é claro. Sim, arde mesmo, mas é o único recurso a esta altura. Você vai ficar bem, mas preciso levar você até Eustácia imediatamente. Ela tem um unguento...

— É claro! Eu sei disso! — O olhar com que ela o fitou era mortal. Largou o sofá e chacoalhou as saias. — Meu vestido está arruinado! Não posso sair daqui e voltar à festa nestas condições! Todos vão pensar que... bom, vão pensar o pior!

Max fechou a boca. Quando falou, seu maxilar estava retesado.

— Vou pegar a sua capa...

— Não, você nunca conseguirá encontrá-la. Vou com você e nós poderemos cobrir o meu vestido. Mas a minha mãe...

— Eustácia mandará a ela um bilhete explicando — replicou Max, conduzindo-a até a porta. — Venha, nós temos tempo, mas não muito. A água benta salgada vai apenas retardar o veneno do Guardião por um curto período de tempo. — Ela a empurrou para fora do quarto e seguiu o caminho indicado por ela corredor abaixo, de volta ao salão.

Quando ela encontrou sua capa e deu um jeito de cobrir o vestido, ele aproveitou para ajustar-lhe o aplique de cabelo, encaixando-o firmemente na gola da capa para esconder a mordida.

Momentos depois, ele a conduzia pelo salão, desviando de qualquer um que parecesse ansioso para conversar, quando surgiu o marquês de Rockford. Vitória congelou; Max pôde senti-lo por toda a extensão do braço que ele vinha usando para direcioná-la em meio à multidão.

— Srta. Grantworth. E... hã... hum. — Ele encarou Max fixamente. — Eu a estava procurando.

— Lorde Rockley — disse Vitória, num tom gentil que Max jamais escutara em qualquer conversa com ela —, peço desculpas por desaparecer, e lamento ainda mais que esteja sendo chamada à cabeceira da minha tia-avó. Ela está doente de novo.

Rockley — então esse era o nome dele — olhou para Max novamente, e de volta para Vitória.

— Entendo. Bem, *milady*, lamento não ter conseguido matar sua sede hoje. Boa noite.

— Milorde, espere! — Vitória largou Max e agarrou o braço do marquês. Ele parou e olhou para ela; e até mesmo para Max ele pareceu frio e distante, embora certamente uma das mulheres mais lindas do salão o estivesse puxando. — Permita lhe apresentar o secretário particular de minha tia, e meu *primo* — Max reparou que ela enfatizara a última palavra — Maximiliano Pesaro. Ele veio me levar à presença dela. Urgentemente.

Rockley mediu Max de novo com o olhar e deu-lhe um aceno de cabeça quase imperceptível.

— Filipe de Lacy, marquês de Rockley, às suas ordens... hã... senhor.

A paciência de Max se esgotara. Os rapapés da sociedade e o flerte entre uma debutante e um almofadinha com título de nobreza nada significavam no grande esquema das coisas, a saber, que a adorada sobrinha de Eustácia Gardella carregava uma mordida de vampiro no pescoço.

— Muito prazer. Vitória, devo insistir para irmos embora. Sua tia está em um estado desesperador.

Para a surpresa de Max, Vitória permitiu que ele praticamente a arrastasse; ela quase precisou correr para acompanhar-lhe os passos largos, mas o fez com um mínimo de queixa.

— Você parece não ter noção de quão pouco tempo dispomos para remediar a situação em que você tão tolamente se colocou — rosnou ele, enfiando-a na carruagem que os aguardava.

Vitória tropeçou na entrada e engatinhou até um canto afastado, recolhendo suas saias e capa. A despeito de sua empáfia ao vê-lo, ela estava horrorizada com a possível consequência de sua fraqueza. No entanto, recuperou-se bem rápido.

— Suponho que terá alguns comentários desagradáveis para fazer sobre o meu infortúnio — disse ela quando a carruagem desatou a cambalear. — Sobre meu fracasso como Venadora. Mordida por um vampiro. Que grande piada para você!

Max a fitava de seu assento do outro lado da carruagem. Uma pequena lamparina pendurada no canto jogava uma luz suave no interior, suficiente para que ela pudesse ver a boca dele fechada numa linha fina.

Ele hesitou apenas por um instante, e então arrancou seu lenço, que estava perfeitamente ajeitado, jogando-o com brutalidade para o lado. Vitória observou, estarrecida, enquanto ele desabotoava o colarinho e o abria, exibindo seu pescoço. Ele virou para um lado, puxando o tecido, e quatro pequenas marcas ficaram à mostra.

Com um olhar impassível ele virou para a direção oposta e mostrou o outro lado de seu pescoço, quase na junção com o ombro. O lado que ainda não cicatrizara totalmente.

— A razão pela qual carrego um frasco com água benta salgada.

Ele se recostou no assento e virou-se para a janela.
Vitória fechou a boca e não disse mais uma palavra.

* * *

Ela não podia esquecer o quão facilmente sucumbira à sedução do vampiro. Quando os lábios dele haviam tocado o seu pescoço, ela amolecera e se deixara dominar. Os dentes dele, afiados como agulhas, haviam brincado ali, arranhando gentilmente sua pele, acariciando, espetando-lhe a veia enquanto ela jazia em seus braços, maleável como um punhado de cera.

E então, assim que ele afundou suas presas na pele dela... enquanto o doloroso prazer a invadia e a inundava... ela reuniu os últimos traços de realidade que ainda adejavam na sua mente e fechou dedos ao redor da estaca. Ele gemeu em êxtase, e ela golpeou.

Puf!

Ele estava morto e, de repente, Maximiliano estava lá. E agora ele a trouxera à casa de tia Eustácia.

— Os Guardiões a haviam encontrado quando cheguei — explicava Max enquanto empurrava Vitória para dentro do salão. O pescoço dela ainda latejava, graças a mais uma generosa aplicação da água benta salgada de Max durante o trajeto na carruagem, conduzida por Briyani.

— Guardiões? — perguntou Vitória sendo levada a uma poltrona. Afundou-se nela e ficou sentada placidamente, enquanto Eustácia e Kritanu afobavam-se pela sala, preparando uma coisa com cheiro horrível que, segundo ela imaginava, seria espalhada sobre a mordida. Ou, pior, que ela teria de beber.

— Vampiros Guardiões — falou Kritanu com sua entonação gentil. — Ferozes e leais a Lilith, são sua guarda de elite. Ela própria converteu cada um deles; são seus criados particulares. Muitos deles são mortos-vivos há séculos, ou mais. Você pode distinguir um Guardião pela cor de seus olhos: não são tão vermelhos como sangue, mas rosa-escuro.

Vitória assentiu com a cabeça.

— Essa é a única coisa que os diferencia dos demais vampiros?

— Guardiões carregam um veneno em suas presas, diferente de outros vampiros e Imperiais. Pode causar a morte, mesmo num Venador. É por isso que Max estava tão determinado a trazer você de volta, sem delongas.

— Imperiais? O que são eles? — perguntou Vitória. — Vocês não me disseram que havia tipos diferentes de vampiros.

— Guardiões e Imperiais não são comuns, e como você tem tanto que aprender, achei necessário concentrar seu tempo em ensiná-la a combatê-los, e deixar para ensinar outros aspectos dos mortos-vivos com o tempo — confessou Eustácia. — Vejo que prestei um desserviço ao tentar não sobrecarregá-la, Vitória. Você poderia ter estado mais bem preparada para reconhecê-los hoje à noite.

— Imperiais são os vampiros mais velhos — explicou Kritanu com doçura. — Muitos deles têm séculos, até milênios de idade. Carregam espadas e podem voar, ou mover-se com tal velocidade que parecem voar. Seus olhos são de um vermelho-escuro arroxeado, e embora não tenham o veneno dos Guardiões, são os mais temíveis de todos os vampiros. E os mais raros.

— E é por isso que não achei que você precisasse saber disso tão cedo. — Eustácia olhou para Max. — Não esperava que eles fossem tão ousados. Geralmente os Guardiões permanecem próximos a Lilith; e Max não luta com um Imperial há dois anos.

— Era óbvio que estavam procurando Vitória; foram atrás dela no baile.

— Você os executou? — perguntou Eustácia ao inclinar-se para o pescoço de Vitória, aproximando tanto a lâmpada, que esquentou sua pele. — Fez bem, Max — acrescentou ela, passando os dedos sobre a área inchada. — Graças a seu raciocínio rápido isto será bem menos doloroso.

— Vitória enterrou a estaca no vampiro que a estava mordendo. Eu matei o outro. — Max parecia concentradíssimo na página de um livro aberto. A página fez barulho ao ser virada.

Eustácia olhou Max e depois Vitória.

— Você enterrou a estaca no Guardião que a mordeu? *Sorprendente*! Kritanu, o unguento.

— Sim... estavam ambos me atacando, mas ele empurrou a mulher para longe. Aí, quando ele... — Ela olhou de relance para Max, aparentemente tão desinteressado quanto se ela estivesse descrevendo um novo vestido. Não obstante, ela baixou a voz. Não queria que a profundidade de sua fraqueza fosse tão... evidente. — Quando ele se inclinou para me morder... eu o deixei! Ele... me hipnotizou, eu acho. Senti que ele me puxava e... aiii! — berrou, sem dar-se conta do som horrendo de seu grito. Aquele unguento *doía*.

Ele não era apenas frio e com um fedor pútrido; também ardia como se escavasse dentro de sua pele. A queimação era dez vezes pior que a água salgada de Max, e Vitória não pôde reprimir as lágrimas de dor.

— Eu sei que é desconfortável, minha querida, mas isto diminuirá muito a cicatriz e destruirá a maior parte, senão todo o veneno do Guardião. Com sorte, ficará parecendo manchinhas comuns de pele. E juntando ao fato de que você executou o vampiro que fez isso, eu diria que não haverá efeitos nocivos.

Vitória resistiu ao ímpeto de olhar para Max, que já virara mais três páginas. Ele havia abotoado de novo seu colarinho e amarrado de novo sua gravata. Mas ela se lembrou das cicatrizes em seu pescoço. Eram muito mais visíveis que uma pequena mancha. O homem tinha sorte de que colarinhos altos e engomados estivessem na moda.

Eustácia foi lavar as mãos e Kritanu gentilmente embalou o pescoço de Vitória com um pano, cobrindo a pasta que ainda doía como se estivesse consumindo sua pele.

— Respire fundo e devagar, para dentro e para fora — disse ele em voz baixa. — Para dentro e para fora. Vai ajudar a diminuir esse incômodo.

Vitória fez o que ele sugeriu e, realmente, a dor diminuiu.

— Você deve dormir aqui, hoje — disse-lhe Eustácia. — Já mandei um aviso à sua mãe na casa dos Dunstead, para que ela não se preocupe. Vou dizer-lhe que eu mandei a carruagem buscar você, pois se bem conheço Melly, ela vai ter um troço se souber que você andou de carruagem sozinha com Max.

Ela segurou as mãos de Vitória.

— Você cravou a estaca num Guardião enquanto ele estava mordendo você. Se eu tivesse qualquer tipo de reserva com relação à sua vocação de Venadora, Vitória Gardella Grantworth, ela não existiria mais. Na verdade, eu suspeitava desde o início que você era especial. Agora sei que você é. Se alguém pode deter Lilith, é você.

5

A srta. Grantworth encontra
uma aliada inesperada

— *Milady*! A sinhora foi murdida por um vampiro! — Os olhos de Verbena se esbugalharam no espelho por cima do ombro de Vitória. Com sua cara redonda e o abominável cabelo crespo e ruivo, a empregada parecia um bebê recém-desperto.

Antes que Vitória pudesse responder, ou mesmo compreender como sua empregada reconhecera a mordida, Verbena se inclinou para olhar mais de perto.

— Parece que vai cicatrizá direitim — disse ela, com ar sábio. — A sinhora colocô água benta salgada nela, né?

— Verbena, como é que... — Vitória se recompôs. — Você não está nem chocada!

— Não, *milady*, e por que estaria? Com toda essa bagunça de crucifixo e estaca por aí, e a cruz que a sinhora tem na barriga, que tipo de empregada eu seria se não prestasse tenção nessas coisa? Eu tava esperando a sinhora me perguntá cumé qui faz pra escondê alho nas suas luva!

— O cheiro não seria nada agradável — respondeu Vitória lentamente. Queria chacoalhar a cabeça para pensar melhor, mas não achou que isso ajudaria.

— E por que a sinhora não carrega sua própria água benta salgada, eu me pergunto. E cumé que a sinhora acabou sendo murdida? Eu achava que os Venadô num era murdido!

— Como você sabe que eu sou uma Venadora? — Cansada de olhar a criada pelo reflexo do espelho, Vitória virou seu banquinho e encarou-a.

Verbena cutucou seu abdome com o dedo.

— A sinhora tem o sinal, uai!

— Mas como você sabe dessas coisas todas? Vampiros e Venadores?

Verbena deu de ombros.

— Quem não sabe? Dos vampiro, quero dizê. Todo mundo sabe, só que prefere acreditá que eles não existe. Eles acredita quando são murdido, mas aí é tarde demais, na maioria dos caso. Todo mundo sabe que tem que enterrá uma estaca de madeira no coração deles, e todo mundo sabe do crucifixo e da água benta. Eu sei que a maioria das pessoa acha que os vampiro são gente feia e assustadora que enfiam as garra no peito dos outro, mas não é assim, não. Já vi uma murdida antes, ô se vi! Meu primo de segundo grau, Barth, ele sabe um monte sobre vampiro, e ele me conta umas história desde que eu era criança. E ele vê vampiro o tempo todo, nuns lugar que nem St. Giles. Ele carrega um crucifixo grandão, ô se carrega! Leva ele bem na frente quando anda na rua. Ele fica muito engraçado andando assim, mas é melhor andá seguro do que andá elegante.

Aparentemente, quando Verbena começava a falar, não parava mais.

— Bem, Verbena, devo dizer que é muito bom você estar tão... hã... acostumada com a ideia, pois isso tornará as coisas muito mais fáceis para mim. É claro que *lady* Melly não pode saber nada sobre isto.

— Sim, *milady* — concordou Verbena, acenando com a cabeça. — Sua mãe teria um treco e despacharia a sinhora para o campo de vez. E aí o que seria da gente? Não tem vampiro no campo, que eu saiba. E eu já andei pensando em outras maneira de penteá o seu cabelo pra módi podê colocá uma estaca dentro dele, pra sinhora tirá ela com facilidade quando precisá.

"E acho que tem até jeito de colocá duas, porque vai que a sinhora perde uma, e aí faz o quê? A sinhora é sortuda de tê esse cabelão todo, dá pra fazê muita coisa com ele. E até essa murdida cicatrizá, bom, *milady*, vai sê um desafio com essas roupa da moda que mostra o pescoço e os peito tudo, mas eu tenho umas ideia e vamo dá um jeito na coisa. Pode deixá que eu cuido disso.

— Sim. — Vitória virou-se de volta para o espelho. Depois daquilo tudo, o que mais ela poderia dizer?

* * *

— Aprecio a devoção dela pela tia, mas se Vitória continuar a desaparecer em momentos inoportunos, vai perder todas as chances de conquistar o marquês, ou qualquer outro contrato de casamento vantajoso! — *Lady* Melisande andava de um lado para outro na sala de estar de Grantworth House.

— Ora, Melly, não faça escândalo — instou Petronilha. — Obviamente o fato de a sua antessala e salas de estar se encontrarem repletas de flores indica que Vitória despertou interesse em mais de um noivo em potencial!

— De fato, mas nenhuma delas veio do marquês de Rockley! Ele não a visitou hoje, e temo que ao deixar o baile cedo ontem à noite Vitória tenha esfriado o interesse dele.

Winifred pegou um biscoito de gengibre, e um grande crucifixo fez barulho contra seu peito quando ela se recostou de volta.

— Você disse que sua tia está doente?

— Não sei, mas ela mandou seu amigo Maximiliano Pesaro buscar Vitória ontem à noite, alegando estar doente. Não quero interferir, pois minha tia tem uma vasta fortuna que vai deixar para nós... e... bem, ela pode ser meio assustadora... mas o momento não podia ter sido mais inoportuno para levar Vitória embora!

— Maximiliano Pesaro? Não creio que o conheça — comentou Winnie, olhando com interesse o glacê de limão na bandeja de biscoitos de chocolate. Ela tinha que selecionar com cuidado, por medo de escolher um com menos glacê. — Quem é ele?

— Era aquele homem assustadoramente alto que atravessou o salão depois do jantar como se estivesse numa missão importante. Um tipo moreno com uma expressão que quase fez meu coração pular do peito! — respondeu Petronilha, apertando o peito como para manter o órgão no lugar. — Ele parece terrivelmente perigoso. Como um pirata!

— Pelo menos você não disse que ele parece um vampiro. — Melly sentou-se em sua espreguiçadeira favorita. — É um amigo pessoal da minha tia, e chegou recentemente da Itália. Talvez há uns seis meses.

— Ele poderia ser um vampiro — considerou Petronilha, com os olhos brilhando. — Pergunto-me se não será! Sua tia parece saber muito sobre eles.

— Comecei a carregar alho na minha *nécessaire*, por recomendação da sogra da irmã do meu mordomo — confessou a duquesa. — Não desejo ser uma vítima daquelas criaturas!

— Uma duquesa carregando alho. Que ridículo! — riu Melly. — Winnie, vampiros não existem. Inclusive, a última que me foi contada por meu primo, lorde Jellington, é que os policiais acreditam que aquelas pessoas encontradas mortas no cais foram atacadas por algum tipo de cachorro louco, e as garras deixaram aquelas marcas que as pessoas pensam que são Xs. Eles mataram um deles a tiros dois dias atrás, e não houve mais ataques desde então.

— E as pessoas que desapareceram? Beresford-Gellingham e Teldford?

Melly depôs sua xícara de chá de maneira algo abrupta.

— E o que é que você acha que aconteceu com eles, Winnie? Que eles próprios viraram vampiros? Isso é um absurdo! Beresford-Gellingham provavelmente se mandou para o continente para fugir dos credores, e Teldford é burro o suficiente para ter tropeçado e caído no Tâmisa para nunca mais ser visto. Só porque desconhecemos o paradeiro de duas ou três pessoas, não significa que existam vampiros por aí!

— Minha empregada me contou que ouviu falar de uma mulher que foi visitada por um vampiro no seu dormitório — murmurou Petronilha com a mão trêmula ao pescoço. — Ela disse que não foi nem um pouco assustador... que ele era muito gentil e... ardente.

— Gentil até chupar todo o sangue dela com suas presas! — exclamou Winnie, chocada. — Nilly, eu lhe garanto que não seria nenhuma festa que uma criatura chupasse o sangue do seu peito!

— Eu concordaria se acreditasse que eles sequer existem. Agora chega desse assunto ridículo! Digam-me o que devo fazer para assegurar que Rockley recuperará seu interesse por Vitória — disse Melly, esquecendo seu hábito de petiscar. Ela enfiou um biscoito inteiro de gengibre na boca.

* * *

— Rockley foi tão atencioso ontem à noite, e a maneira como ele falou sobre pegar uma limonada para você e ter sede a noite inteira... bem, eu tinha certeza que ele convidaria você para uma segunda dança, Vitória. Não consigo imaginar o que pode ter acontecido — disse *lady* Melly, enquanto se acomodavam na carruagem aquela noite.

— Eu também não, mamãe — mentiu Vitória.

— A menos que aquela garota, Gwendolyn Starcasset, o tenha fisgado novamente. Ele já dançou com ela duas vezes no baile de *lady* Florina, há três semanas. — Melly estreitou os olhos e franziu os lábios. — Você tem que se esforçar mais para atrair a atenção dele, Vitória. A menos que algo o tenha desagradado, e não imagino o que possa ser, você não terá problemas em ganhar de novo a atenção dele. Ele acha você muito atraente; não tirava os olhos de você enquanto você dançava com aquele horroroso lorde Truscott, sobre quem eu já a alertei.

— O lorde Truscott não era tão horroroso.

— Humpf! Ele não tem nem o dinheiro nem a aparência de Rockley. Realmente espero que você seja atenciosa com ele na próxima vez que o vermos em algum evento. Acho que você não devia ter saído do baile tão cedo na noite passada.

Vitória assentiu. Uma vez que sua mãe se metia a tramar alguma coisa, não havia como dissuadi-la. E, aparentemente, *lady* Melly estava determinada a transformar sua filha e o marquês em um casal.

Para ser honesta, Vitória tinha de admitir que a ideia lhe agradava. Dançara com Rockley várias vezes, conversado com ele em outros eventos sociais, e não via defeitos no marquês. Ele era gentil, charmoso, inteligente e amável, assim como fora naquele verão, tanto tempo atrás, quando ela o conhecera apenas como um moço despreocupado e corajoso. Eles haviam se encontrado todos os dias durante uma quinzena, e ele nunca dera indicação alguma de ser mais que um garoto do vilarejo. Ele a achava interessante, original e a havia procurado, com base nessa lembrança que guardara dela. Isso significava algo, não?

Ou talvez a lembrança que ele tinha dela era tão perfeita — embora ela não percebesse o que havia de perfeito numa menina dando-lhe broncas — que a realidade do que ela era hoje, uma jovem dama, não combinava com o que ele se lembrava. Talvez ela fosse uma decepção.

Pelo menos ele não tinha tentado atraí-la para um quartinho isolado e enfiado sua língua na garganta dela, ou a mão dentro do seu corpete, como o visconde de Walligrove fizera no jantar dos Terner-Fordham, duas noites atrás. Vitória lidara muito bem com aquele devasso de lábios inchados. Ele nem percebeu o que o havia atropelado quando ela utilizou alguns golpes de *kalaripayattu* ensinados por Kritanu. Combinadas com a força extra advinda do *vis bulla*, as técnicas de defesa de Vitória deixaram o visconde estatelado no chão com um olho roxo, o nariz quebrado e um tornozelo deslocado.

Talvez no futuro ele pensasse duas vezes antes de agarrar uma garota inocente.

— Teremos que procurar outra criada para você, Vitória — continuou *lady* Melly, mudando completamente de assunto. — Aquela garota, Verbena, é muito descuidada em seu trabalho.

Olhe para você, seu cabelo já está desmontando, e nós ainda nem chegamos à casa dos Straithwaite!

Ela se inclinou para a filha, tentando pegar o grosso cacho sobre o ombro de Vitória.

— Mamãe, por favor — disse Vitória, tentando esquivar-se, embora isso significasse espremer-se ainda mais no canto do assento que dividia com a mãe e amarfanhar suas saias. — Não tenho necessidade alguma de substituir Verbena. Ela arrumou meu cabelo assim de propósito; eu queria experimentar um novo estilo. Talvez lancemos uma nova moda. — Ela sorriu, brincando com a ofensiva mecha de cabelo para assegurar que cobrisse as quatro marcas vermelhas em seu pescoço.

— Humpf! — *Lady* Melly recostou-se no assento. — Não posso dizer que gosto do estilo, mas até que é bom ser original. Se você precisa ser original para atrair a atenção de Rockley, então seja. Suponho que o sarau dos Straithwaite seja um dos melhores lugares para se estrear um novo estilo, se é que existe tal lugar.

Vitória não podia discutir. Lorde Renald e *lady* Glória Straithwaite eram primos distantes de *lady* Melly, e todo ano exibiam o considerável talento musical de suas quatro filhas numa performance cuidadosamente coreografada para mostrar o melhor delas. A mais velha ficara noiva na última temporada, e os Straithwaite claramente pretendiam continuar nessa direção.

Como as filhas Straithwaite eram triplamente dotadas — com talento, fundos e curvas — o sarau era bem frequentado pelos solteiros da alta sociedade em busca de casamento.

Pouco depois de chegar a Stimmons Hall, Vitória viu-se sentada no salão de baile. Naquela noite haveria música, mas não dança. As filas de cadeiras e alguns sofás ao longo das paredes laterais deixavam claro que toda a atenção seria concentrada nas quatro irmãs Straithwaite.

Ela não pôde evitar esticar o pescoço para ver se Rockley optara por comparecer, mas não viu sua cabeça escura em parte alguma. Vitória se acomodou em sua cadeira para ler o programa elegantemente impresso que vinha enrolado e atado com uma fita rosa-claro. Quando o desenrolou, entendeu por quê. Até que alguém se sentasse e abrisse o programa, era tarde demais para inventar uma desculpa e sair.

Dez peças estavam listadas.

Dez.

Vitória abafou um gemido. Ela apreciava Mozart e Bach como todo mundo, mas ter que ouvir dez peças diferentes, cada uma com três movimentos, era demais. Ela deu uma olhada de relance aos outros presentes para ver se havia outras caras chocadas, mas não havia.

Ela simplesmente teria que aguentar aquilo.

No começo, Vitória ouviu. Ela realmente tentou ouvir. Sentou-se recatadamente ao lado da mãe e levou todo o tempo que pôde para ajeitar suas delicadas saias em pregas suaves sobre os joelhos e a cadeira. Depois colocou as mãos no colo, com a pequena bolsa debaixo dos dedos. Podia sentir o contorno de um frasquinho na pequena algibeira, que a fez lembrar da dor atroz no seu pescoço quando Max derramara água benta salgada na mordida. Verbena dera um jeito de arrumar uma garrafinha cheia para que Vitória tivesse a sua própria.

A raiva pelos comentários arrogantes de Max e a dor que ele infligira nela sem aviso ocuparam a mente de Vitória por aproximadamente três movimentos de um dos quartetos de Mozart. Foi só ao perceber que, em sua irritação, não estava amassando apenas sua bolsa, mas também sua saia de seda, que ela resolveu pensar em algo menos enervante que Max.

Talvez houvesse um vampiro ali naquela noite, e ela teria uma desculpa para sair de fininho do salão. Vitória prendeu a respiração e se concentrou nas sensações de sua nuca.

Não sentiu frio algum nela.

Ou... talvez outro cavalheiro devasso tentasse se aproveitar de uma das jovens damas, e Vitória poderia ir dar-lhe uma lição.

Ela tentou ouvir mais uma vez, e conseguiu prestar atenção em cada uma das quatro filhas Straithwaite e à coleção de instrumentos que elas tocaram ao longo de um concerto para piano de Bach. Durante os três movimentos ela conseguiu acompanhar a melodia e seus fluxos e refluxos... e Vitória sentiu que aquilo era um grande feito.

Então olhou o programa e se deu conta de que o sarau não estava nem na metade.

E sua nuca ainda estava morna.

Afogando um suspiro, começou a pensar em Rockley.

Era um prazer delicioso relembrar como eles deslizavam suavemente pela pista de dança, seus braços fortes envolvendo-a no limite do apropriado, mas perto o bastante para que ela sentisse o seu calor e cheirasse o aroma levemente defumado de seu paletó. O modo como ele a olhava com aqueles olhos negros e semicerrados fazia com que ela desejasse fechar os seus e submergir na lembrança.

Ela queria beijá-lo. Sabia que um beijo partilhado com o marquês nada teria a ver com o que lhe fora forçado pelo visconde de Walligrove. Fantasias sobre beijos podiam não ser pensamentos apropriados para uma jovem dama, mas até aí, a maioria das jovens damas não usava penteados de estacas de freixo nem perseguia vampiros.

Nem possuía a habilidade e força para botar um homem adulto de joelhos num instante.

Era um poder que subia à cabeça.

O único pensamento que estragava seu prazer em recordar a dança com Rockley era o modo como ele olhara para Max.

Tal pensamento reacendeu o rancor dela contra o mestre matador de vampiros, cuja arrogância e língua afiada davam-lhe nos nervos. E o modo como ele a olhava quando ela mencionava um baile ou jantar, como se ser uma Venadora e ter vida social fossem opções mutuamente exclusivas!... Os dedos dela amarfanharam as saias novamente.

Ela sentiu um cotovelo pontudo no flanco, e virou-se para encarar sua mãe, que olhava feio para as mãos de Vitória. Esta sorriu para *lady* Melly, largou o pobre tecido e tentou de novo concentrar-se na música.

A sétima peça, de dez. Mais da metade já fora. Porém... ela olhou a lista mais de perto. Havia quatro movimentos em cada uma das três últimas seleções, em vez de três.

Vitória fechou seus olhos e os reabriu. Olhou para a lista, contou mais uma vez e viu que não se equivocara.

Os vampiros pareciam estar frequentando eventos sociais; por que um deles não podia ter comparecido ao sarau dos Straithwaite?

Não havia dúvida de que a música era linda e elegantemente executada. As musicistas eram encantadoras de olhar, cada uma vestida em tons diferentes de azul: celeste, turquesa, ciano e safira. Mas não se consegue ouvir um piano, um violino, uma viola, um violoncelo por tanto tempo sem ter vontade de levantar e andar por aí. Ou enfiar uma estaca num vampiro.

A decepção fez com que ela olhasse mais uma vez o programa, torcendo para que as irmãs musicais começassem logo a tocar o Concerto para Piano em Ré Menor de Mozart, a última peça da lista.

Naquele instante, Vitória sentiu uma corrente de ar na nuca. Era fria. Ela se empertigou na cadeira, não mais sonolenta ou entediada. Até que enfim! Algo para ocupar sua mente!

Ela tentou olhar ao redor sem ser notada. Percebeu, então, que o friozinho sumira, e que a corrente de ar fora apenas uma brisa que havia entrado pela janela que alguém tivera o abençoado bom senso de abrir.

Vitória ficou imóvel, esperando, respirando lenta e profundamente para concentrar toda sua atenção no barômetro que possuía na nuca. Estava certa de ter sentido algo frio. Não era apenas uma brisa.

Mas nada mudou.

Quando as irmãs Straithwaite finalmente iniciaram a seleção final do programa, Vitória sentiu uma mudança atrás dela. Como se alguém a estivesse olhando. Os cabelos de sua nuca comichavam, provocando arrepios em um dos braços.

Não era um vampiro, não. Não foi o que ela sentiu. Não era uma sensação desconfortável. Era...

Vitória largou o programa e, ignorando o cenho franzido de sua mãe, inclinou-se para pegá-lo, olhando para trás ao fazê-lo.

Era Rockley. Em pé no fundo do salão, ele chegara obviamente muito atrasado ao sarau. Vitória não sabia se ficava contrariada por ele não ter assistido à apresentação completa, ou se ficava encantada por ele estar lá. Claro que não havia razão para crer que ele viera por causa dela.

Vitória olhou para as três irmãs solteiras Straithwaite com novos olhos. Estaria ele ali para cortejar alguma delas? As três eram lindas, embora a caçula, de dezessete anos, fosse nova demais para ser debutante. E eram ricas, muito mais ricas que Vitória.

Agora ela não estava só entediada, estava irritada também.

Então, o último movimento do concerto terminou. As instrumentistas de corda afastaram seus arcos dos instrumentos pela última vez. A pianista afastou sua banqueta e ficou em pé para juntar-se a elas em um agradecimento perfeitamente coreografado.

Todos aplaudiram e se levantaram, finalmente. Vitória supôs que era de alívio pela apresentação haver terminado. Mas quando foi se levantar, *lady* Melly agarrou-a pelo braço e puxou-a de volta à sua cadeira.

— Rockley está aqui — sibilou ela em seu ouvido.

— Sei disso, mãe.

— Ele está vindo para cá, Vitória. Continue sentada. Tenho certeza de que ele vem falar conosco.

Mas e se não viesse?

Então...

— *Lady* Grantworth — soou a voz suave por trás dela, calorosa e familiar, provocando-lhe adoráveis arrepios na espinha. — Como está adorável esta noite! Apreciou o sarau?

E de repente ali estava ele, diante dela, em pé no pequeno espaço entre as filas de assentos. Vitória não ouviu a resposta de sua mãe à pergunta dele, mas presumiu ter sido uma com o propósito de direcionar a atenção do marquês diretamente para sua filha.

— Srta. Grantworth — disse ele, com uma mesura e um sorriso delicioso. — Descobri que continuo com a mesma sede que tinha ontem. Gostaria de me acompanhar para uma limonada?

De sua cadeira de veludo vermelho, Vitória ergueu o olhar, e um sorriso de alívio e prazer relaxou seu rosto. Ele a fitava como se fossem velhos amigos... talvez mais que isso. Ao oferecer-lhe a mão, ela se levantou e ele a puxou para cima. O tecido das luvas de ambos provocou uma vaga fricção, mas esse não foi decerto o único motivo pelo qual sua mão ficou morna de repente.

— Estou morrendo de sede — replicou ela, deslizando a mão para dentro do braço dele com uma sensação de conforto, como se aquele fosse seu lugar. — Adoraria uma limonada, lorde Rockley.

Pedir licença para retirar-se era desnecessário, pois *lady* Melly quase os empurrou dali, depois se virou para conversar com uma conhecida.

Vitória, sentindo o rosto afoguado pelo constrangimento, olhou para o marquês e disse em voz baixa:

— Não é segredo como minha mãe se sente em relação à sua sede. Aliás, temo que ela esteja disposta a mandá-lo para o deserto, a fim de assegurar que ela nunca seja saciada.

— Realmente. Temi que ela me arrastasse de minha cadeira à de vocês se eu não chegasse lá bem rápido.

Seguindo aos outros para fora do salão, Vitória topou com seu braço enquanto ele a conduzia gentilmente, e ergueu o rosto mortificado para ele:

— Oh, Deus... eu estava só brincando, milorde! Minha mãe é mesmo um buldogue com dentes afiados. Vou dizer-lhe que pare imediatamente...

— Srta. Grantworth, *eu* é que estava brincando. Dá-me grande prazer não apenas ter tido a sorte de vê-la por duas noites seguidas, mas sobretudo ter conseguido atravessar a multidão até a senhorita e levá-la para longe antes que algum de seus outros pretendentes o fizesse.

Suas palavras eram leves, mas enquanto se dirigiam à sala de jantar, ela leu uma expressão diferente em seus olhos. Por baixo daquelas pálpebras pesadas, que em outro homem o teriam feito parecer preguiçoso ou indiferente, Rockley a olhava com uma concentração que a fazia sentir-se inebriada, com a cabeça quase tão leve quanto a deixara o vampiro antes de mordê-la, na noite anterior.

Ao pensar nisso, Vitória rapidamente ajeitou sobre o ombro o cacho que ocultava as quatro marcas vermelhas, primeiro puxando-o com dedos nervosos, depois o deixando espiralar-se de volta em seu lugar.

Então percebeu que ele lhe fizera uma pergunta e aguardava uma resposta.

— Numerosos demais para contá-los, srta. Grantworth? — Sua voz não se alterava, e mesmo com o barulho crescente dos convidados, ela podia captar sua inflexão diferente. — Talvez eu devesse ter visitado Grantworth House em vez de comparecer ao leilão de cavalos hoje.

— Minha mãe e eu lhe teríamos dado as mais calorosas boas-vindas.

— Estou certo de que sua mãe teria... mas temo que a questão seja mais complicada, srta. Grantworth. A senhorita me disse objetivamente que não tem pressa para se casar, e embora eu considere isso revigorante e um pouco desalentador, gostaria de saber quanta dificuldade enfrentaria um cavalheiro determinado a apressá-la por esse caminho.

Haviam parado de andar e estavam agora perto de uma aglomeração de gente em volta das mesas de comes e bebes. Apesar disso, quando Vitória olhou para o lorde Rockley sentiu como se estivessem sozinhos.

O braço de Rockley tinha prendido o pulso dela próximo a seu corpo enquanto andavam, mas agora ele o soltou, virando-se para ela e dando as costas para o salão, como um escudo a protegê-la da multidão.

Vitória sentiu um largo, luminoso sorriso brotando-lhe de dentro.

— Lorde Rockley, eu teria ficado *particularmente* encantada se o senhor tivesse visitado Grantworth House hoje.

A austeridade no rosto dele se amainou.

— Fico feliz em ouvir isso, srta. Grantworth. — Ele pegou a mão dela e a colocou em volta do seu braço. — Vamos buscar aquela limonada que venho lhe prometendo?

Enquanto esperavam na fila pela limonada, Rockley cutucou-a gentilmente com o cotovelo, como se quisesse a atenção dela. Vitória o fitou, subitamente tomada por uma sensação de conforto. Ali estava um homem gentil e charmoso que parecia interessado nela como esposa em potencial... e a quem ela desejava conhecer melhor. Beijar, até. Um homem a quem sua mãe aprovaria; não, a quem ela a entregaria numa bandeja! Um homem que se lembrava dela havia nove anos.

— A senhorita parecia extasiada com a música — disse ele com um sorriso carinhoso. — Devo admitir que teria dificuldade em ficar sentado por tanto tempo apenas ouvindo Mozart e Bach.

— Ah! — Vitória sorriu-lhe de volta — Então essa é a explicação, milorde.

Ele entregou-lhe uma xícara branca cheia de limonada.

— A explicação de quê?

Segurando-lhe o cotovelo, ele gentilmente a conduziu para longe das mesas, em direção a duas cadeiras do outro lado do salão.

— O seu atraso no famoso sarau dos Straithwaite. Tenho certeza de que as três irmãs solteiras ficaram devastadas pelo senhor ter perdido a maior parte da *performance* delas.

— Podem ter ficado, mas não é problema meu, srta. Grantworth. Sabe, tenho uma boa desculpa para ter chegado aqui tão tarde.

Vitória bebericou a limonada, agradavelmente surpresa por ela estar perfeitamente ácida e gelada o suficiente para ser refrescante. Olhou para ele por cima da xícara e, quando seus olhos se encontraram, ela sentiu seus joelhos fraquejarem.

— Para dizer a verdade, milorde, eu o invejo por ter uma desculpa; pois se eu tivesse uma, teria chegado tão atrasada quanto o senhor.

— Como sempre, srta. Grantworth, a sua honestidade me diverte e revigora... mas não deseja saber a razão do meu atraso?

Vitória o analisou por um momento. Ele tinha um sorriso muito agradável, especialmente quando seus lábios se viravam para cima daquele jeito, nos cantos, levemente. Agora que ela refrescara sua memória, as lembranças vinham em cascatas, e ela se recordou dele sorrindo para ela daquele mesmo jeito um dia depois que se haviam conhecido, quando ele lhe trouxe um buquê de não-me-esqueças como agradecimento pela ajuda em recuperar o seu cavalo. A primeira vez que ela recebera flores de um homem.

Vitória achava que talvez ainda guardasse o laço de cetim rosa com que ele as amarrara. Sorriu para ele, tanto pela lembrança quanto pela pergunta que ele acabara de fazer.

— É claro que estou interessada na razão de seu atraso, milorde, se quiser me contar.

— A razão de eu ter chegado quase duas horas depois de o sarau começar é que foi esse o tempo que levei para descobrir onde é que uma certa jovem dama estaria hoje à noite.

Vitória sentiu uma onda de calor invadi-la, colorindo sua pele clara.

— É mesmo?

— É sim. Posso visitá-la na quinta-feira, srta. Grantworth?

— Gostaria muito que o fizesse.

Aparentemente o rapazote de anos antes não estava nem um pouco decepcionado com a mulher que ela se tornara.

A srta. Grantworth mantém sua posição

— Dançou com seu marquês ontem à noite, Vitória?

Ela levantou os olhos da estaca cuja ponta estava afiando até torná-la letal. Sentado numa grande cadeira, Max bebia algo de cor topázio e estudava o que parecia ser um antigo mapa de túneis sobre uma mesa. Ele perguntou sem sequer olhá-la. Tia Eustácia e Kritanu haviam deixado a sala momentos antes para buscar um livro e chá, respectivamente.

— Se está se referindo ao lorde Rockley, tenho certeza de que você ficará radiante em saber que não dancei.

— Que pena!

Vitória olhou para a estaca por um breve e delicioso instante antes de colocá-la sobre a mesa. Possuía agora quatro novas estacas de freixo polidas, todas pintadas de cores diferentes para que pudessem combinar com seus vários vestidos. Verbena havia sugerido marfim, rosa, verde-claro e azul, e propunha ainda que fossem decoradas com flores, plumas e contas.

— Não dancei com ele porque fomos a um sarau e não houve dança. Mas ele pediu para me visitar — disse ela, sem se importar se soava como uma criança petulante.

Pela primeira vez Max a encarou. Sua expressão era agourenta.

— Você está brincando com o perigo, Vitória.

— Caçar vampiros é brincar com o perigo. Ser cortejada por um homem rico e charmoso, não. E em ambos os casos, sei cuidar de mim mesma.

O olhar de Max recaiu ostensivamente sobre o lado do pescoço dela em que os quatro vergões vermelhos começavam a cicatrizar.

— A sua habilidade em cuidar de si mesma ainda está para ser provada de forma conclusiva, mas não foi isso o que eu quis dizer. Você está brincando perigosamente com o marquês e as atenções dele.

— Por que você se incomoda que eu desfrute a companhia de um perfeito cavalheiro? — perguntou Vitória. Eles haviam começado a se tratar por "você" quase imediatamente após o incidente com os vampiros Guardiões. Era ridículo ser formal com alguém que caçava mortos-vivos junto com ela. — É por não frequentar os círculos da sociedade que você menospreza qualquer um que o faça?

Ele se recostou na cadeira e olhou para ela. O líquido dourado em seu copo fluía contra a luz, dançando à medida que seu pulso levemente descrevia pequenos movimentos circulares. Como se estivesse pensando numa resposta.

— Vitória, você entendeu minha motivação de forma totalmente equivocada. Não me incomodo com coisa alguma. Se dependesse de mim, você não teria nada com que se preocupar a não ser o próximo baile e quantas danças ceder ao marquês numa noite. Mas com certeza você se dá conta de que não pode continuar assim.

— Não entendo o que quer dizer. — A atmosfera agora era outra, e o desconforto que sempre surgia entre ambos havia agora degenerado em algo mortalmente sério.

— Estou vendo que não entende. — Ele parecia genuinamente surpreso. — Vitória, você não pode pensar em se casar com o marquês, então por que continua brincando com os sentimentos dele? É evidente que ele está encantado com você. Talvez não apaixonado, mas pelo menos encantado.

— Não posso... casar-me com ele? Acho um tanto cedo para discutir essa possibilidade, mas se ela se concretizar, não vejo razão alguma para não aceitar a proposta dele. Imagino que, vindo da Itália, você não entende as engrenagens de nossa sociedade aqui na Inglaterra, mas...

— Não tem nada a ver com sua posição na sociedade. — O tom ameno de sua voz havia desaparecido; agora ele soava simplesmente irritado. — Não seja obtusa, Vitória! Você é uma Venadora. Não pode se casar. Não pode sequer ter um amante!

Embora mais tarde tenha se repreendido por isso, Vitória não conseguiu reprimir um sobressalto ao ouvir essas palavras. Um calor subia pelo seu pescoço até suas bochechas quando ela respondeu:

— Não precisa ser grosseiro!

— Grosseiro? Como se ser mordida por um vampiro não fosse a maior forma de grosseria! Vitória, você é uma caçadora de criaturas violentas. Não pode se permitir ficar dividida ou distraída por algo tão comezinho quanto um marido ou uma família.

Vitória escutou passos retornando. Falou baixo e rápido:

— Se eu decidir amar um homem ou me casar com ele, é o que farei. E continuarei matando vampiros ao mesmo tempo.

A porta se abriu e Kritanu entrou carregando uma grande bandeja. Ele olhou para Vitória com curiosidade, e depois para

Max, provavelmente notando a tensão em seus rostos, mas não disse nada. Colocando a bandeja sobre um aparador perto de Max, ele apontou para a chaleira e as xícaras.

— Por favor, srta. Vitória, pode se servir de chá e talvez de um biscoito, se quiser. — Na casa de tia Eustácia não se fazia cerimônia, já que todos eram tratados como iguais na luta contra Lilith. — Eustácia voltará em um instante. Nossa convidada chegou.

— Convidada? — perguntou Vitória, olhando para Max. Sim, ele já sabia, assim como sabia o propósito daquela reunião, e ela não. Por que todo mundo parecia saber de tudo menos ela?

Enquanto se servia de chá com uma colherinha de creme, Vitória ruminava seu ressentimento. Certo, ela era a Venadora mais nova, porém tia Eustácia havia deixado claro que ela era parte fundamental do grupo. Por que, então, todos os outros falavam de coisas sobre as quais ela não tinha ideia? Por que escondiam informações dela?

Era o Max. Ele acabara de dizer que, se dependesse dele, ela não seria Venadora. Teria rejeitado a oportunidade de usar seu *vis bulla* e de ajudar a livrar o mundo dos vampiros. O que ele tinha contra ela? Apenas o fato de ser uma mulher? E jovem?

Estariam testando-a? Sonegando-lhe informações até que provasse seu valor?

Todos os Venadores tinham as mesmas sensibilidades e habilidades natas para cumprir o Legado uma vez que recebiam seu *vis bulla*. Será que Max realmente acreditava que ela não pensava em nada além de bailes, vestidos e pretendentes? Quando ela sabia que havia criaturas horrendas e malignas querendo dominar o mundo?

Verdade, muitas jovens de sua idade só pensavam em conseguir um marido; afinal, isso fora martelado dentro de suas cabeças desde a infância. Porém Max tinha de ter percebido que ela não era uma simples debutante. Ela havia nada menos que cravado uma estaca num vampiro Guardião que a estava mordendo!

A porta se abriu e Eustácia entrou, seguida de uma mulher alta e esguia. Parecia muitas décadas mais moça que Eustácia, porém ao menos dez anos mais velha que Max, e exalava um aroma incomum, de terra. Seu cabelo loiro claro, fino como o mais delicado fio de seda, estava preso num rabo-de-cavalo um tanto fora de moda, que pendia até o meio das suas costas. Trajava um vestido de linho que parecia um roupão; chegava ao chão e caía direto dos ombros, mas mesmo assim exibia o contorno do seu corpo. Seus olhos de um azul pálido brilhavam, inteligentes, no rosto pálido e sério, e os lábios eram de um rosa surpreendentemente vibrante. Parecia etérea e clarividente, como se pudesse ver coisas que outros não viam.

— Você é Vitória?

— Sou, mas creio que você sabe mais do que eu. — Vitória não soube se devia se levantar e fazer uma reverência ou continuar sentada com a xícara na mão quando a mulher se colocou diante dela. O aroma de terra, que não era desagradável, a seguia.

— Vitória, esta é Wayren. Ela não é Venadora, mas sua ajuda é inestimável à nossa causa — explicou Eustácia. — Ela tem um conhecimento profundo de culturas antigas, lendas e misticismo, auferido de sua extensa biblioteca. Ela age como nossa fonte de pesquisa quando precisamos de sua assistência.

— É um grande prazer conhecê-la — disse Vitória, com sinceridade.

— Olá, Max — disse Wayren, virando-se. Max levantou-se e, embora ela fosse uma mulher alta, ele ainda era quase uma cabeça mais alto.

Pegou a mão dela e levou-a ao rosto, esfregando-a gentilmente contra a bochecha em vez dos lábios, depois soltou-a.

— Wayren, é maravilhoso vê-la novamente. Você está ótima.

— Você também, Max — replicou ela com um sorriso que iluminou seu rosto de deleite e humor. — Faz mais de três anos desde a última vez que trabalhamos juntos. Parece que o tempo não passa para você.

Max riu gentilmente. Era a primeira que Vitória o ouvia rir com verdadeiro prazer.

— Não mesmo. Enfim, você está aqui para nos contar sobre o Livro de Anwarth.

Tia Eustácia indicou uma cadeira e quando Wayren se sentou, Vitória percebeu que ela carregava uma grande mochila bem pesada, que veio ao chão com um baque surdo.

— Sim, e também para determinar o que Lilith quer com ele. Eustácia me contatou assim que soube que ela estava tentando obter o Livro. A viagem demorou alguns dias. — Wayren olhou para Vitória. — Venho de muito longe.

— Encontrou em sua biblioteca algo que possa nos ajudar? — perguntou Eustácia ocupando a cadeira sempre reservada para ela, ao lado da mesinha redonda.

Wayren debruçou-se sobre sua mochila e, abrindo-a, puxou um maço de papéis e um livro velho.

— Meu pai organizou sua biblioteca de modo que é simples localizar quase tudo seguindo um sistema numérico por tópicos. Encontrei várias menções de algo chamado Livro de Antwartha; Max, é possível que você tenha entendido mal a palavra, e que seja Antwartha em vez de Anwarth?

Max fez um gesto de aquiescência.

— Pode ser. Estava numa situação que não possibilitava uma audição perfeita.

— Não me surpreende. — Wayren sorriu. — Isso facilita as coisas, já que não consegui encontrar nada referente a "Anwarth". Aparentemente... — ela fez uma pausa e voltou a vasculhar a mochila. Quando se aprumou, estava usando um par de óculos quadrados que deixavam seu rosto completamente diferente. Mais austera e menos sobrenatural, pensou Vitória. — A história por trás desse livro tem suas origens no Vale do Indo, no país dos seus ancestrais. — Disse isso olhando para Kritanu, que se sentara ao lado de Eustácia. — Você estava correto sobre haver uma conexão com a deusa Kali.

— Kali... sim, ela é conhecida na Índia como a Rainha dos Mortos. Ela governa a morte, mas não é uma deusa maligna, já que a morte é um estado que todos temos de encontrar. Diz a lenda que ela deu à luz uma criança que era metade demônio e metade deus. Essa criança ficou conhecida como Antwartha. — O cabelo de Kritanu, preso em um pequeno coque na nuca, reluziu sua coloração negro-azulada quando ele acenou com a cabeça para Wayren, como se devolvesse a história a ela para que a continuasse.

— É esta criança demoníaca de Kali que, segundo a lenda, passou a seus primeiros seguidores a chamada sabedoria, no Livro de Antwartha. O Livro contém rituais e ritos para a utilização do sangue dos vivos como alimento para os seguidores imortais de Antwartha, conhecidos como *hantus*, ou, na linguagem de vocês, "vampiros".

— Lilith acredita que esse livro antigo está em Londres; é por isso que ela está aqui, não é? — perguntou Vitória. — Como esse manuscrito antigo veio parar aqui? Vindo da Índia?

— Provavelmente em alguma transação comercial entre a Inglaterra e sua colônia, a Índia — replicou Max. — Navios indo e voltando de Londres a Calcutá poderiam facilmente tê-lo trazido para cá.

— Sim, isso eu sei. Mas por que agora? Como é que Lilith o descobriu agora?

Wayren balançou a cabeça.

— Não sei. Max, você sabe?

Ele franziu o cenho.

— Minha fonte não estava tão disposta a dar informações quanto eu estava para recebê-las, infelizmente, e chegou uma hora em que tive que pôr um fim no seu sofrimento. Tudo que ela me disse foi o nome do objeto que Lilith estava procurando e nem ouvi direito. Ainda bem que Wayren foi capaz de traduzir essa minha mensagem truncada.

— Se o livro de fato estiver em Londres, nossa primeira providência, enquanto Wayren continua a pesquisar, é encontrar o livro antes de Lilith ou dos Guardiões — disse Eustácia. Vitória reparou que Kritanu fechara os dedos sobre a mãos dela em sinal de apoio.

— Isso é imperativo. — Wayren tirou seus óculos e olhou para cada um deles, incluindo Vitória. — De acordo com minhas informações, o Livro de Antwartha contém feitiços poderosos e sortilégios utilizando um poder malévolo. Se Lilith obtiver esse livro, terá a capacidade de conjurar legiões de demônios, à vontade. Não será possível contê-la, mesmo se convocarmos todos os Venadores. Ela sobrepujará todos os mortais, e nós todos nos tornaremos seus escravos... ou coisa pior!

7

O marquês de Rockley faz a corte

— Olha só, a sinhora tá linda que nem um retrato! — exclamou Verbena, inclinando-se para Vitória e ajustando um cacho que caíra de seu penteado. — As pluma foram o toque especial!

Vitória teve que concordar. Sua empregada era um gênio! Escondera a estaca azul-celeste dentro da parte mais densa de seu cabelo, depois de afixar três plumas macias na extremidade não pontuda. Assim, de frente dava a impressão de uma leve decoração branca flutuando na parte de trás de sua cabeça. A beleza do arranjo era que ela podia remover a estaca do cabelo de maneira fácil e rápida, sem estragar o penteado.

— Maravilhoso, Verbena! Ficou lindo. — Rockley iria buscá-la para um passeio no parque, e ela gostou que seu penteado parecesse ao mesmo tempo recatado e insinuante.

— E agora que sua murdida tá quase sarada, bom, esta echarpe ao redor do seu pescoço vai sê suficiente. Embora eu saiba que a sinhora não vai precisá da estaca de dia, porque aquelas criatura só aparece de noite.

Vitória voltou-se para ela.

— Não, não, Verbena, isso não é verdade. Alguns deles saem durante o dia, sim.

Os olhos de Verbena se transformaram em grandes círculos e ela caiu sentada na cama, como se os seus joelhos tivessem bambeado.

— Não, *milady*! A sinhora tá de brincadeira!

Satisfeita por saber algo sobre vampiros que a empregada não sabia, Vitória apressou-se em assegurá-la de que estava certa.

— É verdade. Existem alguns vampiros muito poderosos, pouquíssimos, que estão vivos há séculos e ficaram mais ou menos acostumados à luz do dia. Eles realmente podem se movimentar sob o sol, contanto que estejam cobertos ou protegidos, embora não possam ficar expostos à luz por muito tempo, ou permitir que a luz do sol os toque diretamente. Se isso acontecer, eles queimam.

— Meu Jesus amado! — As bochechas redondas de Verbena ficaram avermelhadas, e seu cabelo lanoso cor de pêssego parecia vibrar com a ansiedade. — O primo Barth vai tê que começá a carregá o crucifixo dele de dia também? Não sei cumé que ele vai consegui trabalhá, tendo que andá com aquela coisa na frente dele o tempo todo, e dirigindo a carruagem, que é o que ele faz! *Milady*, a sinhora tem certeza disso?

— Foi a tia Eustácia quem me contou, e dessas coisas ela entende! — Um pensamento lhe ocorreu. — Verbena, você disse que o Barth mora em St. Giles? E ele vê vampiros por lá?

— Vê sim, *milady*, e mais do que gostaria, com certeza. Mas eles não incomodam ele por causa do crucifixo e do alho que ele carrega no pescoço.

— Você pode me levar até lá?

— Levá a sinhora lá? — Se Verbena já estava horrorizada com a ideia de vampiros durante o dia, ficou traumatizada com o pedido. — St. Giles não é lugar pra uma dama, *milady*!

Vitória se levantou e sentiu as plumas balouçarem no ar.

— Verbena, eu não sou dama nenhuma. Pelo menos não sou tão dama quanto sou Venadora. Precisamos encontrar o Livro de Antwartha antes de Lilith, e se há vampiros em St. Giles, é possível que eles me informem algo a respeito. Tenho o meu *vis bulla*, não se esqueça. Max não é o único Venador que pode caçar vampiros e fazê-los contar seus segredos.

Verbema abriu sua boca para dizer algo e Vitória se preparou para mais um *round* de defesa, mas não foi necessário.

— Se a sinhora vai pra St. Giles, eu vou também. E a sinhora não vai usá vestido, *milady*. Vai vestida que nem homem.

— É claro. Obrigada e não se preocupe. Você estará segura comigo. Não há tempo a perder, então vamos hoje à noite.

— Hoje? — Verbena esgazeou os olhos. — À noite? Ai, *milady*...

— Hoje à noite, Verbena. E você disse que o seu primo dirige uma carruagem? É perfeito! Você pode conseguir que ele nos apanhe hoje à meia-noite?

— Meia-noite?

O pulso desenfreado de Vitória subia aos solavancos por sua garganta.

— Hoje, à meia-noite, Verbena... quando os vampiros estão à espreita.

* * *

Filipe de Lacy, marquês de Rockley, acomodou-se no assento ao lado de sua acompanhante.

— Srta. Grantworth, a senhorita está simplesmente encantadora — disse, quando saíram rumo ao parque. Seu lacaio e a empregada dela sentaram-se na parte de trás do cabriolé, deixando Filipe e Vitória na frente.

— Eu diria o mesmo sobre o senhor, lorde Rockley.

Ele a fitou novamente, pelo simples prazer de olhá-la. A pele dela tinha uma leve coloração rosada que, esperava ele, fosse devida ao prazer da sua companhia. E como o pescoço esbelto dela suportava o peso de todo aquele cabelo escuro? Ele imaginava como seria aquele cabelo se não estivesse amontoado no topo da cabeça dela. Que tamanho teria? Do dia no prado, em que ela lhe dera um sermão, ele se recordava de como o cabelo dela se avolumava e esvoaçava em um monte de caracóis escuros ao redor dos ombros e braços.

— O dia está lindo. — A voz dela soava um pouco ofegante, insegura. Talvez fosse a primeira vez que ela ficava sozinha, ou quase sozinha, com um homem.

Ele sorriu ao pensar nisso, contente com a ideia, então olhou para o céu e riu.

— Um dia lindo, srta. Grantworth? Com aquelas nuvens inchadas e cinzentas, carregadas de chuva? Tive receio de que a senhorita declinasse meu convite para passear comigo hoje por medo de que a chuva arruinasse o seu vestido.

Ela ergueu os olhos para ver o que ele vira: nuvens cinzentas e brancas no formato de travesseiros preenchendo o céu, deixando-o incolor em vez de azul.

— Eu gosto de chuva — replicou ela com convicção, mas com um traço de sorriso. — Faz com que eu aprecie ainda mais os dias ensolarados.

Filipe continuou a sorrir.

— Boa resposta, *milady*, e honesta como sempre. Cheguei a pensar por um instante que a senhorita cederia à convenção de conversar sobre o tempo em vez de outras coisas mais interessantes. Sente o cheiro da umidade no ar?

— Não tinha reparado nele antes, lorde Rockley, mas a brisa de fato carrega um aroma que prenuncia temporal.

— Não esqueci minha promessa de levá-la para um passeio pelos campos e prados... mas temi que a chuva inundaria nossa caminhada e sabia que uma carruagem a protegeria mais.

— Lorde Rockley, é a minha vez de fazer uma confissão.

Ele se voltou para ela com interesse, notando que ela olhava alternando para os dedos, para frente e depois para ele. Onde estava sua audaciosa dama agora?

— Estou intrigado. Por favor, confesse o que quiser.

Então lhe ocorreu que talvez ele não fosse apreciar a confissão. E se ela sentisse a necessidade de contar-lhe o nome de outro pretendente?

— Tenho certeza de que o senhor se recorda do dia seguinte à sua queda do cavalo, em que se encontrou comigo no mesmo prado. Eu tinha ido até lá com a esperança de vê-lo novamente, mas sem saber se o senhor estaria lá, é claro.

Ele sorriu, o alívio fazendo-o segurar as rédeas com menos força.

— A senhorita decerto teria encontrado outro jeito de me localizar para pedir desculpas por suas palavras tão duras, não é mesmo, srta. Grantworth?

Ela riu; e ele ficou contente por ela ter visto o humor em suas palavras, e por lembrar-se que sequer pensara em se desculpar por tê-lo esfolado vivo. Ótimo. Isso era parte do que a tornava tão interessante para ele. Não era uma flor de estufa, esta srta. Grantworth que ele recordava... ou a que ela havia se tornado. Ele estava mais que satisfeito.

— No final não precisei ir atrás do senhor, ou pedir desculpas, segundo me lembro, lorde Rockley, pois o senhor se encontrou comigo naquele campo, e o senhor é que teve um gesto de quem se desculpa. — Olhou-o diretamente nos olhos. — Foi a primeira vez que recebi flores de um homem... e ainda guardo o laço rosa com o qual o senhor as amarrou. — Como prova, ela ergueu e arregaçou o punho da luva, mostrando um pouco de seu pulso e um pequeno cordão rosa de cetim em torno dele.

— Sua confissão me encantou, Vitória. — Para o inferno com o decoro; ele a chamara pelo seu nome de batismo por todo aquele verão. Parecia ridículo ser formal enquanto reviviam aqueles momentos.

Ele os conduzira desde a artéria principal do Parque Regents e fizera a curva para uma área mais reclusa. Parando o cabriolé perto de um pequeno bosque de lilases e forsítias, ele gentilmente enlaçou as rédeas num poste colocado lá com esse propósito.

Estendendo a mão para a mão enluvada dela, ele disse:

— Srta. Grantworth, eu apreciaria muito se me chamasse de Filipe, como fazia antes. — Estava ciente de que sua voz se tornara mais profunda, como acontecia quando ficava sério, e ele se forçou a olhá-la com uma expressão de indiferença. Talvez fosse muito familiar e rápido demais, mas, que se danasse! Ele provavelmente se apaixonara por ela anos antes, pois nunca a esquecera. Não conseguia tirá-la da cabeça. Praticamente fizera papel de bobo rastreando-a até o sarau dos Straithwaite na outra noite. Graças a Deus chegara atrasado e perdera aquela chatice.

E aparentemente, uma vez refrescada a memória dela, Vitória tampouco o esquecera.

— Filipe é um nome tão forte — replicou Vitória, olhando não para ele, mas para o modo como os dedos dele se entrelaçavam aos dedos enluvados dela um por um. — Combina com você. E, sim, chame-me de Vitória, como fazia quando éramos mais jovens.

E então, como se tais palavras fossem uma deixa de bastidores, as nuvens se abriram e a chuva desatou a cair torrencialmente. O grito de susto da criada de Vitória na traseira do cabriolé chamou sua atenção, mas Filipe a acalmou colocando sua mão gentilmente no rosto dela. Qualquer pretexto era válido para tocar aquela pele branca impecável.

— Meu lacaio cuidará dela — disse ele. — E o momento de distração deles permitirá que eu faça isto.

Ele se inclinou e tocou a boca dela com a sua. Ela cheirava a flores e algum tipo de especiaria, e seus lábios estavam quentes e úmidos de surpresa.

Ela não se sobressaltou e nem se afastou; em vez disso aproximou-se mais, inclinando a cabeça para um lado a fim de que suas bocas encaixassem melhor. Muito melhor.

A chuva caía em volta deles, borrifando uma garoa fina na beirada do assento e nos sapatos de ambos. A ponta do nariz dela, fria pela umidade do ar, se esfregou na bochecha morna dele enquanto seus lábios de moviam juntos. Ele soltou-lhe a mão e gentilmente fechou os dedos ao redor dos braços dela, trazendo-a mais para perto a fim de que os adoráveis seios se esfregassem contra o seu paletó. Poderia ser mais perto, mas ele era paciente.

Ou talvez não fosse.

O gosto dela era tão delicioso quanto ele imaginara, e ele queria provar mais. Ele aprofundou o beijo deliberadamente, testando-a... e ela não o desapontou. Ela abriu sua boca para ele, e ele sentiu o ímpeto do desejo quando seus lábios e línguas se entrelaçaram. O brocado da capa de Vitória se amarrotou sob os dedos dele, e ele fechou os olhos quando ela acariciou seu maxilar.

Quando ele a soltou e se afastou um pouco, olhou para os olhos castanhos dela, inebriados e semicerrados, e sentiu-se satisfeito. Ela trazia a estampa de sua posse, no rosto e nos lábios inchados e molhados; sem mencionar a fita desbotada em seu pulso.

Por Deus, ele ia se casar com aquela mulher!

* * *

A liberdade de usar calças!

Vitória chegara aos vinte anos sem nunca ter experimentado uma liberdade completa de movimentos, a perda do medo de tropeçar na própria saia e a pura indecência de ter as pernas expostas e definidas daquela maneira tão imprópria.

Sentia-se incrivelmente escandalosa e poderosa ao subir na carruagem de aluguel de Barth sem outra ajuda além do que parecia ser uma pesada bengala com a ponta afiada. Verbena subiu atrás dela parecendo um garoto de olhos arregalados e cara de lua, agarrando uma grossa estaca numa das mãos e um grande crucifixo de prata na outra. Com ambas as mãos ocupadas, seus movimentos para subir ao coche eram inúteis, até que Barth perdeu a paciência e a empurrou para dentro.

Ajeitando-se num assento de frente para Vitória, Verbena tentava arrumar sua touca ainda segurando a estaca e a cruz. Uma trança cor de pêssego escapou, pouco fazendo para dar credibilidade ao seu disfarce.

— Por que eles têm medo de prata? — perguntou ela assim que o veículo se pôs em marcha.

— Porque Judas Iscariotes traiu Cristo por trinta moedas de prata — replicou Vitória. Não estava nervosa, mas tinha os sentidos à flor da pele. Não contara à tia Eustácia o seu plano de visitar St. Giles naquela noite, com medo de que ela proibisse, ou, pior ainda, mandasse Max ir junto.

— E alho?

— Isso eu não sei, mas suspeito que seja pelo odor. O olfato de um vampiro é muito mais apurado que o de um mortal. Talvez seja fortemente desagradável para eles na sua condição de mortos-vivos.

— A sinhora consegue reconhecê um? Quando a gente chegá lá... a sinhora vai sabê se tem um antes dele nos mordê?

— Sempre posso sentir quando há um por perto — explicou Vitória, percebendo que sua criada a estava crivando de perguntas para acalmar seus nervos. — Na maioria das vezes, posso distinguir quem é o vampiro, e estou cada vez melhor nisso. Não se preocupe, Verbena. Não creio que eles atacarão sem ser provocados, especialmente se os estamos procurando num lugar público.

Após uma discussão rápida e difícil com Barth, Vitória o convenceu não só a levá-las a St. Giles, a vizinhança mais vil e perigosa de Londres, mas especificamente a um lugar onde ele encontrara vampiros numa reunião mais social do que predatória. Uma vez que Barth vira e até transportara vampiros muitas vezes sem ser atacado, Vitória concluiu que ele devia saber onde eles se reuniam.

Foi só pelo fato de Vitória ser uma Venadora que Barth concordou em levá-las ao Cálice de Prata.

— Se tem alguém que pode se protegê, é um Venadô — disse ele, aquiescendo, por fim, ao pedido.

Quando o cabriolé parou com um solavanco (se Barth não fosse primo de Verbena, e portanto de confiança, Vitória teria contratado um condutor com mais *finesse*), ela abriu a porta.

Já passava da meia-noite, mas a rua estava tão movimentada quanto Drury Lane após uma peça de teatro. Os cheiros eram muito piores, no entanto, e Vitória se perguntou como é que os vampiros aguentavam. A parte de trás do seu pescoço estivera esfriando, mas quando pôs a mão na cabeça sentiu como se pontas de gelo espetassem sua nuca. Levantando a gola do seu paletó masculino, como se aquilo fosse ajudar, ela ajustou seu chapéu para garantir que nenhum de seus reveladores cachos escapasse.

Embora fosse uma noite nublada, a rua não estava escura graças a lampiões a gás pendentes à entrada de alguns estabelecimentos. Vitória usou sua bengala mortal como apoio ao descer do coche, foi até Barth e o instruiu a ficar ali, "não importa o que aconteça".

— Onde é o Cálice de Prata? — perguntou ela, notando que era um nome estranho para um lugar que atraía vampiros.

— Ali. — Barth apontou com um dedo trêmulo, agarrando o crucifixo com a outra mão.

Vitória virou-se para olhar, quando Verbena desceu tropegamente do cabriolé e trombou com ela ao aterrissar.

— Nada vejo além de um prédio queimado.

— *Ali*, atrás dele.

Vitória se aproximou e entendeu o que ele queria dizer: uma entrada com duas portas, que mal se notava perto do edifício queimado. Ao mover-se na direção dela, algo bateu em suas costas e quase a derrubou. Com a bengala erguida, virou-se e viu Verbena se encolhendo diante de três criaturas ameaçadoras. A boca da criada estava aberta num grito silencioso e Vitória teve que engolir sua própria reação automática e lembrar a si mesma que ela não era indefesa. Era uma Venadora.

— O que é que dois moço tão distinto tão fazendo nesta parte da cidade? — perguntou um dos três homens. Algo dourado brilhava no seu sorriso que parecia decididamente lascivo. Então algo prateado reluziu em sua mão.

    Eles cercaram as duas e chegaram perto o suficiente para que Vitória sentisse o cheiro de álcool e outros odores desagradáveis. Os três vestiam roupas escuras que pareciam estar, embora não muito limpas, em condições razoáveis. Não eram vampiros; vampiros não precisavam de facas. Uma estaca poderia não detê-los, mas Vitória sabia que era mais forte do que três homens mortais. Mesmo assim a palma de suas mãos umedeceu as luvas. Ela não pensara em trazer armas que não fossem para vampiros.

    — Acho que ouvi o moço dizê que eles tão procurando pelo Cálice de Prata — respondeu o outro homem como se Vitória e Verbena não fossem mais que uma plateia sem interesse na conversa deles.

    — Já encontramos — disse Vitória, engrossando a voz. — Vamos embora agora. — Verbena trombou nela novamente e Vitória teve que resistir à vontade de trombar nela de volta. Não precisava de uma criada pendurada nela e fazendo-a perder o equilíbrio caso ela precisasse se colocar em posição de luta.

    — Ocês não pode entrá sem um passe — disse o terceiro homem. Ele precisava se barbear havia pelo menos três semanas, e sua testa e bochechas pareciam encardidas e suadas à luz baixa. — Se ocês dois, uns moço tão bonito, quisé vim conosco, nós ajuda ocês a consegui um.

    — Por um preço, eu suponho — replicou Vitória. Verbena deu-lhe uma nova trombada e ela quase se virou para gritar com ela, quando percebeu por que ela estava tão perto, ao sentir algo frio e pesado tocando sua mão. Envolveu a coisa com os dedos. Uma pistola.

Vitória se mexeu e subitamente tinha a arma apontada para o sujeito mais próximo. Estava calma, com a respiração estável, mas seus dedos tremiam.

— Não creio que pagaremos preço algum aos senhores esta noite. Agora dispersem, cavalheiros, antes que meu dedo fique impaciente.

Embora Eustácia nunca lhe tivesse ensinado a usar uma pistola em seu treinamento, Vitória sabia como usá-la. Tinha visto como se fazia. Apertaria o gatilho e a coisa cuspiria uma bala dando-lhe um coice na mão. Se ela de fato acertaria alguém era outro assunto, mas os três homens estavam tão perto que ela não estava preocupada.

Supondo, é claro, que Verbena tivesse carregado a arma.

Os três aparentemente acreditaram na ameaça, e embora não tenham desaparecido, imergiram nas sombras mais escuras do prédio pequeno ao lado das ruínas queimadas acima do Cálice de Prata.

Vitória colocou a pistola no bolso profundo de sua capa e, apertando a bengala, dirigiu-se às portas que a levariam, esperava, ao Cálice de Prata.

As portas estavam fechadas, mas quando ela e Verbena puxaram uma cada uma, elas se abriram facilmente e revelaram uma escada íngreme que descia. Lá embaixo havia, menos mal, alguma luz, porém tênue demais para iluminar o caminho delas.

Como vampiros tinham excelente visão noturna, não devia ser difícil para eles enxergar numa escada tão escura e íngreme que não se podia ver sequer dois degraus abaixo. A nuca de Vitória doía de tão gelada, e o calafrio estava começando a subir-lhe até a base do crânio. Passou os dedos sobre a nuca na esperança de diminuir a frigidez, mas não fez diferença. Com um último olhar para Verbena, começou a descer as escadas, grata mais uma vez por não estar usando saias arrastantes.

À medida que descia os vinte degraus, os sons vindos de baixo foram ficando mais altos e discerníveis. Pessoas falando, rindo, gritando... o tilintar de canecas metálicas batendo umas nas outras... socos e batidas em mesas ou paredes... e uma música melancólica produzida por um piano perfeitamente afinado.

Chegando ao fim, virou uma esquina e viu-se dentro do Cálice de Prata.

Embora a experiência de Vitória com tabernas e bares não fosse vasta, jantara em duas durante suas viagens, e esta não parecia tão diferente das que conhecera no mundo mortal.

Mesas enchiam o salão de paredes de pedra, permanentemente úmido por estar abaixo da terra. Lâmpadas pendiam do teto de vigas por meio de cordas e correntes, e o chão estava coberto de sujeira acumulada. De um dos lados, à esquerda e virando a esquina da entrada, havia outra porta que provavelmente levava a outro salão, embora também pudesse ser outra saída. Adjacente a essa porta havia um longo bar, detrás do qual duas mulheres iam e vinham apressadas, enchendo canecas e batendo-as sobre o balcão.

Não, se não fosse pela sensação de congelamento no pescoço, Vitória pensaria estar numa taberna comum, apenas um pouco mais escura e úmida do que estava acostumada.

Ninguém parecia ter reparado nela e em Verbena, e ela ficou aliviada por isso. Desejando conhecer melhor o estabelecimento e seus fregueses, ela esperava permanecer incógnita por mais tempo. Esquadrinhou o salão, identificando aqueles que eram vampiros e os que não eram. Para sua surpresa, uma boa porção da clientela não era de mortos-vivos bebedores de sangue; talvez a metade, segundo seu cálculo. Era um bom presságio, porque Vitória já estava se perguntando o que é que serviam para beber naquele estabelecimento. Embora já tivesse provado mais de um gole de *brandy* (a ocasião mais notável foi após o funeral de seu pai), não estava nem um pouco interessada em compartilhar de qualquer coisa que vampiros pudessem beber.

Por fim ela viu uma pequena mesa, espremida num canto a pequena distância do piano. Agarrando os dedos frios de Verbena, cutucou-a para que a seguisse e começou a avançar até a mesa. Ao passarem pelo piano, ela reparou na pianista, que não havia parado de tocar desde que ela e Verbena tinham entrado. Uma vampira, com um longo cabelo prateado e um rosto infeliz, alternadamente voltada para as teclas ou olhando para o teto, como se estivesse completamente arrebatada pela música. A melodia era triste, nostálgica, e bonita de uma forma algo assustadora.

Quando se sentaram, Vitória escolheu uma cadeira de onde pudesse ver o resto do salão. Era um pouco decepcionante que tivessem entrado nesse bar e encontrado uma cadeira sem uma única olhada ou sinal de interesse por parte de alguém no aposento.

Isso respondeu uma pergunta que Vitória havia pensado em fazer à tia Eustácia: vampiros podiam sentir a presença de um Venador? A resposta, aparentemente, era não.

Agora que estavam no Cálice de Prata, cercadas de vampiros que possivelmente sabiam algo sobre o Livro de Antwartha, Vitória percebeu que nada planejara além daquele ponto. Talvez nunca tivesse acreditado que chegaria àquela posição. Mas chegara, e agora precisava fazer algo antes que Verbena desmaiasse de medo.

Pelo jeito não haviam chegado completamente despercebidas, pois mal tinham sentado em suas cadeiras (era bem mais fácil levantar a cauda de seus sobretudos quando se sentavam do que afastar gentilmente as saias de um vestido) quando uma das serventes foi a cotoveladas para junto delas.

— Vão querê o quê. — Decididamente não era uma pergunta, e sim uma afirmação entediada e impaciente. Vitória olhou para Verbena, sem saber o que responder. Como deixara sua bolsa em casa, não tinha uma única moeda com ela.

— Duas cerveja da casa — respondeu Verbena, esperta. Jogou duas moedas na mesa grudenta com um sorriso orgulhoso no canto da boca.

Vitória olhou para ela. Era a segunda vez naquela noite que Verbena vinha socorrer a Venadora. Fora talvez um pouco precipitada quando decidira vir sozinha.

Mas agora que já haviam lidado com as amenidades, Vitória podia decidir o próximo passo. Ela provaria seu valor à tia Eustácia, ao carrancudo Max e a longilínea Wayren, que olhava para Max com olhos azuis tão grandes que fazia Vitória torcer os lábios. Era abominável que ele passasse sermões a Vitória sobre estar distraída na missão *dela*.

No fim das contas Vitória não precisou decidir nenhum passo seguinte, porque assim que terminou de patrulhar o salão com os olhos, captou um movimento em sua proximidade e alguém se sentou à mesa com ela e Verbena.

A princípio ela pensou que era Max.

Mas não. Não era Max. Não, este cavalheiro definitivamente não era Max.

— Boa noite, cavalheiros.

A voz doce, temperada com um sotaque parisiense, pertencia a um charmoso gentil-homem que imediatamente lhe pareceu uma mistura de ouro e bronze, por sua pele bronzeada, olhos cor de âmbar, cabelo castanho-claro, bem como pelo colete cor de chocolate e calça bege claramente confeccionados por um alfaiate de imenso talento.

Sentou-se ao lado de Vitória. Bem perto; ela se questionou se homens normalmente se sentavam tão perto uns dos outros em seus clubes privados. A perna dele tocou a dela por baixo da mesa e a sensação foi desconfortável. Mesmo assim ela não mexeu sua perna.

Ela se assegurou de que sua voz se igualava ao registro de tenor dele ao replicar:

— Boa noite.

Quando homens estavam sozinhos exigiam ser apresentados antes de conversar? Ou tinham a liberdade para conversar sem tais formalidades?

— Vocês parecem estar no Cálice de Prata pela primeira vez. Não é sempre que temos o prazer de ver caras novas. Vieram por alguma razão específica?

Seria aquilo um alerta ou ele estava meramente tentando ser amigável? Vitória não sabia a forma apropriada para responder, então decidiu ser direta. Quanto antes soubesse se o bar seria útil para ela, antes poderia levar Verbena de volta a Grantworth House.

— Estamos procurando informações.

Naquele momento, a moça reapareceu e bateu as duas canecas na frente delas. A cerveja espirrou pela mesa, molhando o pulso do homem e a borda de sua manga.

— Maldição, Berthy! você não consegue ter um pouco de cuidado? Isto é renda de Alençon!

— Ocê não devia usá umas roupa fina assim num lugar que nem este — rosnou Berthy, e foi embora resmungando.

O homem tirou um lenço e o passou sobre a renda na beira de seu punho.

— Se a desgraçada não fosse tão boa em seu trabalho, eu a jogaria na rua.

Boa em seu trabalho?

Jogá-la na rua?

Vitória não sabia qual afirmação a surpreendera mais; porém optou por se concentrar na última.

— O senhor é dono deste lugar?

— Sou, embora nem sempre tenha orgulho de admiti-lo. Entre outros estabelecimentos, permita que acrescente. Sebastian Vioget, às suas ordens.

Ele estendeu a mão, sua atenção tão fortemente concentrada nela, que Vitória quase esqueceu de retribuir o cumprimento.

— Victor Grant... son. Victor Grantson — repetiu ela com maior fluência. Os dedos dele fecharam-se sobre os dela, engolindo-os num aperto que durou mais tempo do que ela achou necessário. Ou talvez fosse apenas o incômodo de saber que sua mão delgada, embora embalada em luvas negras, devia ser bem mais frágil que a maioria das mãos que ele apertava.

— E que tipo de informação vocês poderiam estar procurando... aqui? — Sua atenção não diminuiu em intensidade; Vitória sentiu como se ele estivesse olhando fundo em sua mente. A única coisa que a impedia de ficar apreensiva era saber que ele não era um vampiro.

Ele certamente não era um vampiro... contudo, aquilo não explicava a estranha atração que exercia nela. Não era diferente da sensação que ela tivera logo antes que o vampiro Guardião mergulhasse as presas no seu pescoço.

Vitória resistiu ao ímpeto de sacudir a cabeça, mas ela se afastou um pouco de Sebastian Vioget sob o pretexto de pegar sua caneca de cerveja. Deveria simplesmente dizer a ele o que estava procurando?

Por que não? Audácia nas palavras e ações era a marca de um Venador de sucesso, embora sentar-se e planejar fosse bom às vezes, ela supôs.

— Estou procurando o Livro de Antwartha.

Aparentemente a audácia foi a escolha certa.

— E por que pensou encontrar informações sobre tal coisa aqui? Um livro velho pode ser encontrado na Hatchard ou Mason. O senhor veio ao lugar errado. — Ele se inclinou para ela, tão perto que, ela pôde ver as manchas escuras em seus olhos dourados, e tão próximo, que ela podia sentir algum tipo de energia pesada no ar entre ambos.

— Eu não disse que era um livro velho — replicou Vitória —, embora pareça que, a despeito da sua admoestação, eu vim, de fato, ao lugar certo.

Ele então deu uma risada baixa, surda e autodepreciativa.

— De fato. Na verdade, talvez eu possa ajudá-lo em sua busca... mas antes, posso dar uma sugestão?

Ela assentiu com a cabeça, ciente que o lampejo de humor em seus olhos estava agora concentrado nela.

— Vestir calças que não servem e um chapéu nada faz para disfarçar o seu sexo; na verdade, chama a atenção para ele. Vocês não enganaram ninguém.

Um visitante inesperado atrapalha os planos da srta. Grantworth

— Talvez não fosse minha intenção enganar alguém — replicou Vitória. — Talvez eu tenha chegado à conclusão de que calças são muito mais confortáveis que saias.

Ele riu novamente, e sua perna roçou a dela por baixo da mesa. Era quente e pesada e Vitória se afastou. Ele olhou para ela, percebendo, e sorriu; mas, felizmente, não comentou.

— Agora que já discorremos sobre a minha opção de vestuário — disse ela, sentindo-se mais confiante agora que não precisava manter o desconfortável disfarce de homem —, o senhor vai me dizer quem pode me ajudar a achar o Livro de Antwartha?

— Se a senhorita fizer a gentileza de manter sua voz num tom mais... moderado... talvez eu possa ajudar. Não, como já vi que isso não será possível, temos que ir para outro lugar onde poderemos conversar mais à vontade.

A ideia de ir para qualquer lugar com esse homem deixava Vitória desconfortável... de um jeito tépido, impróprio. Talvez só porque Filipe a beijara naquele dia, ela ficava reparando no modo como a boca de Sebastian Vioget se mexia, e seu formato. E quão próxima estava da sua.

Naquele instante, alguém virou a esquina no fim daquela mesma escada que ela e Verbena tinham descido, e parou em pé, a pouca distância da mesa delas. Embora ele não as estivesse encarando, ela reconheceu sua figura alta e escura. Provavelmente porque no fundo ela havia esperado vê-la, de qualquer jeito.

Max.

Vitória rapidamente virou-se para esconder o rosto.

— Já tem um lugar em mente? — perguntou.

— Deem-me licença por um momento — disse ele, levantando-se abruptamente. — Se tiverem a gentileza de atravessar aquela porta, vou juntar-me a vocês em um instante. — Ele chamou a atenção dela para uma porta estreita que Vitória não notara antes; era bastante escura para o observador casual, já que estava espremida na esquina de uma alcova. — Está destrancada.

Vitória observou Sebastian mover-se ágil e rapidamente, mas sem aparentar pressa, em direção a Max. Tinha uma sensação de desconforto no estômago, mas seguiu no rumo que traçara, na esperança de dar o fora antes que Max a visse. Se Sebastian estava certo, e seu disfarce era tão flagrantemente falso que qualquer um podia perceber, seus planos seriam arruinados se Max simplesmente olhasse na direção dela.

Alguém puxou sua manga enquanto ela pensava, e Vitória se virou. Ela tinha esquecido completamente de Verbena! Como podia ter escapado tão facilmente de sua mente, sentada ali a seu lado?

A resposta ficou clara quando ela se virou e viu que, durante sua conversa com Sebastian, a criada havia aproximado sua cadeira de outra mesa próxima e parecia estar conversando amistosamente com três outras pessoas, incluindo a pianista vampírica.

— Não é o seu primo Max que tá conversando com o sinhô Vioget? — perguntou Verbena. Seu hálito cheirava à cerveja que ela pedira, e o brilho em seus olhos mostrava que ela estivera se divertindo horrores.

— Sim, é ele, embora não seja realmente meu primo. Preciso ir embora antes que ele me reconheça. Você deve se despedir de seus amigos e vir comigo. — Vitória levantou-se, segurando sua bengala-estaca, e enveredou rapidamente pela porta que Sebastian apontara. Verbena foi atrás.

No momento em que curvava os dedos na beirada áspera da porta para fechá-la, Vitória parou e olhou para trás. Sebastian e Max continuavam conversando no mesmo lugar onde Max se havia postado desde que entrara no salão.

A conversa deles consistia em jatos curtos de falas que se alternavam entre um e outro, com pouca animação ou expressividade por parte de ambos. Max era o mais alto dos dois. Não pareciam estar na ofensiva, mas tampouco demonstravam qualquer simpatia para com o outro.

Quando os dois se separaram com acenos rápidos e sem apertos de mão, ela sumiu atrás da porta. Fechando-a, virou-se e olhou, pela primeira vez, o lugar aonde Sebastian as havia mandado.

Verbena estava em pé recostada a uma parede de tijolos cinza, ainda segurando sua caneca de cerveja. Ou seria a caneca de Vitória? Estava cheia e parecia não ter sido tocada.

Estavam num corredor cujo teto de tijolos era curvado e com castiçais a cada quinze passos mais ou menos. Antes que

Vitória pudesse explorar mais um pouco, a porta se abriu novamente e Sebastian entrou.

— Sua amiga pode esperar lá fora — disse ele, olhando para Verbena. — Ela estará bem com Amélie e Claude.

Vitória teria recusado, mas Verbena já estava indo em direção à porta.

— Eu acho melhor, *mila*... milorde — a criada corrigiu depressa. — Amélie é a pianista e ela já jantou hoje, então não tô com medo dela.

— Nenhum mal lhe ocorrerá se ela estiver com Amélie — repetiu Sebastian. — E o que estou prestes a lhe dizer é só para os seus ouvidos de Venadora.

Vitória sobressaltou-se, mas logo se acalmou. Teria Max visto Vitória e dito a Sebastian quem ela era?

— Vô ficá segura feito um tatu — disse-lhe Verbena com um sorriso radiante, e Vitória, a contragosto, assentiu com a cabeça.

Verbena quase bateu a porta ao sair, em seu entusiasmo por voltar para seus novos amigos, e Vitória viu-se de repente a sós com Sebastian Vioget.

Ele estendeu a mão para ela sem dar-lhe tempo de recuar; ela sentiu, então, o topo de sua cabeça ficar mais frio e mais leve quando ele puxou o seu chapéu.

— Estou querendo fazer isso desde que a vi — disse ele, deixando o chapéu cair. — Agora, só falta... — Ele esticou de novo a mão, e desta vez ela se mexeu no momento em que os dedos dele tocavam um dos grampos na parte de trás de sua cabeça. Ela não foi suficientemente rápida, pois ao afastar-se o grampo ficou na mão dele, puxando-lhe o cabelo.

Sebastian estalou a língua.

— Sou daqueles que acham uma vergonha as mulheres terem que esconder a beleza de seus cabelos.

Vitória sentiu a pistola e tirou-a de seu bolso. Não a apontou para ele, apenas queria que ele a visse.

— Acho isso lindo, mas não estou nem um pouco interessada nos seus comentários sobre minha roupa ou meu penteado. Se não pode me ajudar com a minha busca, encontrarei alguém que possa.

Sebastian riu e soltou o grampo. Vitória sentiu a massa pesada de cabelos deslizando por suas costas e teve que resistir à necessidade de ajeitá-lo no lugar.

— Você faz jus a seu Legado, minha querida. Agora, antes de continuarmos, gostaria de saber o seu nome verdadeiro.

Ela não viu mal nenhum em dizer.

— Vitória. E quero saber o que o faz pensar que eu sou uma Venadora.

— Sei muito sobre uma porção de coisas. Incluindo o fato de que você... ah, sim, é verdade mesmo.

Ele estendeu de novo a mão, e antes que ela pudesse impedi-lo, ele puxou para trás o colarinho alto e engomado de sua camisa masculina. Ele estava sem luvas e Vitória sentiu a tepidez do toque dele no seu pescoço descoberto.

Vitória deu um passo calculado para trás. Não reagiria do modo que seu corpo desejava: rapidamente, aos arrancos, em pânico. Ela não o deixaria perceber o quanto ele a afetava tocando-a daquele jeito despreocupado.

Ela era uma Venadora, e era mais forte que ele. Quem quer que ele fosse.

— Você vai me ajudar ou devo ir embora?

— E arriscar que o seu sócio lá fora a reconheça? Sem o chapéu você parece uma moça delicada usando as roupas do irmão. É ridículo, e uma afronta à sua beleza. Pelo menos a aba escondia um pouco dessa pele impecável e a linha do maxilar.

— Ele ofereceu-lhe o braço, virando-se para o corredor que se estendia à frente deles. — Tenho certeza de que você não está disposta a correr esse risco. Por que será, eu me pergunto, que você não queria que ele a visse?

Vitória não tomou o braço dele, mas foi com ele. A passagem era larga o suficiente para que andassem lado a lado sem esbarrarem um no outro, e ela ficou grata por isso. Enquanto andava, a massa instável do seu cabelo balouçava ao ritmo de cada passo.

— Você o conhece? — perguntou ela, evitando dizer o nome dele.

— Maximiliano? Claro que conheço. Ele vem aqui de vez em quando, e eu já lhe disse que pode patrulhar o local com a condição de não causar tumultos nem caçar minha clientela. Assim como já proibi meus outros clientes de caçar suas presas no meu estabelecimento. Viu? Vivemos todos em harmonia.

Caminharam pelo corredor. Vitória empunhava sua bengala-estaca com uma das mãos e a pistola com a outra. Sentia-se confiante e preparada para qualquer ameaça que pudesse surgir.

— Por aqui, minha querida — disse ele, parando em frente a uma porta no fim do corredor. Havia outra porta diante dessa. Ambas pareciam idênticas.

Vitória apertou a estaca ao cruzar a soleira para dentro de um quarto bem mobiliado, que parecia um escritório. Prateleiras de livros alinhavam-se numa parede; em outra, uma escrivaninha. Num dos lados havia um sofá e duas cadeiras ao redor de uma mesa baixa, próximos à lareira. O assoalho de madeira estava coberto por um tapete. O único elemento desconcertante sobre aquele quarto é que ele não tinha janelas. E apenas uma saída.

— Vejo que aprovou o meu gabinete — disse Sebastian. — Por favor, sente-se.

— Por que me trouxe aqui? O Livro de Antwartha certamente não se encontra nessa estante.

— Não, claro que não. Mas é muito importante que nossa conversa não seja ouvida por outros. Porque... — ele ergueu a mão para deter a reação furiosa dela — eu sei exatamente onde está o Livro de Antwartha. E como consegui-lo.

Vitória fechou a boca e sentou-se. Descansou a bengala a seu lado e a pistola próxima a ela, na almofada.

— Muito bem. — Ele sorriu e sentou-se ao lado dela no sofá. — Agora vejamos, se eu lhe der essa informação, o que você me dará em troca?

Ela sentiu sua pele formigar.

— O que teria valor para você?

— Duas coisas. Duas coisas muito simples, Vitória Gardella. Ah, sim, eu sei exatamente quem você é. — Sebastian sorria e olhava para ela com seus olhos alaranjados de tigre. — O primeiro requerimento é... você não pode dizer a ninguém onde obteve essa informação. Não pode contar ao seu sócio Max; não pode contar à sua tia. Se contar, *eu saberei*. E você vai se dar mal se o fizer. Entenda, ninguém mais aqui no bar sabe quem você é. Ninguém saberia que nos encontramos. Ninguém saberia como você conseguiu essa informação a menos que você a divulgasse.

— Eu prometo — assentiu Vitória.

— E eu devo confiar em você?

— Da mesma forma que eu confiei em você quando disse que minha criada estaria segura. E da mesma forma que confiei em você vindo até aqui.

Ele riu novamente, com sua risada sabichona.

— Oh, sim, como uma Venadora você está correndo um tremendo risco comigo! — Suas palavras eram zombeteiras, mas algo nelas dizia a Vitória que não eram tão levianas quanto pareciam. — Mas você estava certa ao confiar em mim com relação à segurança da sua criada. Ela realmente não está em perigo. Como lhe disse, não permito caça no meu estabelecimento.

— Qual é o segundo requerimento? — O formigamento em sua pele se intensificou em antecipação à resposta.

— Quero ver o seu *vis bulla*.

A garganta de Vitória secou. Não era o que ela esperava. Era muito, muito pior.

— Um beijo não seria suficiente? — perguntou ela com ousadia, uma névoa avermelhada obnubilando o canto de sua vista. Afinal, ela já tinha beijado um homem naquele dia. Não conseguia imaginar... ter que desabotoar sua camisa de homem e mostrar-lhe o torso!

— Você está me oferecendo um favor adicional? Se está, aceito com prazer. Além do meu requerimento original, é claro.

— Não além; mas em vez.

— É tentador, pois nunca beijei uma Venadora... mas não. Quero ver o seu *vis bulla*. — A expressão de seu rosto mostrava que ele sequer considerara a alternativa. — E então lhe direi tudo o que você precisa saber.

— Como saberei que me dirá a verdade?

— Você vai ter que confiar em mim.

Foi a vez de Vitória rir.

— E por que eu deveria confiar em você num assunto dessa natureza? E por que você ia querer me ajudar?

— Quanto a ajudar você... lógico que tenho as minhas razões, e partilhá-las com você não é parte do nosso acordo. Não é problema seu por que quero ajudar uma Venadora. E se a informação for errada (e posso assegurar que não é), o que você terá perdido, simplesmente me mostrando o seu *vis bulla*?

A voz dele caiu para um grave perturbador no fim, quase um sussurro.

— Ou... — Sua voz estava mais forte agora, mais firme — eu posso simplesmente dar a Maximiliano a informação. Tenho certeza de que ele apreciaria muito.

— Ele não lhe mostraria seu *vis bulla* — respondeu Vitória, subitamente dando-se conta de que Max tinha um. Como o dela. Pendurado no umbigo.

— Não quero ver o dele.

Vitória sentiu o coração esmurrando o seu peito. Era apenas o recato que a impedia de mostrar a ele. Apenas o recato. E se mostrasse, poderia voltar para a tia Eustácia e Max com informações valiosas... ou talvez até o próprio livro.

Sebastian a observava de uma posição relaxada no canto do sofá; mas ela sentiu a tensão enquanto ele aguardava uma resposta. E subitamente, como que cedendo sob a intensa contemplação dele, a gravidade derrotou o trabalho de Verbena e o seu cabelo volumoso deslizou, solto, sobre os ombros. Ele riu com satisfação.

— Exatamente como eu o imaginei.

— Diga-me algo e eu decidirei se a informação vale um beijo... ou a visão do meu *vis bulla*. — Sua própria voz soava rouca.

— Lilith sabe onde o Livro está. Ela mandará seus Guardiões amanhã à noite quando a lua estiver alta. Ou você os impede, ou Lilith terá êxito e a posse do Livro. Então, vai jogar esse jogo ou não vai?

Vitória se apoiou levemente contra o braço do sofá, virou seu torso para Sebastian enquanto seus pés permaneciam firmes no chão. A pistola era uma protuberância desconfortável por baixo de sua coxa, mas ela não se importava: preferia saber exatamente onde ela estava. Ela tirou as luvas. Afastou o paletó da camisa branca que estava abotoada do pescoço quase até os joelhos.

Seus dedos estavam no botão do meio de sua barriga e ela parou para encarar Sebastian. Ele não se mexeu e continuou silencioso, observando-a. Seu peito subia e descia por baixo do paletó cor de café e da camisa clara.

Os dedos de Vitória moviam-se habilmente enquanto ela abria o botão do meio, depois o de cima e o de baixo. Ela não conseguiu olhar para ele enquanto abria a camisa e sentia a corrente de ar frio sobre sua pele subitamente descoberta.

A prata sagrada cintilava contra o branco de sua pele, aninhada no vão escuro de seu umbigo. Ela ouvia Sebastian, que respirava lentamente.

Ele se moveu, cuidadosamente, e embora Vitória quisesse, não conseguia soltar a camisa que mantinha aberta, não conseguia fechá-la. Ele estendeu o braço para ela pela terceira vez naquela noite, e embora Vitória encolhesse e afundasse seu estômago, os dedos dele encontraram a cruz de prata e a acariciaram... depois deslizaram para tocar seu umbigo, alisando-o circularmente.

Quente, pesado, intenso... a palma dele cobriu a sua pele.

A névoa avermelhada no canto de sua vista tornara-se escura e ela mal podia respirar.

9

A srta. Grantworth fica com um frio terrível num momento dos mais inconvenientes

Quando Vitória abriu os olhos, Sebastian ainda olhava para a mão dele sobre o estômago dela. Piscando, tentando clarear a mente, percebeu que ele nem notara que ela... o quê? Desmaiara?

Só um instante havia se passado, ela tinha certeza, desde que tudo ficara escuro. Um segundo. Uma anomalia.

Mas o que quer que tivesse causado isso — fossem suas próprias sensibilidades ou outra fraqueza — ela não queria dar chance para que se repetisse. Pegou a mão de Sebastian pelo pulso e a removeu da abertura de sua camisa. Ele então a olhou, nos olhos a cor de um chá forte; todos os vestígios da cor dourada haviam sumido.

— Você queria olhar, não falou nada sobre tocar! — Se ela não estivesse tão cautelosa, teria sentido júbilo por sua voz ter saído tão forte e resoluta, com a ponta de zombaria que Max empregava sempre.

Ele curvou a cabeça em gentil reconhecimento e retrocedeu.

— Ficaria grata, agora que já cedi mais do que a minha parte nesse acordo, se me dissesse o que desejo saber.

— É o que farei, Vitória. — Ele juntou as mãos sobre o peito, relaxando de volta à sua posição no canto oposto do sofá; parecia organizar os pensamentos.

Aquilo era ótimo para Vitória, pois ela não estava certa de que conseguiria ouvir ou lembrar qualquer coisa que ele dissesse por cima da ventania em seus ouvidos e do batimento de seu coração.

Por fim ele falou; e quando o fez, foi conciso e direto ao ponto, como se ele também se sentisse desconfortável na presença dela.

— No momento o Livro pertence a um homem que recentemente retornou de viagem da Índia. Enquanto esteve lá, comprou um velho castelo, e o livro estava incluído na biblioteca do imóvel. Uma proteção foi posta nele há séculos, e o livro não pode ser aberto até que essa proteção seja quebrada. Tampouco pode ser removido da posse de seu dono por um mortal.

— Mas um morto-vivo poderia roubá-lo?

— Exatamente. Você precisa, portanto, esperar que Lilith mande seus asseclas para roubarem o livro, e só então você deve aprisioná-los: depois de terem roubado o livro. Se você mesma tentar roubar o livro, morrerá assim que tocá-lo.

Vitória olhou para ele, pensativa.

— Mas então devo acreditar que uma vez que um vampiro rouba o livro de seu dono, é seguro para um mortal tocá-lo?

— Isso mesmo.

— E... como um vampiro poderá roubá-lo desse homem se não pode atravessar o umbral de uma casa sem ser convidado? — O ceticismo embalava sua voz.

Sebastian assentiu levemente, percebendo o cinismo dela.

— Isso é o que vai acontecer daqui a duas noites. O dono da casa vai partir para suas viagens, e a pessoa que ficará lá em sua ausência vai convidar os mortos-vivos a entrar na casa.

— Essa pessoa que os convidará a entrar... está ciente de que eles são vampiros? E qual é o propósito da visita deles? Essa pessoa será prejudicada?

Sebastian deu de ombros, indiferente.

— Essa é toda a informação de que você precisa, Vitória. Pode agir com base nela ou não.

— E se você estiver mentindo para mim, ou enganado em suas informações, eu sofrerei as consequências.

Sebastian inclinou-se para ela, os olhos como fendas negras.

— Vitória, eu pretendo que esta seja apenas a primeira de muitas vezes em que nos encontraremos. Por isso eu lhe asseguro que não estou mentindo. E quando se trata de assuntos como esse, eu nunca me engano.

* * *

Vitória e Verbena não chegaram até que o sol já estivesse despontando sobre o leste de Londres. Cansada, empolgada e descompensada pelos eventos da noite, Vitória não disse nada no caminho para casa; em vez disso pensou no seu próximo passo.

Sebastian lhe dera o endereço do homem que possuía o Livro de Antwartha. Ele também reiterou que os vampiros o roubariam na noite seguinte porque o dono estaria fora. Se essa informação estava correta, Vitória tinha visitado o Cálice de Prata na hora exata. Talvez fosse por isso que Max também estivera lá.

Deveria ela contar para tia Eustácia, e, por tabela, informar Max, para que ambos pudessem trabalhar juntos na obtenção do Livro? Ou deveria mentir e esperar sozinha pelos agentes de Lilith, caso a informação dada por Sebastian fosse falsa?

Em Grantworth House, Barth, bocejando, parou o cabriolé na esquina; Vitória e Verbena desceram e andaram o resto do caminho. Apressando-se pela entrada dos empregados, Vitória seguiu Verbena pela parte de trás, propositalmente destrancada, e conseguiu esgueirar-se até o seu quarto sem ser vista por nenhum dos empregados. *Lady* Melly dormiria até depois do meio-dia e, até onde sabia, Vitória voltara para a casa depois de um jantar, com dor de cabeça.

Verbena ajudou-a a se desvestir e Vitória caiu cheia de gratidão no seu colchão de penas. Quando começava a ser embalada pelo sono ela se lembrou: naquela noite veria Filipe no baile dos Madagascar. Talvez houvesse uma oportunidade para que ele a beijasse de novo.

Ela sorriu no travesseiro.

* * *

— Por que — murmurou Filipe enquanto trazia Vitória para o seu lado — tenho sempre que abrir caminho entre uma multidão de janotas para poder dançar com você?

Com o pulso acomodado entre o braço e o corpo dele, ela permitiu que seu quadril roçasse com o do marquês enquanto caminhavam.

— Eles não estavam lá só para falar comigo — redarguiu ela, erguendo o rosto e sorrindo para ele. — Gwendolyn Starcasset também tem muitos admiradores.

— Pode ser, mas a maioria deles babava sobre a sua mão, não a dela.

— O senhor é muito gentil — ela respondeu com um sorriso recatado.

Ele apertou o braço dela contra ele.

— Não sou de forma alguma gentil — replicou Filipe. — Na verdade, não tenho um pingo de gentileza com relação a esses almofadinhas.

— E o que me diz das senhoras e senhoritas que suspiram pelos seus encantos e polpuda carteira?

— Pretendo em breve desiludir todas elas. Gostaria de algo para beber, Vitória?

Ela só conseguiu assentir de cabeça e tentar não encará-lo. *Desiludir todas elas em breve*? Será que aquilo significava o que ela imaginava? Sua pele ficou ruborizada e quente, e ela agradeceu a Deus pelo copo de ponche onde pôde enfiar o rosto.

No dia anterior ele a beijara no parque, e a despeito de sua perturbadora experiência no Cálice de Prata, Vitória havia acordado tarde recordando o gosto de seus lábios. Imaginando se naquela noite tentaria de novo.

Uma dama bem comportada não devia pensar em beijar um homem com quem não fosse casada, ou pelo menos noiva. Mas desde que recebera seu *vis bulla*, Vitória se afastara muito de ser um modelo de bom comportamento. Matando vampiros. Vestindo calças. Andando à noite nas ruas.

Mostrando seu umbigo para estranhos.

O que pensaria Filipe se visse o seu *vis bulla*?

Seu rosto estava mais quente do que nunca, e Filipe devia ter percebido, pois perguntou:

— Você está bem, Vitória? Vamos sair para você tomar um pouco de ar?

— Sim, eu gostaria disso.

Do lado de fora das grandes portas francesas do salão de baile, Vitória e Filipe detiveram-se no terraço. Dois outros casais, numa balaustrada, olhavam lá embaixo as trilhas que se entrelaçavam e os agrupamentos de sebe que formavam o jardim dos Madagascar. Um lance de degraus descendentes conduzia do centro do terraço de pedra até a vegetação.

Filipe soltou o braço de Vitória e colocou o seu ao redor da cintura dela, conduzindo-a ao longo da balaustrada. Uma gardênia carregada de flores brancas erguia-se do jardim lá embaixo, e estava tão próxima, que ele pôde escolher uma flor e oferecer a ela.

— Para minha dama — disse ele, estendendo-a. — Eu quis trazer não-me-esqueças, mas estão fora de estação.

Vitória sorriu ao aceitar a gardênia, impressionada como sempre pela intensa fragrância exalada por uma única flor. Reparou que Filipe a conduzira pelo terraço a um canto mais reservado, ainda dentro dos limites do decoro, já que estavam a céu aberto, numa área bem iluminada, porém distante das portas escancaradas e do falatório do salão. Os outros casais que desfrutavam o ar noturno não pareciam notar a presença deles. Ela reconheceu um deles como a srta. Emily Colton e o lorde Truscott, o dos pés ineptos.

Filipe encarou-a, gentilmente encurralando-a contra a balaustrada, e ela levantou o rosto. O cabelo escuro dele elevava-se bem acima da testa, e nenhuma mecha ousava cair, mesmo quando ele baixava a cabeça. Seus olhos semicerrados deixavam as mãos dela suadas e a faziam sorrir nervosamente.

— Vitória — ele falou tão baixo, que só ela podia ouvir. — Você deve saber que eu nunca a esqueci, e que minha estima por você só aumentou desde que nos reencontramos.

Naquele momento, ela sentiu um sopro de ar frio na nunca. Teve um sobressalto, tão repentina foi a sensação, e tão inesperada. Por que *agora*?

Filipe a observava com preocupação.

— Vitória?

— Continue, por favor. O que você estava dizendo? — Ela sorriu. Talvez fosse apenas uma brisa fria de primavera.

Ele então pegou as duas mãos dela, levando-as a seus lábios e beijando a palma e as costas de cada uma.

— Quando tomei a decisão de procurar uma noiva, imaginei que demoraria tanto para encontrá-la quanto havia demorado para eu decidir procurar.

Não era uma brisa. O frio tinha se tornado mais áspero e intenso. Vitória, de costas para a balaustrada e de frente para as luzes do salão, tentava prestar atenção em Filipe. Sorriu para seu pretendente, mesmo quando ficou claro que o vampiro não estava no salão.

Ele ou ela estava lá fora. Provavelmente com uma vítima já escolhida.

Ela precisava fazer alguma coisa. Seus dedos apertaram os de Filipe e ela olhou para ele.

— Filipe... estou sentindo um pouco de frio.

Ele parou, pois as palavras dela haviam interrompido as suas. Fitou-a.

— Poderíamos... Eu gostaria de falar com você sobre um assunto antes de voltarmos para dentro. Tenho algo que desejo lhe perguntar. — Ele soltou-lhe as mãos e colocou os dedos ao redor dos braços desnudos dela, movendo-os gentilmente para cima e para baixo, como para aquecê-la.

Vitória engoliu. Queria tanto ouvir o que ele ia dizer... mas como poderia ouvir agora?

— Vitória — Filipe continuou falando —, como eu disse, esperava que fosse levar muito tempo para encontrar a mulher certa para desposar... então, imagine a minha surpresa e alegria quando percebi que a havia encontrado... apenas algumas semanas após iniciar minha busca. Porque, na verdade, eu havia encontrado você há muito tempo.

O frio estava insuportável na nuca de Vitória; queria que Filipe soltasse seus braços para que ela pudesse esfregar a nuca e descer correndo para o jardim.

Pois era lá que o vampiro estava.

E como ela escaparia para chegar lá?

— Vitória, você quer ser minha marquesa?

— Sim, Filipe! Sim, eu quero... mas você poderia por favor buscar meu xale? Estou com um frio terrível! — Não pôde evitar que sua voz saísse com uma nota de pânico; precisava deter o vampiro!

Ele a olhou, a surpresa estampada em seu rosto, como se não soubesse exatamente como reagir.

Vitória tinha que pensar: ela *havia* aceitado o pedido dele, não havia?

— Sim, é claro, *milady* — ele respondeu de modo lento e formal. Vitória sentiu um vazio no estômago.

Ele começou a se virar para partir, mas ela agarrou seu braço e o puxou de volta. Lançou os braços ao redor do pescoço dele e beijou-o, murmurando:

— Sim, eu me casarei com você, Filipe! Eu quero me casar com você! — Uma explosão de alegria a inundou. Estava apaixonada, e ia se casar com Filipe.

Ele a beijou de volta e então ela se afastou, a frigidez na nuca a chamando para o dever.

— Meu xale, por favor, Filipe, para que possamos ficar aqui fora mais um pouco. — Ela sorria, mordendo o interior de seu lábio, silenciosamente implorando que ele fosse imediatamente, a fim de que ela pudesse correr para o jardim abaixo.

Ele também estava sorrindo, agora não tão formalmente, e ela sabia que tinha salvo o momento. Oxalá pudesse também salvar a vítima. *Vá agora!*

Ele foi, caminhando a passos largos, do terraço de volta para o salão, e Vitória mal esperou que ele entrasse para descer às pressas os degraus rumo ao escuro jardim.

10

A srta. Grantworth conclui seu treinamento

Quando Filipe voltou ao terraço trazendo o xale diáfano de Vitória, ela sumira.

Ele ficou plantado no círculo de luz que se desenhava sobre as pedras, olhando ao redor para ter certeza de que ela não se recolhera para um canto mais sombreado... mas ela não estava em lugar algum. Os outros casais tinham desaparecido. O pátio estava vazio.

Então ele escutou um grito débil vindo dos jardins, lá embaixo.

Desceu os degraus correndo, com o xale dela esvoaçando em sua mão, seus pés rangendo sobre a trilha de seixos e espalhando pedras a cada passo.

— Vitória! — chamou ele lançando-se para a esquerda, de onde estava certo que viera o grito, um som tão abafado, que se ele tivesse ficado dentro da casa por mais um instante, não teria ouvido.

Por que ela deixara o terraço? O que havia acontecido?

Alguém a teria sequestrado?

Ao fazer uma curva no caminho, ele quase colidiu com uma figura de saias. Ela estava cambaleando, meio curvada, soluçando e agarrando as saias.

— Vitória! — disse ele, dando-lhe uma leve sacudidela.

Ela ergueu os olhos. Não era Vitória, e sim a srta. Emily Colton, que estivera com Frederick Truscott no terraço momentos antes. Seu rosto era uma máscara de terror e algo escuro, como um arranhão, maculava seu pescoço. Estava balbuciando algo desconexo, segurando-se nele como se estivesse se afogando e ele a puxasse fora da água.

Filipe ficou dividido. Vitória ainda estava por lá, mas a srta. Colton também precisava dele. E o que acontecera a Truscott?

— Venha — disse ele, puxando-a de volta para a casa e chamando por socorro ao longo do caminho. Sobre os soluços abafados, ele tentava ansiosamente ouvir outro grito no escuro.

— A senhorita viu mais alguém? — perguntou ele, nervoso. — Outra mulher? A srta. Grantworth?

Ela parecia assentir com a cabeça, mas ele não tinha certeza do que ela estava dizendo em meio aos soluços e tremores. Quando chegaram ao terraço, ele empurrou a mulher gentilmente, pediu ajuda, depois se voltou e correu de volta para a escuridão.

— Vitória! — gritou. — Vitória!

Ele dobrou outra esquina e quase colidiu com ela.

— Vitória! — exclamou, agarrando-a pelos ombros e apertando-a contra o peito, agradecido por não ser ela chorando, assustada. — O que aconteceu? Você está bem?

Ela estava ofegante, mas não parecia em perigo, e desvencilhou-se daquele abraço quebra-ossos com mais facilidade do que deveria ser capaz. Ela o olhava com surpresa e algo mais... intenso... em seu belo rosto. Por um momento ele esqueceu sua preocupação e simplesmente desfrutou da perfeição de sua fisionomia. E se perguntou por que seus olhos cintilavam com um brilho tão predatório.

— Filipe? Estou bem. Não estou ferida. Qual o problema?

— Ouvi alguém gritar e achei que era você! Você não estava no terraço quando voltei. — Percebendo que deixara o xale dela cair em algum lugar no meio do caminho, abraçou-a pela cintura. Afinal, ela aceitara seu pedido. Embora não fosse oficial, estavam noivos. Portanto, não feria o decoro.

— Eu deixei cair minha *nécessaire* do terraço, e quando desci para buscá-la, ouvi uma mulher... conversando. Discutindo; soava como se estivesse em perigo.

— Então você foi atrás dela para ajudar? — Filipe queria chacoalhá-la, seu frágil amor. — Você podia ter se machucado!

— Mas não me machuquei... era Emily Colton. Ela passou correndo por mim. Você a viu?

— Sim, ela está assustada, mas não parecia estar ferida. Menina boba — disse ele, espremendo-a contra si com o braço em sua cintura.

Ele não podia esperar nada menos de alguém capaz de repreender um rapaz com o dobro do seu tamanho aos doze anos. Sua beleza e sua coragem; seu encanto e sua tendência a pensar por si mesma e não conforme os ditames da sociedade. Não era à toa que a amava.

— Você foi muito corajosa ao tentar socorrê-la, mas podia ter se machucado! Devia ter pedido ajuda.

Vitória assentiu com a cabeça. Estavam subindo os degraus do terraço e Filipe ficou satisfeito ao ver que o terraço permanecia vazio. Cuidariam da srta. Colton depois de seu susto, o que quer que o tivesse causado — talvez algo simples como um galho a arranhá-la ou uma discussão com Truscott, onde quer que estivesse — e ele e Vitória poderiam ficar no pátio sozinhos.

E começar de novo onde haviam parado.

Ele a olhou, pronto para tomá-la nos braços novamente.

— Vitória, o que é isso na sua mão?

Mesmo à meia-luz ele viu que as bochechas dela ficaram ruborizadas. Ela olhou para baixo, para o pedaço fino de madeira que segurava, parecendo perguntar-se como fora parar lá.

— Eu... isto estava caindo do meu cabelo quando fui ajudar a srta. Colton. Vou colocá-lo na minha *nécessaire*, pois só minha criada sabe como arrumar meu cabelo.

Filipe achou que a vareta era um tanto grande e pouco prática para fazer parte de um penteado tão complicado, mas o que ele sabia sobre como as mulheres se penteavam? Ele apreciava o resultado, mas tinha pouco interesse no processo.

Ele a estava puxando para perto de si, levantando seu queixo com o polegar, quando percebeu que ela estava olhando para o salão por cima de seu ombro.

— Filipe... eu realmente preciso ver como está a srta. Colton e me assegurar de que ela não se machucou.

A decepção o invadiu.

— Tenho certeza de que estão cuidando dela. Apesar de não saber o que aconteceu ao lorde Truscott.

Ela se desvencilhou facilmente do que ele pensava ser um abraço forte.

— Filipe, eu prometo... voltarei num instante. Sinto-me responsável por ela. Por que você não entra comigo? — Ela sorria tão lindamente e apertava o braço dele tão perto do seu corpo, acariciando a lateral do busto, que ele não pôde recusar.

* * *

De volta à residência dos Madagascar, Vitória rapidamente livrou-se de Filipe. Frenética com o atraso que ele causara indo atrás dela no jardim, ela se apressou pelas aglomerações de gente, sabendo que mais tarde teria de inventar mais explicações para ele.

Ficou aliviada por não haver, aparentemente, um senso enorme de pânico entre os convidados; mais gente conversava do que dançava, contudo não pareciam nervosos. O que parecia era que a srta. Colton se dirigira ao toalete feminino sem causar grande comoção sobre o ataque vampírico que ocorrera a poucos metros de distância da festividade.

Vitória rezou para que esse fosse o caso, e torceu para que a srta. Colton estivesse num estado que não a permitisse falar sobre o que havia acontecido... ou perguntar sobre o paradeiro do lorde Truscott. Ela não tinha ideia como explicaria que ele fora pulverizado numa nuvem de cinzas.

Talvez fosse esperar demais que Emily Colton não tivesse percebido o que estava acontecendo antes que Vitória entrasse em cena, mas ela tinha essa esperança. Tudo acontecera muito rápido; lorde Truscott estava inclinando o rosto para o pescoço de Emily quando Vitória interrompeu sobre eles.

Emily escapou, sumindo no matagal com um berro, antes que Vitória ficasse cara a cara com Truscott e lhe enfiasse a estaca no peito.

Agora ela corria pelo corredor até alcançar o toalete feminino. Fazendo uma pausa para respirar e ajeitar o cabelo, Vitória abriu a porta e encontrou um pequeno grupo de mulheres ao redor da pálida Emily Colton.

— Emily — disse Vitória, entrando e fechando a porta. — Como você está?

— Oh! — gritou Emily, erguendo-se num pulo e jogando-se sobre Vitória. — Você não está ferida! Estava tão assustada por você!

Vitória gentilmente se desvencilhou dos braços dela.

— Não, não estou ferida. Como se sente?

Emily ignorou a pergunta e ficou a tagarelar com as outras, apontando Vitória com um dedo trêmulo.

— Ela chegou bem no instante em que ele me atacou! Eu saí correndo; não devia tê-la deixado, mas estava apavorada demais para pensar!

As cinco outras damas olharam de Vitória para Emily e novamente para Vitória, como se avaliassem a diferença no comportamento de ambas. Vitória tomou o cuidado de manter uma expressão calma embora precisasse saber o que Emily tinha visto, e se ela percebera o que havia acontecido.

Emily continuava falando depressa, como se tivesse que soltar as palavras para não esquecê-las.

— O que aconteceu? O lorde Truscott...?

— Não sei o que aconteceu com ele — replicou Vitória, segurando as mãos de Emily. — Assim que você saiu correndo, ele virou e desapareceu em outra direção. Ele não me machucou. — Isso pelo menos era verdade.

Aparentemente Emily aceitou essa explicação, e as outras não tinham razão para questioná-la. A palavra "vampiro" não fora mencionada; ela não precisava dar explicações para o sumiço de Truscott. Agora Vitória podia voltar para Filipe.

Seria fácil voltar para o seu noivo; mas não seria tão fácil aceitar que ela havia matado o lorde Truscott, dos suaves olhos castanhos e pés desastrados.

* * *

— Aconteceu! — *Lady* Melisande irrompeu pela sala de visitas de Winnie sem esperar pelo mordomo. — Ah, glória a Deus, aconteceu! Vitória será uma marquesa!

— Rockley já se decidiu? — Winnie levantou-se com agilidade surpreendente para uma mulher tão avantajada. — Oh, Melly, estou extasiada por você! E por Vitória também, é claro!

— Vitória vai se casar com Rockley? — exclamou Petronilha, no exato instante em que a duquesa guinchou. — Saia da frente, Winnie, para que eu possa abraçá-la também!

As damas dançaram pela sala, fazendo tilintar as porcelanas e bugigangas.

— Ele veio há pouco pedir a minha bênção... como se precisasse pedi-la! — resfolegou Melly, afundando-se numa poltrona.

Winnie, que havia surrupiado duas broas de mirtilo, não parou de saltitar até servir o chá para a recém-chegada. Em seguida sentou-se pesadamente ao lado dela.

— Temos que começar a planejar o casamento imediatamente. Será o evento da temporada! — disse Petronilha. — Mas, conte-nos, Vitória tinha algum detalhe sobre o incidente no baile dos Madagascar, ontem à noite? Está todo mundo falando disso!

Winnie bateu a mão no peito, fechando os dedos ao redor do crucifixo que descansava sobre seu peito. Se possível, era até maior do que o outro que ela estivera usando na semana anterior.

— Nilly estava nos contando sobre isso. Tenho certeza de que foi um ataque de vampiros!

Melly olhou para elas.

— Do que é que vocês estão falando?

— A srta. Emily Colton foi atacada, ontem à noite, nos jardins da residência dos Madagascar. Não ficou ferida, mas levou um susto, e seu acompanhante, o lorde Truscott, desapareceu — explicou Winnie.

— Por que vocês acham que foi um ataque de vampiros? — perguntou Melly, revirando os olhos. — O lorde Truscott provavelmente foi íntimo demais com a srta. Colton e ela o mandou passear... e depois não quis confessar que estivera andando no jardim sozinha com ele. A srta. Colton é conhecida por ser um pouco desregrada, como vocês sabem.

— Mas ninguém sabe onde ele está — disse Winnie. — E a coisa ocorreu no escuro. E o pescoço dela tinha um arranhão!

— Talvez o lorde Truscott seja um vampiro — disse Petronilha. Seus olhos brilhavam como safiras. — Talvez tenha sido vencido pela lascívia e, não conseguindo mais resistir, tentou seduzir a srta. Colton nos jardins...

— Que bobagem! Nilly, Winnie, afirmo que se vocês preferem ficar falando sobre vampiros em vez de me ajudar a planejar o casamento de Vitória, então vou deixá-las sozinhas!

— Não, Melly, nós vamos parar! Eu nem queria falar sobre eles — disse Winnie, trocando um olhar com Petronilha. — Não há nada neles que me fascine de modo algum. São criaturas malignas e chupadoras de sangue, sujas e fedorentas com garras e cabelo comprido...

— Não são, não! A irmã do vizinho da filha da sra. Lawson foi a que teve um deles no seu dormitório, e ela disse que ele cheirava a alcaçuz e que era bem barbeado e...

— Eu pensei que vocês não queriam mais falar neles! — interrompeu Melly, levantando-se. — Vou embora se alguma de vocês mencionar a palavra vampiro novamente!

Winnie fechou a boca. Petronilha ergueu sua xícara até os lábios e bebeu, olhando inocentemente pela janela.

— Então... — disse Melisande, recostando-se de volta em sua poltrona. — Que modista devemos chamar para fazer o vestido?

— Vitória sempre ficou bem com os desenhos de madame LeClaire — replicou Petronilha.

— Eu não estava falando do vestido de Vitória! Estou falando do meu! — disse Melly, indignada.

— Bem, nesse caso eu sugiro que saiamos daqui e façamos uma excursão de compras na rua Bond! — disse Winnie.

E as três fizeram isso alegremente, com Winnie apertando seu crucifixo durante todo o caminho.

* * *

O sol estava se pondo quando Vitória desceu do cabriolé de Barth a pequena distância da residência de Rudolph Caulfield, proprietário do Livro de Antwartha. Sebastian deixara claro que os vampiros de Lilith chegariam à noite, mas Vitória não pretendia correr o risco de que eles viessem e fossem embora antes que ela chegasse.

Verbena ajudou-a a se vestir, não como um homem naquela noite, nem como debutante, mas como Venadora, numa fantasia especialmente preparada pela criada. Consistia em uma saia dividida ao meio que não parecia diferente de qualquer outro vestido diurno, mas lhe permitia maior liberdade de movimentos. As mangas estavam firmemente presas aos ombros do corpete, ao contrário das mangas vaporosas e finas, normalmente mal encaixadas num vestido noturno. O tecido era azul-marinho, com pouca ornamentação e de um algodão macio, para que não se ouvisse o farfalhar do tafetá ou cetim. O comprimento era menor que aquele com o qual Vitória estava acostumada, vários centímetros acima do chão.

O detalhe mais singular do vestido era um par de nós corredios nos quais Vitória podia portar estacas na cintura, e dois bolsos fundos escondidos nas dobras da saia, onde podia guardar água benta salgada, um crucifixo e outros assessórios.

Quando Vitória apeou do cabriolé, deixou sua capa: era uma noite balsâmica de primavera, e a empolgação da aventura a manteria aquecida. Barth recebeu suas instruções e ela deu as costas ao coche.

Antes, naquele mesmo dia, ela e Verbena tinham ido até a casa de Caulfield, conhecida como Redfield Manor, para se assegurar de sua localização, sua geografia, e um local apropriado para que Vitória pudesse esperar e vigiar sem ser notada.

Verbena, que entrara no espírito da coisa após sua noite bebendo cerveja com vampiros no Cálice de Prata, aproximou-se da entrada dos empregados numa tentativa de descobrir o que pudesse sobre os horários da casa e a disposição dos quartos. Vitória não sabia ao certo como ela conseguiu as informações, mas soube que os criados estavam partindo com Rudolph Caulfield naquela tarde, e que o cavalheiro que chegaria para ficar na casa traria seus próprios empregados.

E, ao meter-se detrás do alto portão de ferro, Vitória ficou grata a Verbena por ter descoberto também que o jardim era raramente usado... sendo, portanto, o local perfeito para esperar.

Encontrando um banco de pedra sob uma pequena árvore que se recusara a florescer naquela primavera, Vitória sentou-se na beirada para poder olhar a casa. De lá podia ver qualquer um que se aproximasse da porta da frente. Ela supôs que o sr. Caulfield e seus empregados tinham ido embora e sido substituídos pelo seu hóspede durante aquela tarde.

Sentada ali, tentando ignorar uma persistente abelha determinada a encontrar néctar nas proximidades da árvore morta, Vitória sentiu uma pontada de culpa. Tinha discutido consigo mesma e com Verbena, longa e duramente, se devia contar à tia Eustácia e a Max sobre seus planos para aquela noite... mas no fim decidira não contar. Ela podia cuidar de si própria, Kritanu a havia treinado bem. Ela sabia o que estava fazendo.

Assim, decidira agir sozinha, por diversas razões perfeitamente lógicas.

Primeiro, se a informação de Sebastian estivesse errada, ela se sentiria uma tola por ter arrastado Max até Redfield Manor, pois certamente ele, e não tia Eustácia, é que a acompanharia.

Sem falar que ela teria de aturar a companhia dele a noite toda.

Em segundo lugar, Vitória tinha certeza de que podia lidar com dois ou três vampiros sozinha, especialmente considerando que o elemento surpresa estaria a seu favor. Ela podia determinar quando e como atacar.

Em terceiro, ela enfrentara os perigos do Cálice de Prata sozinha para conseguir a informação, e Sebastian havia dito a ela que não contasse a ninguém. Se contasse à tia Eustácia e Max, eles teriam exigido que ela divulgasse a fonte. Uma vez que tivesse o Livro de Antwartha em seu poder, ninguém se importaria como ela obtivera a informação.

E em quarto... Max e tia Eustácia pareciam bastante dispostos a guardar os seus próprios segredos dela. Então por que não deveria ela agir por conta própria, se eles não a incluiriam em todos os seus planos? Afinal, ela era uma Venadora *visbullada*, e tinha matado um vampiro Guardião enquanto ele a mordia.

Pouco importavam os estalos de língua e a reprovação de Verbena. Vitória estava contente com sua decisão.

Ela então esperou e desviou seus pensamentos para itens mais prazerosos; como os beijos apaixonados que ela e Filipe haviam trocado no terraço, e na carruagem, e na entrada de Grantworth House. Ela ia se casar! Mal podia crer que tudo acontecera tão rapidamente; tão fácil e maravilhosamente. Ela sempre guardara uma lembrança carinhosa do rapaz que conhecera naquele verão; talvez já naquela época tivesse dado a ele o seu coração. Mas não importava se ela o havia amado então ou não, pois o amava agora.

O sol parecia mover-se numa lentidão infinitesimal em direção ao anel de árvores que margeava a rua. Vitória vigiava, reparando em qualquer homem ou mulher que passasse, sabendo que reconheceria os vampiros quando eles se aproximassem.

De repente, sua atenção foi atraída por um movimento no canto de seu olho... na parte de trás do jardim. Vitória prendeu a respiração e se encolheu em meio aos arbustos que cercavam o banco, agachando-se rapidamente no chão.

O quintal estava coberto pelas sombras daquele fim de tarde e logo estaria escuro, portanto a sombra que escapuliu por uma greta na parede de pedra foi inicialmente indiscernível. Movia-se com rapidez e graça, e ao aproximar-se dos fundos da casa e se tornou reconhecível, o queixo de Vitória caiu até o chão, por trás de um arbusto.

Max.

Não havia como confundir a sua altura, os movimentos comedidos e calculados, enquanto ele se dirigia às portas de madeira da adega.

Um raio de fúria a trespassou, e Vitória cerrou os dentes com tanta força, que sentiu dor na mandíbula.

O que ele estava fazendo ali?

Não estava procurando por ela; ele a teria encontrado facilmente se tivesse procurado.

Ele devia ter descoberto sobre o livro; que estava lá e que o proprietário partira.

No momento em que o branco do choque e a névoa vermelha da raiva a acometiam, ela perdeu o movimento seguinte dele. Quando voltou a se concentrar na casa e nas portas de madeira para onde Max se dirigira, ele já havia desaparecido.

Teria entrado?

Ou encontrara outro esconderijo, como ela, e também esperaria pelos vampiros?

Ele era um grandecíssimo idiota se pensava que ela ia ficar lá esperando sozinha.

Vitória emergiu cuidadosamente de seu esconderijo, feliz de que, embora o sol não tivesse se posto por completo, as sombras fossem suficientemente grandes nesse jardim para lhe fornecerem cobertura enquanto ela se precipitava no caminho traçado por Max.

Ao se aproximar da casa, pelo menos uma de suas perguntas foi respondida quando ela viu uma figura alta e inconfundível passando em frente a uma janela nos fundos da casa. Max estava lá dentro; na ala dos empregados, a julgar pelo tamanho e localização da janela.

Pretendia ele surrupiar o Livro debaixo das barbas dos vampiros? Antes que tivessem a chance de...

Meu Deus! Max ia pegar o Livro sozinho! Se o tocasse antes que o livro estivesse fora da casa, morreria!

Vitória saltou de seu escudo de arbustos antes de perceber que não podia entrar correndo na casa daquele jeito.

E percebeu subitamente que cometera um erro. Deveria ter contado à tia Eustácia e Max.

Pois se não o impedisse a tempo, ele morreria... e a culpa seria dela.

11

Maximiliano encontra montículos de pó

Max parou, ouvindo atentamente. Ele conseguira entrar em Redfield Manor sem qualquer contratempo. Não era a primeira vez que ele entrava em um edifício sem ser detectado, e certamente não seria a última.

Por meio de suas fontes no Cálice de Prata ele soubera que o Livro de Antwartha seria roubado naquela noite, naquele exato local; e que Rudolph Caulfield deixara a cidade, levando seus empregados consigo e deixando um hóspede insuspeito para cuidar de seus pertences.

Esta era a única chance deles de conseguir o Livro antes de Lilith; uma vez que ela o tivesse em seu poder, escondida onde quer que estivesse, seria impossível recuperá-lo.

Ele não podia falhar naquela noite.

Satisfeito por sua presença não ter sido detectada, e por não haver ninguém prestes a aparecer andando pela esquina do corredor dos empregados, Max atravessou rapidamente a passagem. Embora não estivesse familiarizado com a disposição dos quartos, a lógica sugeria que algo de tal valor ficaria guardado em um estúdio, trancado à chave, ou num gabinete privado nos aposentos pessoais do dono da casa.

Max esperava que fosse a segunda opção, já que os aposentos privados do dono estariam no andar de cima, portanto seriam menos provavelmente habitados por um hóspede, ou investigados pela sua criadagem.

A escada dos empregados era acessível e levava aos andares superiores. A porta azul-clara onde terminava o corredor estava com sua madeira empenada e rangeu quando Max a abriu. Ele entrou e subiu com pés ligeiros os estreitos degraus, parando no topo para ouvir.

Quando o silêncio continuou a reinar, ele abriu um pouco a porta e pôs o ouvido na beirada. Um pequeno ruído próximo à entrada da casa, abaixo, deu-lhe a certeza de que pelo menos não havia ninguém por perto. Só que aí ele ouviu a maçaneta da porta empenada, abaixo, sendo girada com um surdo tilintar, e não esperou mais: espremeu-se pela abertura e viu-se num salão com um abençoado carpete no segundo andar.

Com passos de gato, ele correu pelo salão, parando a cada porta para ouvir, abrindo-as com cuidado e espiando dentro. Os quartos estavam escuros e desabitados; a mobília coberta com lençóis ou outras proteções, como se não fossem usados havia anos. O sr. Caulfield retornara recentemente da Índia — desse modo o Livro de Antwartha chegara da colônia à pátria-mãe — e era óbvio que sua casa estivera fechada por essa razão. Isso facilitaria a tarefa de Max, pois os itens trazidos da Índia, incluindo o Livro, se destacariam como novas aquisições ao quarto, e decerto se encontrariam em um gabinete que obviamente estava sendo utilizado.

Max tinha mais três quartos para investigar quando ouviu a porta no topo da escada dos empregados se abrir no fim do corredor. Ele atravessou a porta diante dele e fechou-a rápida e silenciosamente. Virando-se, encarou o quarto, rezando a Deus que estivesse vazio, pois não tivera tempo para checar... e encontrou-se em um dormitório que fora usado recentemente.

Felizmente para ele, estava vazio, mas Max não podia ter certeza de que continuaria assim. Ele ouviu passos aproximando-se pelo corredor; mal podia discerni-los, mas sua audição era quase tão aguda quanto a de um vampiro.

Max enfiou-se debaixo da cama alta, afastou de seu caminho o urinol, que também felizmente estava vazio, e fechou os olhos para as nuvens de poeira que ele levantara. Faziam-lhe cócegas no nariz, faziam-no lacrimejar, e ele tentou não espirrar; qualquer distúrbio mínimo do ar parecia ir direto para suas narinas. Ele apertou o cavalete do nariz logo abaixo das extremidades internas das sobrancelhas e sentiu dissipar-se a necessidade de espirrar.

A porta do quarto se abriu e alguém entrou. A nuca de Max não teve qualquer alteração, então ele manteve a mão no bolso onde estava sua pistola. Não podia ver a pessoa, não conseguia olhar seus sapatos para saber se era um empregado ou o convidado; mas quando ele ou ela atravessou o quarto e saiu, Max expirou lentamente. Provavelmente o criado trazendo roupas lavadas para o quarto, ou mesmo o convidado subindo para pegar alguma coisa que esquecera.

Ótimo. Ele não apreciara a ideia de uma altercação com um mortal. Em vampiros ele enfiava a estaca sem pensar duas vezes; mas lutar com um mortal ou feri-lo era algo que ele procurava evitar. Ele já vira muita violência e preferia enfiar estacas em vampiros a trocar socos porque era bem mais limpo. Nada de sangue, nada de ossos quebrando, nada de bagunça. Somente um punhado de cinzas.

Porém... para conseguir o Livro de Antwartha, Max faria o que fosse preciso, porque se não fizesse, um número infinito de mortais estaria em perigo.

Ele esperou até que os passos silenciosos desaparecessem para sair debaixo da cama e se levantar. Tirando a poeira de suas calças escuras, Max correu para a porta. Tinha mais dois quartos para averiguar naquele andar e então poderia subir ao terceiro. Era menos provável que lá estivesse o Livro de Antwartha, mas pelo menos poderia eliminar essa possibilidade antes de esgueirar-se pela área principal da casa, onde era mais fácil que o descobrissem.

Pôs a cabeça para fora do quarto e olhou o corredor de cima a baixo. Mais uma vez convencido de que estava só, saiu e girou a maçaneta do quarto no outro lado do corredor. Viu-se em uma biblioteca.

Ah! Ele sorriu de satisfação. Havia embrulhos e caixotes contra a parede, e ao lado de uma grande poltrona, uma pilha desordenada de livros que certamente não ficara lá mofando pelos três anos que Caulfield estivera na Índia.

Sobre uma das mesas ele viu uma caixa do tamanho de um livro grande, aberta, como o baú de um tesouro. Embalagens de seda vermelha transbordavam de seu interior, e com a confiança que nascia da certeza, ele andou até a mesa.

O Livro de Antwartha. Tinha que ser.

Ele se aproximou ansiosamente da mesa, mesmo com um ouvido virado para o corredor, atento ao barulho de passos indesejáveis. Tocando a pistola em um bolso e a estaca em outro, ele se inclinou para olhar o baú. Vazio.

Virou-se e então o viu. Próximo a uma janela alta, acinzentada pelo crepúsculo, por trás do recosto de uma poltrona, estivera fora do alcance de sua visão desde que Max entrara. Mas era ele, com certeza: um livro grande, empoeirado, marrom, com um A gravado na capa, sobre uma mesa ao lado da poltrona, como se a pessoa que o lia o tivesse colocado lá. Ele se aproximou, com o ouvido ainda atento à porta, os olhos fixos no livro.

Estendeu a mão e estava quase a ponto de tocá-lo quando alguma coisa voou de trás das longas cortinas e o derrubou. Max tombou sobre a poltrona e seu agressor o seguiu num emaranhado de saias.

— Não toque nele! — sussurrou uma voz de mulher que ele de repente, com um choque, reconheceu.

— Vitória? O que diabos você está fazendo aqui? — Ele se esqueceu de falar baixo e ela cobriu-lhe a boca com a mão, fincando o cotovelo no peito dele enquanto tentava levantar-se. *Maldição!* Ela podia não pesar muito, mas seus cotovelos e quadris eram tão afiados quanto sua língua.

— Quieto! — sibilou ela, com a boca muito perto de seu ouvido. — Acabei de salvar a sua vida inútil, seu cretino dos infernos! Não precisamos ser ouvidos.

Max desvencilhou-se de Vitória, saindo debaixo dela e deixando-a esparramada na poltrona. Levantou-se, olhando feio para ela, e ajeitou seu paletó.

— Repito — disse ele rilhando os dentes, embora num tom mais baixo que antes —: o que raios você está fazendo aqui?

— Repito — ela sussurrou, erguendo-se e sacudindo a saia escura e sem graça —: eu estava salvando a sua vida. Você não pode tocar o Livro de Antwartha! — gritou ela ao vê-lo estender a mão para tocá-lo. Seus dedos prenderam-lhe o pulso, mal cobrindo toda a circunferência, e ele se impressionou com a força dela.

Ah, claro... ela também tinha um *vis bulla*. Como ele pôde ter esquecido?

Max esboçou um sorriso que sabia não ser nem um pouco agradável.

— Temos a chance de tirá-lo daqui agora. Ou você quer ser a pessoa que vai levá-lo? Se for esse o seu joguinho, não vou atrapalhar: pegue-o e vamos embora!

— Se eu quisesse fazer isso — replicou Vitória, impertinente — eu teria deixado você tocá-lo, depois passaria por cima do seu cadáver e levaria o livro para minha tia.

Ele teria respondido, mas ambos ouviram ao mesmo tempo vozes baixas e passos leves no corredor. Antes que Max pudesse reagir, Vitória o puxou pela manga para trás das cortinas de onde ela havia saído.

Ela o colocou atrás de uma, e se encolheu atrás de outra, e os dois ficaram como sentinelas em cada lado da janela. Se ele virasse a cabeça podia ver o perfil dela, recostada na parede. Ele queria chacoalhar a cabeça para clareá-la.

Max espiou por cima do ombro, tentando olhar pela janela, e percebeu que ela estava quase aberta. Sentia uma brisa fraca nas unhas com que apertava o peitoril, atrás dele. Deslizou os dedos por baixo do caixilho e empurrou para cima, levemente, sentindo a janela mover-se. Se pudesse abri-la... talvez eles pudessem pegar o livro e escapar.

Ele sentiu a janela subir com mais facilidade, e virou-se para ver Vitória a encará-lo. Ela também estava empurrando para cima, e combinando a força de ambos, conseguiram abri-la devagar e em silêncio.

A nuca de Max esfriou. As vozes estavam mais próximas agora; atravessariam a porta a qualquer momento, se o destino deles era aquele quarto.

Ele olhou para o enorme manuscrito encadernado, depois para Vitória, avaliando suas chances... mas a mão dela voou de trás das cortinas e espalmou-se no peito dele.

— Não! — sussurrou ela, as cortinas agitando-se ao seu redor. — Não vou dizer de novo, seu cretino arrogante!

Então, assim que a porta se abriu, ela recolheu o braço de volta para trás da cortina e ajeitou-a.

Max afastou um pouco a cortina do lado mais escuro da janela, onde seria mais difícil que o vissem. Eles entraram um atrás do outro. Eram três: dois vampiros Guardiões e um mortal.

Sebastian Vioget.

Ele devia ter sabido.

Aquele homem parecia estar sempre onde não devia.

Max percebeu que seus dedos agarravam violentamente as cortinas, então as soltou bem devagar para não chamar atenção. Até ali conseguira não ser notado; não era a primeira vez que agradecia pelos vampiros não conseguirem sentir a presença de um Venador.

Mas aí... Vioget olhou diretamente para ele. Max não se mexeu, observou quando ele transferiu sua atenção para o outro lado da janela, onde Vitória estava, e depois continuou sua conversa com os vampiros.

— Acho que esse é o item que vocês procuram — disse Vioget, apontando a mesa a centímetros de Vitória.

Um dos vampiros soltou um grunhido e se aproximou para tocar o alfarrábio, e Max sentiu Vioget olhando em sua direção. Colocou a mão no bolso e sentiu a pistola. Iria usá-la, se precisasse. Não podia deixar que aqueles vampiros levassem o livro.

Enquanto os três se inclinavam sobre a mesa, um dos vampiros virava descuidadamente as vetustas páginas, como se confirmasse que o livro era autêntico, Max olhou de soslaio para Vitória. Ela não estava olhando por trás da cortina, mas mantinha-se rigidamente contra a parede, o mais longe possível das cortinas.

Estava assustada? Era bom que estivesse! Se ela não o tivesse impedido, eles já teriam saído pela janela com o livro.

Max considerou suas opções. Poderia pular de trás das cortinas e tentar pegá-los de surpresa. As duas mãos de Vioget estavam à vista; ele pelo menos não estava empunhando uma arma, embora pudesse ter uma guardada. Seria típico dele.

Os vampiros deviam ser dois dos mais fortes e espertos Guardiões de Lilith; ela só mandaria os melhores para essa tarefa. Ele acertaria um com certeza, e o segundo com facilidade, se Vioget não interferisse.

Nem Vitória. Por que é que ele não podia tocar o livro? Maldita mulher!

E então, de repente, as opções de Max evaporaram quando Vioget puxou as cortinas, escancarando-as e deixando-o exposto.

— Maximiliano! Não esperava ver você aqui esta noite — disse ele, com um sorriso condescendente.

Porém Max havia sacado sua pistola e a apontou para o dândi francês loiro antes que ele pudesse terminar seu raciocínio.

— Duvido muito — replicou, saindo completamente de trás das cortinas, a pistola em uma mão e a estaca na outra. Não olhou para trás, mas sua visão periférica lhe dizia que Vitória não se mexera. Talvez ela fosse esperta e viesse ajudá-lo. Não que ele precisasse da ajuda dela, mas era melhor estar seguro do que perder o livro.

— Agora — disse Max, com gentileza —, se você se afastar prometo não feri-lo, Vioget, pois sei que o seu próprio bem-estar é a sua maior preocupação. Mas estes outros dois... cavalheiros... bem, talvez não tenham a mesma sorte.

As palavras mal haviam saído de sua boca e os dois vampiros, com os olhos de rubi e as presas cintilando, pularam sobre ele. A pistola era inútil; simplesmente largou-a quando a força do ataque dos vampiros o jogou no chão.

Um deles prendeu-lhe a mão que empunhava a estaca contra o chão, por cima da cabeça, com as duas mãos, enquanto o outro se sentava sobre a sua cintura e lutava para prender sua outra mão. Max grunhia, impulsionando seus joelhos e pés para perto do corpo, e com um movimento rápido e forte, enganchou os pés ao redor do pescoço do vampiro e lançou-o num salto mortal de costas. O vampiro aterrissou sobre uma mesa atrás dele.

Max rolou para o lado, puxou uma segunda estaca da manga de sua camisa e enterrou-a no peito do vampiro que ainda segurava seu pulso antes que o Guardião soubesse o que havia acontecido.

Antes que as cinzas tocassem o chão, Max já estava em pé, encarando o outro vampiro, que avançava sobre ele com uma espada reluzente e um sorriso selvagem que exibia duas presas a espetar seu lábio inferior. Com uma olhada de relance para o resto do quarto — Vioget assistia, divertindo-se, com os braços cruzados, e Vitória não estava em lugar algum — Max voltou sua atenção para o vampiro quando a lâmina fatiou o ar diante dele.

Ele se desviou para o lado, saltou sobre a poltrona, e, em pé atrás dela, empurrou-a pelos braços para cima de seu adversário. Max aproveitou o movimento da poltrona e avançou sobre o vampiro, jogando-o por terra a centímetros de distância das cortinas de Vitória. Ele não precisava da ajuda dela. Ela provavelmente estava agachada lá atrás, apavorada demais para se mexer.

Ela devia ter ficado em casa com o seu marquês.

A raiva ferveu dentro dele, e ele a usou para enterrar a estaca no coração do segundo vampiro.

— *Et voilà!* — murmurou Vioget enquanto Max se reerguia, ofegante, mas não sem fôlego.

Vigiando o francês, Max dirigiu-se à mesa, para cuja beirada o livro tinha sido jogado durante a briga. Por um instante desejou empunhar a pistola, mas como Vioget não dava qualquer sinal de que pretendia impedi-lo, Max não se preocupou mais.

Ele alcançou a mesa e estendeu as mãos para levantar o pesado livro... e parou.

Duas coisas lhe ocorreram naquele instante. Primeiro, o aviso de Vitória fora veemente. Segundo, o próprio Vioget não havia tocado o livro, mesmo quando os vampiros o estavam examinando. Mas os vampiros o haviam tocado.

Então uma terceira constatação: Vitória estivera no quarto antes dele... poderia facilmente ter levado o livro se sua intenção fosse superá-lo. Ela, pelo menos, acreditava que havia uma razão para ele não tocar no livro.

Fingiu que ajustava suas mangas, e aproveitando a oportunidade para espiar Vioget com o canto do olho, estendeu as mãos novamente... e mais uma vez parou. Sim, estava lá: a mudança quase imperceptível na postura de Vioget... ah, ele escondeu bem, mas não bem o suficiente.

Sim, havia algo errado com aquele livro. Vitória, ao que parece, estava certa. E Max percebeu, com um gosto subitamente amargo, que ela provavelmente salvara mesmo... como ela a chamara? Sua vida inútil.

— Você veio atrás do Livro de Antwartha, não veio? — perguntou Vioget, naquele tom falsamente agradável.

Max se afastou da mesa. O que é que Vitória estava esperando?

— Você parece particularmente interessado no destino dele — replicou Max. Talvez entregá-lo a Vioget fizesse Vitória aparecer. — Você também não veio atrás dele?

— O que eu faria com um livro desses? Não vou impedir você de levá-lo, Maximiliano — disse-lhe Vioget. — Desejo tanto quanto você que Lilith o tenha.

Antes que Max pudesse responder, ou processar aquele comentário, ouviu algo que desviou sua atenção do problema em mãos. De fora da janela aberta... um grito, um grito baixo.

Vitória?

Correu até a janela, abrindo as cortinas. Ela não estava lá.

Olhou para baixo, e na escuridão, atenuada apenas por uma lua minguante, ele mais ouviu do que viu uma altercação.

Ela saíra pela janela e se metera numa briga. Provavelmente nem estivera mais na biblioteca durante a luta dele com os Guardiões.

Max relanceou os olhos sobre Vioget, que se virara, mas sem fazer qualquer movimento em direção à janela.

— Vá! O livro estará seguro aqui.

Max confiava em Sebastian Vioget como confiava num mendigo em um quarto com um baú de joias, mas não tinha escolha. Se ele não podia tocá-lo, Vioget tampouco podia.

Max olhou pela janela. Se Vitória conseguira sair por ali, ele também conseguiria.

Nossos heróis começam a fatiar e pulverizar

Havia dez deles.

E isso depois de Vitória já ter enfiado a estaca em dois; portanto uma dúzia exata para começar, mais os dois que estavam na casa. Com Sebastian.

Droga! Sebastian estava lá!

Ela deu uma rasteira no vampiro de presas arreganhadas que vinha em sua direção com olhos fulgurantes, e ele se estatelou no banco do jardim onde ela estivera sentada pouco antes. Rodopiando para encarar o que vinha por trás dela, tentou enfiar-lhe a estaca, errou, manteve o impulso até acertar no peito o vampiro por trás do primeiro. *Puf!*

Faltavam nove.

A única coisa boa de que houvesse tantos era que não podiam pular sobre ela ao mesmo tempo: não havia espaço suficiente... então, se ela pudesse deter um ou dois por vez, e mandá-los a seus destinos com sua estaca de freixo, talvez pudesse aguentar até...

Vitória abafou um berro nada *venadoriano* quando algo aterrissou sobre a sua cabeça, vindo da árvore acima. Pelo jeito faltavam dez, pensou, enquanto seu rosto ia de encontro ao chão. Perdeu a respiração por um momento e não podia se mexer. Mas quando sentiu que ele, ou ela, afastava cachos desgrenhados de seu cabelo do pescoço, sentiu sua força se renovando.

Dando um chute com o calcanhar, acertou o vampiro com força na base do pescoço, e de novo, em rápida sucessão, mas não conseguiu removê-lo. Vitória sentiu uma ponta de pânico quando outro vampiro investiu e, agachando-se sobre ela, prendeu-lhe os pulsos com as mãos, imobilizando-a. Dormentes, seus dedos largaram as estacas que seguravam.

Subitamente ela sentiu sua fria nuca desnudada e vulnerável, e se retorceu e lutou com menos habilidade e mais pânico cego, o contrário do que Kritanu lhe ensinara. Uma das mãos agarrou seu cabelo e o puxou, enquanto um joelho na base de suas costas prendia seus quadris ao chão.

Ela engoliu um grosso soluço, algo difícil de fazer quando se está com o pescoço esticado para trás, olhando para os olhos flamejantes de um morto-vivo, acima dela, sedento por sangue, e tentou usar um último esforço. *Ploft!* Arremessou os dois calcanhares com toda a força e rapidez que pôde, tirando os quadris do chão e golpeando o vampiro para frente, fazendo-o perder o equilíbrio e derrubar o outro que segurava suas mãos.

Vitória, debaixo de dois vampiros que lutavam para recobrar o equilíbrio, se contorcia freneticamente e tentava escapulir, mas mãos fortes agarravam-na pelos tornozelos e só o que ela podia fazer era dar solavancos com os quadris.

Ela sentiu, então, uma lufada de ar, uma nova presença, e em um instante, seus tornozelos foram soltos. O zunido inconfundível, o ruído abafado de algo sendo esmigalhado e um outro *puf!* Aquele que estava em suas costas estava morto.

Suas mãos estavam livres, e ela rolou para um dos lados para apanhar sua estaca, no momento em que outro vampiro arremetia contra ela. Ela ergueu a estaca e ele empalou a si próprio. Ela ficou em pé e tirou o cabelo do rosto, a tempo de ver Max enterrar a estaca em dois outros mortos-vivos com um único movimento suave e brutal.

E então houve silêncio.

Estavam apenas os dois, encarando-se, com a respiração ofegante, recolhendo as pontudas estacas no jardim de Redfield Manor.

— Você não tocou o livro.

— Que diabos você estava fazendo?

Ambos falaram ao mesmo tempo.

Então, silêncio de novo. O rosto dele, áspero e charmoso na penumbra, brilhava de suor. Ele o secou começando pela beira do maxilar, onde o suor gotejava.

Vitória deslizou sua estaca de volta ao nó corredio à sua cintura, e, usando as duas mãos, puxou todo seu pesado cabelo e colocou-o no lugar. Verbena teria que descobrir uma maneira melhor de contê-lo, ou ela o cortaria todo. O cabelo longo voando em sua cara era um risco e ela não podia permitir que ele obstruísse sua visão, como fizera naquela noite.

Max se aproximou, seu alto vulto cobrindo o pouco da lua que se via enquanto ele se inclinava. Agarrou-lhe o maxilar antes que ela pudesse compreender o que ele estava fazendo, virou-o para um lado e passou os dedos em seu queixo, descendo pela garganta.

— Você não está ferida — disse, então a soltou e afastou-se. Afastou-se bastante.

— Você não tocou o livro — repetiu ela, resistindo ao ímpeto de esfregar a pele onde ele havia tocado.

— Não. Você disse para não tocar. Ele ainda está lá dentro, acho. Quantos você pegou?

A respiração dele havia se normalizado, mas o olhar duro com que a julgava ainda estava em seu rosto. Uma mecha do cabelo longo demais atravessava o seu rosto.

— Cinco, talvez seis. Perdi a conta. Havia doze, e mais dois lá dentro.

— Eu peguei os dois de dentro. E quatro aqui. Ainda há pelo menos dois. — Ele olhou para a janela de onde Vitória tinha escapado. — Mas eles sumiram. Você desceu pela árvore?

Vitória assentiu com a cabeça, e então se agachou para pegar sua outra estaca. Sua respiração também tinha voltado ao normal, e estava começando a se dar conta não só de que ela fora surpreendida pelo número de vampiros e quase perdera a batalha, mas também de que Sebastian era o hóspede que os deixara entrar.

O que ele estava fazendo lá?

Ela não se atrevia a perguntar a Max; fazer isso seria admitir que ela conhecia Sebastian, e ela estava bastante certa de que isso seria uma violação do acordo entre eles.

— Diga-me o que você sabe sobre o livro.

— Ele será roubado esta noite por dois ou mais mortos-vivos. Uma vez que eles o removam da casa de seu dono, podemos pegá-lo com segurança. Mas se um mortal tocar o livro para roubá-lo, ele ou ela morre.

Max fitou-a por um momento.

— Onde você conseguiu essa interessante informação?

— Não devíamos ficar parados aqui — replicou Vitória, começando a andar rumo à entrada da casa. — Se sobraram pelo menos dois vampiros, eles ainda estão atrás do livro. Temos que tomá-lo deles quando deixarem a casa.

— Vitória! — Sua voz tinha um tom de ameaça, cuja intenção era detê-la.

Mas ela não deu atenção e continuou caminhando até a entrada. Se ficasse num determinado local, podia vigiar a porta da frente, ver o jardim e permanecer escondida.

Max foi atrás dela; ela não podia vê-lo, mas sentia a irritação na maneira como ele se movia, silenciosa mas deliberadamente no seu encalço. Ela escolheu um lugar à sombra de um amplo carvalho, atrás de seu tronco. Max ficou bem atrás dela, olhando por cima da sua cabeça. Uma casca da árvore caiu no ombro dela quando os dedos dele tocaram o tronco.

— Vitória, onde você conseguiu essa informação?

— Não importa. E além do mais, eu não pergunto a você onde você consegue as suas informações — replicou ela, ainda olhando para frente, tentando não se mexer. Ele estava bem atrás dela. — Você ainda acha que eles levarão o livro hoje?

— Eu não tenho a mesma informação que você aparentemente recebeu, mas a minha expectativa é que eles não voltarão para Lilith sem o livro.

— Mortos-vivos têm que removê-lo da casa. Se forem apenas dois ou três, não teremos problemas em aliviá-los de sua carga.

— Teoricamente, não.

Ficaram em silêncio. Esperando, observando e respirando com calma, por fim.

E então... Vitória levou um susto quando viu a mão de Max se aproximar, o dedo apontando silenciosamente.

Pelo meio da rua, como se fossem donos dela, três vultos se dirigiam para a casa. Altos, robustos, os cabelos compridos balançando a cada passo. Mesmo de onde se encontrava,

Vitória viu a brancura da pele deles, o brilho profundo, violeta avermelhado de seus olhos. E as rutilantes espadas de metal que empunhavam.

Ela sentiu como se uma barra de gelo lhe apertasse a nuca.

Seu estômago encolheu e ela furtivamente esfregou a palma úmida de sua mão na áspera superfície da árvore.

— Vampiros Imperiais. — A voz de Max estava em seu ouvido, quase inaudível.

Ela não precisava que ele lhe dissesse: já sabia. Os vampiros mais próximos a Lilith, mais ainda que os Guardiões, sua guarda de elite, e tão poderosos, que podiam sugar a energia vital de suas vítimas sem usar as presas. Somente os olhos.

Lilith realmente não queria correr riscos.

Não se mexeram quando os Imperiais se aproximaram de Redfield Manor. Era sorte que estivessem contra o vento em relação aos vampiros, e que houvesse uma leve brisa. Isso poderia evitar que eles farejassem Vitória e Max. Ela os observava com a nuca queimando de frio. Eles ainda estavam a uma certa distância, mas ali mesmo ela já conseguia sentir o poder, o ódio... a maldade. Um calafrio percorreu-a.

Pela primeira vez, ela estava verdadeiramente feliz de que Max estivesse lá.

O Livro de Antwartha ainda estava dentro da casa, e teria que ser removido por um dos mortos-vivos, já que Sebastian não teria sido capaz de levá-lo.

Mas por que ele estava lá?

Lilith sabia que ela e Max fariam qualquer coisa para impedi-la de conseguir o Livro. Talvez houvesse até mais surpresas aguardando-os naquela noite. Vitória tinha uma desconfortável sensação de que, embora estivessem preparados, a Rainha dos Vampiros estava um passo à frente deles.

Se ela tivesse procurado tia Eustácia ou Max para compartilhar o que sabia, eles poderiam ter planejado melhor sua estratégia. Afinal, Max tinha alguma experiência com Imperiais. Mas Vitória decidira ir sozinha, e Max também, e agora estavam à mercê das determinações de Lilith.

Como é que se lutava com um Imperial? O coração dela parecia bater por todo o corpo. Os vampiros, com certeza, deviam perceber isso!

Como se lesse os pensamentos dela, um dos Imperiais parou nos degraus da entrada de Redfield Manor, virando-se para eles e farejando o ar. Vitória prendeu a respiração e sentiu a tensão de Max.

O vampiro virou-se para os companheiros e eles se separaram. Dois subiram os degraus e aquele que os encarara embaixo, perto da rua. O comprimento de sua espada era uma terceira perna, que ia do quadril até o chão.

A porta de Redfield Manor se abriu e os dois Imperiais entraram. O terceiro ficou sozinho.

Ela quase deu um pulo quando Max apertou-lhe o braço e sussurrou-lhe ao ouvido:

— Primeiro eu. Espere, e você vai em seguida.

Sem esperar resposta, ele saiu da sombra da árvore e começou a andar audaciosamente em direção ao Imperial.

Não tinha espada, nenhuma arma a não ser suas estacas de freixo, e um galho longo e fino com a ponta dentada.

Vitória observou quando o Imperial virou o rosto e viu Max caminhando a passos largos pelo gramado, que de alguma forma ficara úmido. Com os olhos candentes, não mais que fendas, o vampiro esperava, preparado. Mesmo à distância que se encontrava, à luz fraca do luar, Vitória pôde ver o sorriso cínico e a postura indolente anunciando que ele estava pronto para a luta.

Quando ele chegou a dois braços de distância, o Imperial ergueu sua espada. Sim, com sua força bruta ele era páreo para Max, mas para lutar com um Venador, que carregava uma vara de madeira trazendo a morte, Lilith não se arriscava. Ela armava seus vampiros com varas de metal: espadas. Assim, estariam em igualdade de condições. Madeira contra metal. Força sagrada contra poder inumano.

Vitória entendeu o plano de Max, e embora seu coração tenha acelerado muito quando ela viu as duas figuras altas e largas se encarando, aguardou. O Imperial teria sentido a presença deles; mostrando-se e aproximando-se do vampiro, Max esperava que a presença de Vitória permanecesse despercebida.

O metal brilhou na luz e Vitória viu que os dois já estavam se enfrentando, lutando pela vida. Ou pela morte-viva.

Ela estava errada. Não estavam em condições iguais.

Max estava em desvantagem. A pele na palma da mão dela umedeceu. Enquanto sua arma só mataria se ele conseguisse um golpe limpo e certeiro através do peito, a espada manejada pelo Imperial era letal de todas as formas.

E se ele derramasse sangue, o cheiro atrairia os outros Imperiais e Guardiões de dentro de Redfield Manor... e qualquer outro que estivesse espreitando pela rua.

Eles se moviam como se fizessem uma coreografia, parecendo saltar e às vezes quase planar, atacando e se defendendo, cada um com seu bastão da morte. Rodando, pulando, tomando impulso em uma árvore próxima, deslizando para cima de um dos lados da casa e de novo para baixo. Quase como se fossem marionetes nas cordas, flutuando no ar e adejando, um em direção ao outro, num balé de movimentos letais.

Impressionada, ela olhava como Max parecia deslizar e pairar pelo ar com movimentos graciosos de uma arte que ela ainda não aprendera. Mantinha o olhar fixo nele, rezando para que soubesse quando deveria sair das sombras e ajudá-lo. Se fosse rápida o suficiente.

E então, o gelo permanente de sua nuca mudou, desviando sua atenção da luta. Ela sentiu algo atrás de si e virou-se bem a tempo, com a estaca na altura de sua cintura. Com um rápido golpe, enterrou a estaca no peito de um vampiro assaz ordinário que teve a estupidez de aparecer por trás de um Venador tenso; uma mulher que ele achava que seria uma vítima fácil.

Seria sua última caçada pelas ruas.

Vitória virou-se de volta, percebendo que sua movimentação podia ter alertado o Imperial de sua presença, mas o que viu foi sua longa espada metálica fazendo uma curvatura no ar e caindo no chão. Com um movimento que prendeu o fôlego dela, Max pulou por cima do vampiro e agarrou sua espada. Empertigando-se, rodopiou e, com um golpe limpo, separou a cabeça do Imperial de seu corpo.

O vampiro pulverizou-se.

Tudo ficou calmo.

Exceto pelo coração descompassado de Vitória e sua respiração ofegante.

Max virou-se enquanto ela cruzava o gramado em direção a ele.

— Um já foi. Faltam dois — disse ele, indo ao seu encontro. Para profunda irritação dela, ele mal resfolegava. — Agora estamos em condições iguais. Você vai por aquele lado. Eu vou por este. — Ele apontou os buxos que flanqueavam a entrada da casa.

— Você estava voando!

Ele olhou para ela, com as sobrancelhas erguidas.

— De certa forma, sim. Por mais que você pense que já sabe tudo, você ainda tem muito que aprender, Vitória. Agora assuma sua posição.

— Espere! — Ela agarrou o braço dele, com a respiração mais estável, agora. Algo brilhoso umedecia sua manga, e ela reparou que tinha sido cortada e o sangue espirrava. — Ele acertou você.

— Claro que acertou! — rosnou Max, puxando seu braço de volta e pisando na sombra protetora de outra árvore. — De que outra forma eu ia distraí-lo para poder torcer a espada de sua mão? Um golpe rápido da minha estaca naquele ângulo, e ele teve que largá-la. — Por baixo de sua irritação havia um ar de satisfação e gabolice.

— Parabéns! — replicou Vitória no mesmo tom cortante. — Mas se você não fizer um curativo e estancar o sangramento, vai atrair outros mortos-vivos das cercanias... sem mencionar os que estão lá dentro com Sebastian.

Ela queria morder a língua, mas isso significaria mais cheiro de sangue no ar. E Max não pretendia deixar passar.

— Como você sabe o nome dele? — disparou ele.

Vitória se recusou a ficar intimidada.

— Mais tarde, Max. Primeiro vamos cuidar dos...

Ela não conseguiu terminar a frase. A porta próxima a eles se abriu e havia dois vampiros Imperiais no topo dos degraus da entrada.

Os vampiros tinham que sair da casa, carregando o livro, para que Vitória e Max pudessem tomá-lo deles com segurança.

Eles trocaram olhares à sombra dos buxos, assegurando que ambos haviam entendido isso.

Embora o primeiro Imperial tivesse parado na soleira da porta, não esperou muito; o outro apareceu por trás de seu ombro e os dois saíram. Suas mãos estavam vazias, exceto pelas espadas que ainda empunhavam.

Eles olharam ao redor, em busca do companheiro desaparecido; como ele se tornara um monte de cinzas, não veriam nem sinal dele. Mas talvez farejassem a poeira que permanecia no ar.

Os Imperiais desceram os degraus, a pouquíssima distância de Max e Vitória — deviam tê-los farejado, sobretudo o sangue de Max —, olhando para os dois lados, erguendo as narinas para o ar.

Assim que um vampiro virou-se para os buxos, cuja altura ia até os ombros e os protegia, Max saltou de trás de um deles, brandindo a espada, e decapitou o vampiro com outro golpe limpo e certeiro.

Enquanto o terceiro e último Imperial rodopiava, segurando sua própria espada prateada, outro rosto apareceu na porta. Vitória o viu e saiu correndo de trás do buxo, galgando os degraus antes que ele pudesse fechar a porta.

Ele veio até os degraus ao encontro dela, e Vitória percebeu que não era ele que estava carregando o Livro; mas isso não importava, pois agora tinha de lutar com ele até matá-lo. Ou morrer.

Em meio à sua luta com o vampiro Guardião ela percebia o violento entrechoque de espadas lá embaixo, enquanto Max e o Imperial se enfrentavam. Um grito, seu único momento de distração, fez com que ela desviasse o olhar, e quando deu por si o seu oponente a havia agarrado pela cintura. Ele a ergueu e a jogou pelos degraus abaixo, fazendo-a aterrissar no solo, perto de Max e do Imperial.

Ela se levantou com dificuldade, e Max gritou seu nome; ela olhou a tempo de vê-lo apontar para trás dela e voltar a se defender.

Vitória se virou e viu a figura de um homem, caindo de uma janela aberta da casa, carregando algo grande e volumoso debaixo do braço. Antes que ela pudesse dar um passo, foi derrubada no chão, com a cara na grama.

Mãos tateantes, mais frias que o gelo em sua nuca, emaranharam-se no seu cabelo e o puxaram. Ela jogou a mão para trás com rapidez e enfiou a estaca no vampiro.

Em vez de mergulhá-la no coração, a ponta da estaca perfurou o olho dele como um estilete em uma uva roliça. Ele berrou e ela se desvencilhou dele, cambaleando.

Com uma brevíssima olhadela em Max, que prosseguia em combate, ela saiu correndo.

Vitória correu mais rápido do que jamais imaginara que um humano pudesse correr; o *vis bulla* tinha que estar ajudando-a. Ou talvez fosse a Providência Divina.

Fosse o que fosse, ela conseguiu não perder de vista o vampiro fugitivo. Ele não estava muito à sua frente; quando chegaram à esquina das estrebarias, ele fez uma curva brusca e ela seguiu, mergulhando numa viela estreita, escura, cercada por um matagal cerrado de arbustos que bloqueavam a pouca iluminação oferecida pela lua.

Sua visão noturna não era tão poderosa quanto a de um vampiro, nem o olfato... mas ela foi abrindo caminho às cegas pela passagem. Não podia parar... se o perdesse de vista, o livro estaria perdido: seria de Lilith.

Ela não podia deixar isso acontecer.

Quando chegou ao fim das estrebarias, Vitória precisou parar. Para onde ele tinha ido? Não estava em lugar nenhum... então, o onipresente gelo em sua nuca intensificou-se e ela o sentiu por trás. Ele se escondera no matagal e a esperara passar.

Foi seu erro.

Ela se virou e retrocedeu, devagar. Ele não conseguiria se espremer por todo o matagal; era muito denso, e de um dos lados estava a parede de um jardim. Ela estava feliz por ele ser apenas um Guardião, e não um Imperial, já que alguns destes podiam mudar de forma. Guardiões eram lutadores aguerridos e tinham fortes cargas de energia, contudo eram mais facilmente superados que um Imperial.

Lá estava ele.

Ela se voltou, mergulhou a estaca no matagal e sentiu algo sólido. Não era o peito do vampiro; ele pulou e de repente estavam os dois engalfinhados no chão, rolando pelo caminho pedregoso de volta ao matagal. Ele tinha as mãos em volta do pescoço dela; não estava perdendo tempo querendo mordê-la, pensou Vitória, enquanto elas se estreitavam.

A respiração dela tornou-se árdua, e os cantos de sua já obscurecida visão ficaram ainda mais enevoados. Ela pegou a estaca. Um golpe... sentia os próprios dedos moles e vacilantes. Apertou-os, ordenando-lhes que se crispassem, mesmo enquanto sua mente falhava.

Ploft!

Ela golpeou, como fizera antes, e acertou-o no olho. Dois vampiros cegos graças a ela na mesma noite; mas não era suficiente. Vitória ficou em pé enquanto ele se levantava, com a mão sobre o olho vazado... e aquele foi seu fim. *Puf!*

Arfando, Vitória precisou de uma pausa para recobrar a respiração. Levando oxigênio de volta aos pulmões, pensou que nunca tivera uma sensação tão boa. E pôs-se a ouvir.

Nada.

Silêncio.

Só o ruído surdo de um cavalo trotando numa rua distante.

O Livro.

Ele tinha que tê-lo deixado cair. Vitória varejou o matagal até encontrá-lo. Estendeu o braço, hesitou, e então, prendendo a respiração, pegou-o. Nada aconteceu.

Com um suspiro de alívio, ela suspendeu o volumoso pacote e o colocou debaixo do braço.

E agora?

Deveria voltar e ver se Max precisava de ajuda?

E se não precisasse? E se ele tivesse sido...

Não, era melhor levar o Livro para casa. Uma vez que ele estivesse em segurança, ela descobriria o que acontecera com Max. Se ele estava bem.

Deus, ela esperava que ele estivesse bem.

Se não estivesse, aquele fora um nobre sacrifício.

Se não estivesse, ela teria que se virar sozinha.

Vitória saiu das estrebarias e entrou na noite aberta.

O marquês faz um anúncio inoportuno

Um cabriolé de aluguel — não o de Barth — levou-a para casa. Vitória manteve o Livro de Antwartha no assento de seu coche, próximo dela, e tentou não pensar em Max. Como se esforçara bastante para demonstrar, ele era perfeitamente capaz de cuidar de si.

Vitória sabia que ele preferiria que ela cuidasse do Livro, agora que estavam de posse dele, em vez de arriscar perdê-lo indo auxiliá-lo.

Quando o cabriolé chegou a Grantworth House, Vitória apeou rapidamente, carregando o pesado volume debaixo de um braço e batendo a porta do coche por trás dela. As janelas da casa estavam escuras exceto por uma lâmpada ardendo diante da janela da sala. Eram quase quatro da manhã; sua mãe já devia ter chegado do baile a que comparecera e provavelmente estava roncando na cama. Vitória jogou uma moeda na mão do condutor e começou a subir os degraus de sua casa.

E sentiu uma lufada de frio na nuca.

Mas que inferno!
De novo?

Procurou a estaca que achou que não ia precisar mais naquela noite e virou-se para olhar a rua. Agora seu corpo inteiro estava frio.

Sua mãe estava, de fato, em casa. Mas não estava em sua cama dormindo.

Não. A carruagem dos Grantworth estava estacionada, brilhando verde e dourada sob o lampião da rua, onde não deveria estar. E o homem no assento do condutor, segurando as rédeas dos cavalos anormalmente quietos, não era o cavalariço dos Grantworth.

Vitória olhou para o que estava carregando, refletiu e olhou de novo a carruagem. Quantos haveria ali? Como poderia combatê-los com uma das mãos segurando o livro? Não poderia colocá-lo no chão.

— Venadora! — gritou uma voz.

Vitória virou-se e viu quatro vampiros — Guardiões, julgou ela, baseada no fato de que seus olhos eram mais rubi do que granada — saindo de trás da carruagem. Um deles, uma mulher alta de cabelo carmesim, é que tinha falado.

— Espero não tê-los privado de seus passeios noturnos — replicou Vitória com uma calma que não estava sentindo. — Concluir a tarefa desta noite demorou um pouco mais do que eu planejara. — Falava e olhava em volta, calculando com a mente, mesmo enquanto lutava para não aceitar que sua mãe estava sob custódia de cinco vampiros.

Quantas dessas malditas criaturas havia em Londres?

Esse pensamento absurdo era um testemunho da sua fadiga e frustração, mas Vitória não podia se dar ao luxo de tê-lo. Sua mãe estava na carruagem e ela tinha que salvá-la.

A vampira de cabelo carmesim agora estava perto o suficiente para que Vitória pudesse sentir o seu aroma sombrio, empoeirado e seco. Tomando cuidado de não olhá-la diretamente nos olhos flamejantes, Vitória preparou-se para quaisquer movimentos súbitos. Os outros vampiros a flanquearam por trás em formação de V.

— Providenciamos um acompanhante para sua mãe esta noite — disse a líder, com um tom relaxado semelhante ao de Vitória. — Ela está bem; resistimos ao ímpeto de nos alimentarmos nela até agora, Venadora, porque sabíamos que se você tivesse êxito em sua tarefa de obter o Livro de Antwartha, precisaria de uma razão convincente para entregá-lo a nós.

Ela fez um gesto com o queixo, indicando a carruagem, cuja porta se abriu. *Lady* Melly saiu cambaleando, com as saias emaranhadas e tudo, tropeçando ao tentar descer os degraus. Mas estava bem, ilesa exceto pelos hematomas nos cotovelos e joelhos por causa da queda.

— Não posso lhes dar o livro — disse Vitória simplesmente. — Mas posso dar-lhes a sua vida... tal como é. Se preferirem mantê-la, e não ter o mesmo destino de... hã, uma dúzia dos seus colegas, é bom que vocês simplesmente caiam fora daqui e vão amolar outro Venador cansado. — Se é que havia outros Venadores em Londres... cansados ou não.

Ouviu o Big Ben batendo as quatro. Em sessenta minutos, talvez um pouco mais, o sol começaria a nascer.

Poderia Vitória enrolá-los por tempo suficiente?

Um cabriolé, então, virou a esquina, sacudindo em uma velocidade estranhamente alta. Vitória reconheceu o condutor. O que Barth estava fazendo lá?

Mas antes que pudesse formular a pergunta, o cabriolé passou correndo sem parar e de sua janela aberta saiu um jorro de água que acertou os quatro vampiros.

Subitamente, eles estavam gritando e arranhando-se onde a água os havia tocado. Quase antes de compreender que alguém, talvez Verbena, jogara um balde de água benta neles, ela entrou em ação.

Quando ela já cravara sua estaca em dois mortos-vivos, o cabriolé havia dado meia-volta e retornado. Outro esguicho de água ensopou o vampiro sentado no assento do condutor e uma onda menor atingiu os dois últimos acompanhantes.

Eles estavam em tal agonia, que era fácil, fácil demais, acabar com eles; mas Vitória não tinha energia nem mesmo para ficar agradecida pelo final simples e gratificante de uma noite tumultuada.

O cabriolé de Barth, por fim, parou perto dela na rua. Vitória enlaçou com um braço a sua mãe, que estava pálida e silenciosa como raramente ficava, pôs o outro em volta do precioso pacote com o livro antigo, e subiu os degraus de Grantworth House.

Uma apavorada *lady* Melly era apenas uma de muitas coisas com as quais Vitória teria de lidar pela manhã. Sem falar no que fazer agora que tinha o Livro de Antwartha. E o fato de que seu noivado seria anunciado em um baile naquela noite.

Mas por ora... ela queria o conforto de seu colchão de plumas e um lugar seguro para esconder o livro.

E a certeza de que Max sobrevivera àquela noite.

* * *

Lidar com *lady* Melly acabou resultando bem mais fácil do que Vitória previra. Verbena, que de fato jogara a água benta nos vampiros, preparou e administrou-lhe um sonífero que a fez dormir como pedra.

Quando Vitória acordou de manhã, tia Eustácia havia chegado em Grantworth House. Ela fora chamada por Max, que sobrevivera ao seu terceiro Imperial em uma noite e chegara a Grantowrth House pouco depois de Vitória ter colocado sua mãe às pressas para dormir. Ele fora para certificar-se de que tudo estava bem, e uma vez notificado pela subitamente importante Verbena de que sua patroa estava em casa, ilesa, e de posse do objeto do desejo de Lilith, Max caiu na noite, decerto em busca do seu próprio colchão de plumas.

Tia Eustácia tinha seus próprios métodos para lidar com o choque de vítimas de vampiros. Segurando um pequeno disco de ouro entalhado com um desenho em espiral diante do rosto de sua sobrinha, ela o girou até que o rosto de Melly ficasse inexpressivo, e seus olhos embaçados.

— Por que — perguntou Vitória, quando sua tia-avó terminou de apagar a lembrança do morto-vivo de olhos vermelhos e presas longas da memória de sua mãe — precisamos fazer isso? Não seria melhor para aqueles que não são Venadores saber quais os riscos? Saber que vampiros de fato existem?

— Para espalhar o pânico, como certamente espalharia? Para dar a Lilith o benefício adicional de humanos apavorados, enfraquecidos por seus medos? Ou para dar aos despreparados e destreinados pseudo-heróis a crença de que poderiam matar e caçar vampiros tão facilmente quanto um Venador? Para que um monte de indignos exija o seu próprio *vis bulla*? Não, Vitória, é muito melhor manter essa sabedoria longe daqueles que nada podem contra isso. Com a exceção de pouquíssimos — acrescentou ela, assim que Verbena entrou na sala.

Então seus argutos olhos negros focalizaram Vitória firmemente.

— Mas não adianta mudar de assunto, minha querida. Soube que você alcançou o objetivo pelo qual estivemos todos trabalhando. Quero dar-lhe minhas mais profundas congratulações, meu agradecimento de coração, e...

— ... e minha raiva mais intensa!

Claro que era Max, alto e ameaçador à porta aberta da sala. Verbena estava atrás dele, descabelada e de olhos esbugalhados, e atrás dela Jimmons, o mordomo de rosto vermelho, que não deveria ter permitido a entrada do visitante sem anunciá-lo. Apesar de que, conhecendo Max, Vitória não estava muito surpresa que isso tivesse ocorrido.

Ele entrou na sala, todo vestido de preto, inclusive a camisa — Vitória nem sabia que faziam camisas pretas —, e fechou vigorosamente a porta atrás de si, quase batendo no nariz curioso de Verbena.

— O que você pensou que estava fazendo, Vitória? — rosnou ele avançando contra ela.

— Max... — tia Eustácia pretendia falar, mas Vitória adiantou-se.

— Salvando a sua vida... ou já esqueceu com tanta facilidade? — Ela também se levantou, virando a cara para a expressão furiosa dele.

— Salvando a minha... Vitória, se você tivesse compartilhado sua informação comigo *antes* do momento que quase custou minha vida, salvá-la não teria sido necessário! Nós teríamos determinado a melhor forma...

— ... de *você* obter o livro, enquanto eu ficava em casa cuidando de meus berloques e falbalás, sem dúvida nenhuma!

— Claro que não! Teria sido um trabalho de equipe, com um plano...

— Palavras fáceis vindas do homem que tampouco compartilhou *suas* informações comigo! Que tipo de trabalho em equipe você tinha em mente, Max?

Ele abriu a boca para responder, mas Eustácia não aguentou mais. Ela saltou de sua cadeira às últimas palavras de Vitória e colocou-se entre os dois, as mãos estendidas para cada um deles.

— Sentem-se, vocês dois! — ordenou ela com uma voz trovejante que Vitória nunca ouvira antes.

Ela sentou-se. Max também, mas, ela reparou, sem parecer nem um pouco amedrontado.

— Vou deixar uma coisa bem clara — falou Eustácia, dardejando um de cada vez com o olhar: — vocês dois são a nossa única verdadeira esperança aqui na Inglaterra, e já que ambos foram chamados, precisam aprender a trabalhar juntos, ou ficaremos enfraquecidos pelas dissensões! Não vou discutir mais sobre o que aconteceu ontem à noite... exceto para parabenizá-los. E respirar com grande alívio. Temos o Livro de Antwartha, e Lilith não. Você executou três Vampiros Imperiais, Max, e isso, creio eu, é um recorde para uma noite. O máximo que eu consegui foram dois em uma noite — acrescentou com o traço de um sorriso triste. — E outros numerosos Guardiões, pelo que soube. Graças, em parte, à sua engenhosa empregada.

Vitória assentiu com a cabeça; ela expressara a mesma gratidão a Verbena, o que devia ter, em parte, causado a recente intromissão da criada.

— O que faremos com o livro agora que o temos? — perguntou Max como se a explosão e a bronca nem tivessem ocorrido.

Antes que Eustácia pudesse responder, uma batida apropriada ressoou na porta da sala e Jimmons pôs a cabeça para dentro. Vitória acenou, ele abriu e disse:

— É cedo demais para visitas, mas o cavalheiro insistiu em ser anunciado, srta. Vitória. O marquês de Rockley.

O calor se espalhou pelo rosto dela antes que pudesse evitá-lo, e sem olhar para Max ou para a tia, Vitória replicou:

— Por favor, faça o marquês entrar, Jimmons. Acredito que esta não será a última vez que ele nos visitará fora do horário normal.

Pela expressão de seu rosto, Max queria muito dizer algo... mas antes que pudesse, a porta se abriu novamente e ele entrou.

Vitória ergueu-se ansiosamente, porém conseguiu se conter antes de correr para Filipe. O noivado deles ainda não fora anunciado; seria indecente da parte dela portar-se de tal forma antes do baile daquela noite. Mas a maior parte dela desejava enlaçá-lo com os braços, enterrar seu rosto no peito dele e se perder em sua normalidade... no conforto não-vampírico, sem estacas e bem iluminado da *normalidade.*

Ele também parecia controlar-se para não tocá-la; mas ao ver os outros ocupantes da sala, empertigou-se formalmente e aceitou a cadeira que lhe ofereceram, não muito longe daquela em que Max estava sentado.

— Peço perdão por vir tão cedo — disse ele, depois das apresentações formais, ou, no caso de Max, dos cumprimentos formais —, porém soube do que aconteceu ontem à noite e vim para me certificar de que tudo estava bem.

Vitória olhou-o fixamente. Como ele podia saber sobre o que ocorrera? Como?

Mas Filipe ainda estava falando, seus olhos cinza-azulados muito sérios e preocupados:

— Sua mãe está aqui? Está a salvo?

Então ela começou a entender.

— Minha mãe está bem. Está dormindo lá em cima e acredito que tenha tirado por completo esse acontecimento de sua mente. — Literalmente. — Como soube disso, e o que ouviu a respeito?

— O que ouvi foi que a carruagem dela foi roubada com ela dentro. Foram as únicas notícias, e só tomei conhecimento delas hoje cedo. Fico contente que ela esteja aqui, e bem. E a senhorita deve ter tido uma noite péssima com tudo isto, srta.

Grantworth. — Por não terem ainda anunciado seu noivado, ele utilizava o título formal dela, mas não havia como não reparar na intimidade com que o dizia.

Max remexeu-se na cadeira.

— Se o senhor ouviu só hoje de manhã que a carruagem foi roubada, me pergunto por que a notícia de que *lady* Melly chegou a salvo em casa também não chegou aos seus ouvidos? — Ele sorriu prazerosamente.

Filipe devolveu o sorriso. Prazerosamente.

— O senhor me desmascarou, lor... hã... sr. Pesaro. Foi só uma desculpa para me assegurar de que a srta. Grantworth não havia sofrido nenhum efeito desagradável do que deve ter sido uma noite de terrível provação.

Vitória abafou o riso canino de Max com uma curta resposta:

— Que gentileza a sua, milorde! — Ela deu-lhe um sorriso que combinava com o tom íntimo da voz dele. — Posso assegurar-lhe, embora minha noite tenha sido difícil em mais aspectos do que se possa imaginar, que estou me sentindo muito bem agora que já é manhã e o sol está alto no céu.

Filipe olhou para ela, para Eustácia e de relance para Max antes de retornar sua atenção a Vitória.

— Estou certo de que após a experiência assustadora de ontem, a senhorita precisará descansar e levar o tempo que for necessário se preparando para o baile de hoje. Espero que esta noite seja tão exaustiva quanto a de ontem, só que de uma maneira bem mais prazerosa. Teremos muita ajuda para comemorar a nossa novidade.

— Novidade? — perguntou Max delicadamente, mordendo a isca. — Outro baile? Para comemorar o quê?

— Ora, o nosso noivado, é claro — replicou Filipe afavelmente. — Vitória e eu vamos nos casar daqui a um mês.

14

Uma aliança é sugerida

Vitória trajava um vestido de um pálido roxo-claro, com botões de rosa cor de violeta e laços acompanhando os babados de sua saia. Verbena preparou seu penteado com todo tipo de intricados cachos e tranças, ainda mais labirínticos por serem enrolados e ancorados no topo da cabeça. Duas mechas pendiam soltas, uma em cada lado de seu rosto, encaracolando-se a partir das têmporas e derramando-se nas clavículas.

Cintilando por trás delas estavam montes de ametistas e diamantes, pendentes das orelhas. Uma ametista grande e quadrada encaixava-se no pequeno vão na base de sua garganta, amarrada por um laço de veludo branco.

Ela carregava uma pequena *nécessaire* de seda perolada, da qual pendia um laço de cetim rosa-claro, e um xale de renda de Alençon envolvia-lhe os cotovelos.

Não levava uma estaca. Ou água benta. Nem mesmo crucifixo, exceto um alojado dentro do corpete.

Naquela noite ela não era uma Venadora.

Naquela noite Vitória era a noiva do marquês de Rockley.

Talvez fosse uma decisão impetuosa, mas Vitória queria uma noite para desfrutar do fato de ser uma mulher apaixonada por um homem bonito, charmoso e rico. Queria uma noite em que não tivesse que considerar como um vampiro entraria no salão de baile, ou como ela poderia sair furtivamente... ou mesmo se a brisa em sua nuca era uma rajada de vento de verão ou o sinal de um morto-vivo.

Ela queria ser normal.

Não obstante, ela trouxera uma estaca escondida em sua capa, na sala de estar. Só para garantir.

Filipe, que nunca estivera tão belo, conduzia Vitória ao salão de baile depois que o noivado deles fora anunciado por seu parente mais próximo, o irmão de sua falecida mãe, na metade do baile. Ele tomou Vitória graciosamente em seus braços e eles começaram a primeira valsa da segunda parte, rodeados cercados por uma combinação de rostos radiantes e surpresos.

No início, eram o único casal na pista de dança. Durante cinco compassos, Vitória sentiu sobre ela o peso do olhar fixo de metade dos bem-nascidos da cidade, analisando a futura esposa do marquês de Rockley, um dos solteiros mais cobiçados da sociedade. Ele olhava para ela como se fosse a única mulher que tivesse visto... ou veria... enquanto giravam pelo salão retangular em espaçados percursos triangulares.

Quando se aproximaram dos espectadores pela terceira vez, outros casais começaram a entrar na pista para dançar a valsa, e Vitória não se sentiu tanto como um troféu em exposição.

Filipe erguia o olhar de vez em quando para ver os amigos, familiares e conhecidos enquanto conduzia Vitória pelos passos, mas sua atenção sempre voltava a ela. O modo como a olhava, com promessa e estabilidade, fazia Vitória sentir-se quente e arrepiada. Ela sorria, levantando o rosto e olhando para ele, confiando que ele guiaria seus passos sem que ela tivesse de se preocupar para onde iam e por onde pisavam.

Um sentimento maravilhoso... deixar-se levar. Não ter que estar atenta ao que havia à sua volta. Não precisar ouvir seus instintos e se perguntar quando sentiria aquele gelo na nuca, e não ter que calcular como faria para escapulir do salão a fim de cumprir o seu dever.

— Sua tia e seu primo não pareceram felizes com a novidade — disse Filipe, depois de terem dançado por algum tempo e já em meio a outros casais.

— Creio que você simplesmente os pegou de surpresa com a notícia. Eles expressaram profunda emoção depois que você se retirou.

— Pensei que talvez quisessem comparecer hoje à noite para celebrar conosco. Lamento que não tenham aceitado o convite para se juntarem a nós aqui em St. Heath's Row.

— Tia Eustácia já não frequenta mais a sociedade como antes — replicou Vitória. — Ela voltou da Itália há apenas quatro anos e não conhece muita gente. E Max... ele prefere não frequentar eventos como estes. Assim como você... até recentemente.

— Não posso culpar seu primo por isso; apesar de que se eu soubesse que encontraria você, teria evitado as casamenteiras muito antes.

— Uma ideia adorável, Filipe, mas não posso concordar. Você sabe que tenho frequentado muito pouco a sociedade nos últimos dois anos, desde que estou enlutada pelo meu avô e pelo meu pai. Se você tivesse começado a procurar naquela época, eu teria perdido você antes de encontrá-lo.

— Nunca. Vitória, não teria havido ninguém para mim, a não ser você. — Ele suspirou, sorriu e continuou. — Acho que é hora de eu fazer outra confissão.

Como da primeira vez, ela arqueou uma sobrancelha.

— Outra?

— Outra. A última, Vitória, portanto aproveite. — Ele abaixou a cabeça e olhou para ela. — A razão pela qual me coloquei à mercê da sociedade este ano é porque eu sabia que você tinha saído do seu período de luto. Eu queria encontrar a menina que conheci há tanto tempo e ver se ela havia se tornado a mulher que prometia ser. Isso aconteceu, e eu me apaixonei por ela.

Quando ele a olhava daquele jeito, com os brilhantes olhos azuis tão firmes e decididos, ela sentia que nada existia de mais seguro do que Filipe e sua presença. Era como se o mundo dos vampiros, de Lilith, e do Livro de Antwartha não existisse num mundo em que ela e Filipe viviam.

Mas, é claro, isso não podia ser. Ela já sabia que esses males existiam. Ela já lutara contra eles, e fora bem-sucedida.

Embora não pudesse ignorá-los, e nem ser hipnotizada para esquecê-los como sua mãe fora, Vitória sabia que conseguiria sobreviver a esse mundo dividido enquanto tivesse Filipe esperando-a do outro lado.

* * *

— Max, não me recordo a última vez que o vi tão perturbado.

— Perturbado? Essa é uma palavra educada demais para descrever o que estou sentindo! — respondeu ele a Eustácia. Ele vinha remoendo aquilo desde o dia anterior, quando Rockley anunciara alegremente a novidade em Grantworth House.

— Vitória não pode se casar... e ainda por cima com um marquês! O que ela tem na cabeça?

— Não discordo de você, Max, mas o fato é que não existe lei contra um Venador se casar, seja com um marquês ou não.

— Não há lei, mas há bom senso. Que ela aparentemente não tem.

Eustácia não se movera de sua cadeira, mas a despeito de suas palavras calmas e calculadas, Max leu a preocupação no seu rosto sem idade. Ela podia não ralhar ou andar de um lado para outro como ele, mas, conforme admitira, estava tão descontente quanto ele.

— Temos o Livro de Antwartha — ele continuou. — E admito que ela desempenhou um papel bem maior do que eu esperava em sua obtenção... mas ela provavelmente acredita que agora todas as ameaças acabaram, já que temos o Livro, e ela não precisa mais brincar de ser Venadora.

Ele dava piparotes na estaca preta e polida que acabara de tirar de seu bolso oculto predileto.

— É exatamente do que eu suspeitava quando ela foi chamada; que acharia excitante e divertido por um tempo, e depois enjoaria — ele prosseguiu. — E depois ia querer voltar a seu mundinho de pretendentes recitando poesias, falbalás rosados e cartões de dança. É por essa razão que mulheres não devem ser Venadoras. Com exceção de você, Eustácia, claro, já que você é sempre a exceção que prova a regra. — Fez uma pequena mesura, pois detectou o início de incêndio nos olhos de ônix dela.

— Vitória não deu qualquer indicação de acreditar que a ameaça acabou, Max; você precisa admitir que está sendo injusto. Ela realmente salvou sua vida no processo de adquirir o Livro de Antwartha; e embora tivesse sido preferível que os dois parassem de sabotar um ao outro e trabalhassem juntos, vocês acabaram trabalhando juntos e com fulgurante sucesso.

— É exatamente o que quero dizer, Eustácia. Justo no momento em que ela está começando a mostrar a habilidade de uma Venadora realmente dotada (e, sim, admito que ela tem o potencial de ser tão boa quando você ou eu), ela resolve entrar num casamento, no qual terá que dar satisfação o tempo todo ao marquês, e terá maiores restrições e parâmetros na sua vida. Para não falar da distração de estar apaixonada. Já reparou como pessoas apaixonadas olham umas para as outras? E para ninguém mais, e nada ao redor delas? Não podemos correr o risco de quase fracassar como há duas noites.

— Você disse a mesma coisa para Vitória ontem, quando ela, ou melhor, o marquês, contou-nos que eles iam se casar — Eustácia o fez lembrar com uma calma que ele não entendia — Mas Max — disse ela levantando a voz pela primeira vez e pisando sobre os argumentos dele —, não posso e não vou ordenar a ela que não se case. É decisão dela e devo deixá-la decidir. Embora eu tenha as mesmas preocupações que você, sei que preciso deixá-la livre para fazer o que quiser. Temos essa liberdade como Venadores, e ela não é a primeira Venadora a amar e a querer se casar. Alguns de nós amam, mas não se casam — acrescentou ela, olhando de relance a porta pela qual Kritanu entraria a qualquer momento.

"E a verdade, Max, é que talvez ela tenha sucesso onde não esperamos que tenha. Talvez Vitória precise do equilíbrio entre luz e escuridão; o comum e o horrendo incomum. Talvez isso a torne mais forte, mais hábil... assim como a sua própria tristeza e raiva alimenta a sua força."

— Não posso concordar com você, Eustácia. A vida de um Venador é como a de um padre: somos chamados e somos solitários. E assim devemos permanecer para cumprir nosso destino.

— E eu, Max? Não cumpri meu destino porque não estou sozinha? — perguntou ela gentilmente, como se de repente entendesse o que estava por trás da indignação dele.

Max reconhecia uma pergunta sem resposta quando ouvia uma, e rapidamente mudou de assunto.

— Vitória reconheceu Sebastian Vioget. Como ela sabe quem ele é?

Eustácia ergueu uma sobrancelha.

— Isso é interessante. Meu palpite é que ela soube quem é Sebastian Vioget no mesmo lugar e ao mesmo tempo em que descobriu sobre o livro e sua proteção. E me preocupa que ele estivesse lá em Redfield Manor.

— A mim preocupa que ele tivesse me deixado pegar o livro — replicou Max com sarcasmo. — Ele estava quase salivando à ideia.

— É uma pena que você não consiga formar uma aliança com ele. Poderia ser benéfico para nós. Talvez seja algo que Vitória deva considerar. — Antes que Max pudesse responder, Eustácia tocou em outro assunto desagradável: — Como está o seu pescoço?

Ele evitou tocar na velha mordida. De fato vinha doendo no último dia, latejando com constantes pontadas.

— Não vi necessidade de mencionar que tem doído; não seria surpresa para você, considerando os eventos dos últimos dias.

— Não, mas eu poderia lhe dar mais bálsamo — replicou Eustácia, gentil, como se falasse com uma criancinha. — Não é necessário que você suporte essa dor.

— Não é nada. — Talvez tivesse dito algo mais, mas naquele momento Kritanu abriu a porta do corredor e Wayren deslizou para dentro.

— Parabéns, Eustácia e Maximiliano! — A bibliotecária loira estava radiante. Suas longas mangas medievais se arrastavam no chão quando ela relaxava os braços, mas agora que os tinha levantado de alegria, os punhos flutuantes embrulharam Eustácia e depois Max, quando Wayren abraçou um de cada vez.

— Vocês conseguiram o livro! E tão rápido!

— Sim, tivemos muita sorte — respondeu Max quando ela se afastou.

— E sua mordida? — perguntou Wayren, dando-lhe a mesma olhada avaliadora de Eustácia.

— Está ardendo — ele admitiu de novo.

A porta se abriu novamente e Kritanu introduziu a segunda visita, Vitória, é claro. Max olhou e falou:

— E aí está ela. E... sozinha? Não trouxe sua cara-metade, Vitória?

— Ah, não, Filipe mandou suas desculpas. Ele está ocupado demais tentando decidir qual será o nó de sua gravata no casamento — replicou ela com doçura.

Max teve que morder o lábio para disfarçar sua agradável surpresa pela réplica imediata. Não podia negar que ela era rápida.

Ao sentar-se em sua cadeira favorita, do lado da cômoda onde Kritanu mantinha o *brandy*, Max olhou afavelmente para Eustácia, que lhe dirigira um olhar nada satisfeito por seu comentário sarcástico.

— Sua cara-metade? — perguntou Wayren, acomodando-se ao lado de Max, porém falando com Vitória.

— Max está falando do meu noivo, o marquês de Rockley. Ele, Max, parece estar sob a impressão de que quando fizer o voto matrimonial esquecerei o voto que fiz ao o Legado Gardella.

Vitória, cujo penteado estava de um jeito que Max nunca vira antes, deu um beijo na bochecha da tia e outro em Kritanu, antes de escolher uma cadeira diretamente oposta a Max. Em vez de todo empilhado sobre a cabeça, com cada cacho negro preso em seu lugar e entremeado de joias e laços, ele caía numa trança simples que descia pelo vestido. Ela precisou remover a trança do caminho ou teria se sentado sobre ela.

Max reparou que ela carregava uma bolsa de couro, e enquanto se ajeitava na cadeira, colocou-a sobre o colo.

— Esse é o livro? — perguntou ele, desejando conduzir a discussão para algo mais importante que o casamento iminente.

— É. — Vitória tirou-o da bolsa e segurou-o por um momento antes de entregá-lo a Eustácia. — O que devemos fazer com ele agora que o temos? Há algo nele que possa nos ajudar?

Wayren observava o couro desgastado do livro com a mesma avidez que o velho cão de Max vigiava a mesa à espera que viesse ao chão um osso ou outra sobra. Ela soou quase sem fôlego ao dizer:

— Terei de estudá-lo para saber ao certo... mas me arrisco a dizer que deve haver pouco no livro que promova uma vida de luz. É o livro do filho maligno de Kali, e como tal, tem apenas receitas para promover o mal. Mesmo assim, saber o valor que tem para Lilith pode nos ajudar a entender seu próximo passo.

— Sem dúvida — concordou Eustácia. — Tê-lo, simplesmente, em nossa posse é a maior das vantagens. E, por sinal, tenho pensado muito sobre onde devemos esconder o livro até decidirmos o que fazer com ele.

— A senhora não vai mantê-lo aqui, tia Eustácia? — perguntou Vitória, com a surpresa iluminando seu rosto.

Max pouco fez para disfarçar sua fungada de descontentamento.

— A casa de Eustácia ou a minha seriam os primeiros lugares onde Lilith viria procurá-lo. Ou a sua. — Ele não se decepcionou. Uma cara de esclarecimento mudou a face dela. Ah, talvez ela até entendesse a severidade da situação. Que o jogo não terminara ainda... nem terminaria até que Lilith fosse aniquilada. — Ela sabe quem frustrou o plano dela, e só posso imaginar a fúria dela conosco. — Sim, ele imaginava muito bem a fúria de Lilith. Melhor, aliás, do que desejava.

— Onde quer que o guardem, ele tem que ser mantido fora da luz direta do sol, especialmente ao ser transportado — disse Wayren. — Ou vai esfarelar e virar pó. É um livro maligno, portanto viceja na escuridão... e se desintegra na luz. E antes que o levem, eu gostaria de reverter a proteção dele, para nos dar segurança adicional.

— Reverter a proteção? — perguntou Vitória. — Você pode fazer isso?

— É parte do encantamento de Wayren — interpôs Max. — Sem trocadilho.

Wayren riu de brincadeira e ele relaxou parcialmente quando Vitória estreitou os olhos como se não estivesse certa em que acreditar. Ele sentia um prazer perverso em manter-se um passo à frente dela.

— Eu gostaria de destruir o livro — acrescentou Wayren —, assim não precisaríamos nos preocupar com a possibilidade de Lilith encontrá-lo e recuperá-lo, mas antes quero investigar mais um pouco para ter certeza de que não haverá efeitos adversos se o fizermos. Ou se há qualquer coisa no livro que possa ser vantajoso para nós. Assim, se houver um lugar onde ele possa ser mantido em segurança por um pouco mais de tempo...

— Cheguei à conclusão — interrompeu Eustácia, resoluta — de que o melhor lugar para escondê-lo é uma igreja, ou algum outro lugar sagrado. Ela não poderá ir até lá se ele for suficientemente protegido, e não poderá mandar seus sequazes.

— Se a senhora não tiver um lugar em mente, eu tenho uma sugestão — falou Vitória. — Há uma pequena capela na área de St. Heath's Row, a propriedade de Rockley — acrescentou ela, olhando fixamente para Max. — Eu poderia esconder o livro lá, e me assegurar de que haverá muitas relíquias e imagens sacras para mantê-los afastados, mesmo que eles descubram que o livro está lá. Estou prestes a me familiarizar bastante com a capela, incluindo sua decoração, porque é lá que vamos nos casar.

O modo como os lábios dela se curvaram num sorriso de deboche fez subir a pressão sanguínea de Max. Porém, ele não demonstrou; apenas pegou sua estaca preta e bateu-a contra a palma da mão. Era hora de ir embora.

Ele se levantou.

— Bem, já que resolvemos isso, devo partir. Lilith já deve ter mandado gente a fim de reunir vítimas para sua alimentação, e pretendo colocá-la numa dieta rigorosa.

Ele esperava que Vitória pulasse e insistisse em ir com ele, e já tinha uma resposta rigidamente educada para disparar contra ela... mas ela não o fez. Apenas encarou-o com seus luminosos olhos castanho-claros no rosto delicado e branco que não devia pertencer a uma mulher que matara oito vampiros na noite anterior.

— Cuide-se, Max — disse ela, surpreendendo-o novamente naquela noite.

— Cuidarei. — E partiu, contente por sair noite afora para fazer o que nascera para fazer. Ao menos não teria distrações.

*   *   *

Vitória queria fazer outra visita ao Cálice de Prata, mas isso era mais fácil dizer do que fazer.

Havia seis dias que ela obtivera o Livro de Antwartha, e desde então vinha equilibrando os requisitos de ser a futura marquesa de Rockley, seus deveres para com a mãe, que vinha tirando proveito de seu novo *status* ao máximo, e as reuniões com tia Eustácia, Kritanu, a longilínea Wayren e, é claro, Max.

Conforme prometera, ela escondeu o livro embaixo do altar na capela de St. Heath's Row, onde ficava a extensa propriedade de Rockley, nos limites da cidade. Wayren recebeu permissão para visitar a capela a qualquer hora a fim de estudá-lo em segurança; a Filipe foi dito que ela era uma parenta distante de Vitória que queria rezar uma novena em seu nome pela felicidade do casamento, e desejava passar algum tempo na capela. Ele estava ocupado demais para sequer se importar.

Max não era tão fácil de ludibriar. Ele tentou por diversas vezes trazer de novo à tona que ela mencionara o nome de Sebastian durante o episódio de Redfield Manor, mas Vitória mantinha-se teimosamente calada. Estava furiosa consigo mesma pela gafe, mas enquanto continuasse se esquivando do interrogatório de Max, o estrago seria mínimo. Na verdade, ela sentia prazer em ver a irritação no rosto de Max cada vez que docemente evitava responder às indagações dele.

Foi quando tia Eustácia começou a fazer perguntas que Vitória teve maior dificuldade.

— Max me contou que você conheceu Sebastian Vioget — comentou a tia, uma tarde em que Vitória dera um jeito de escapar de Grantworth House antes que Melly a arrastasse para mais um chá. Não é que ela não gostasse de compartilhar biscoitos e fofocas com seus pares, mas fizera isso tantas vezes na última semana, que ficava doente só de pensar em mais doce de limão e creme de Devonshire espalhados em biscoitos e pães. Sem falar que seus espartilhos estavam ficando desconfortavelmente apertados.

E como ela caberia num vestido de noiva se continuasse comendo cinco ou seis rodadas de chá durante suas visitas diárias?

— O que faz Max pensar que eu o conheço? — retorquiu Vitória, inocentemente.

Eustácia lançou-lhe um olhar indulgente, como dizendo que permitiria aquele joguinho de detalhes inúteis.

— Você o reconheceu na casa de Rudoph Caulfield, então Max julgou que você o conhecia.

— Eu o reconheci, mas não quer dizer que eu o conhecia. O que a senhora acha que ele estava fazendo lá?

Sua tia bateu as mãos no colo e olhou diretamente para Vitória.

— Eu pensei que talvez você tivesse que responder isso. — O olhar indulgente havia se dissipado.

— Eu realmente não sei por que ele estava lá. Fiquei tão surpresa quanto Max deve ter ficado. A menos que Max o esperasse...?

Sua tia a observou por um momento, como se avaliasse a veracidade de sua afirmação, e pareceu tomar uma decisão, obviamente a favor de Vitória, já que disse:

— Sebastian Vioget é muito poderoso e seria um aliado valioso para nossa causa. Se pudéssemos confiar nele. — Tia Eustácia a olhava de forma tão perscrutadora, que ela sentiu seu rosto esquentar. Sentia como se a tia estivesse esperando que ela dissesse algo, mas Vitória não sabia o quê... e sabia que qualquer coisa que dissesse seria desaconselhável.

Mas Vitória, ao menos, não tinha razão para não confiar em Sebastian. A informação que ele lhe dera fora correta, até onde ela sabia.

Também não significava que ela *confiava* nele. Ela simplesmente não *duvidava* dele. A tal questão dos detalhes.

— Por que a senhora não confia nele? Ele não é um vampiro.

Eustácia deitou-lhe um olhar tão afiado quanto a espada usada por Max para decapitar os Imperiais.

— Não, ele não é um vampiro. Mas o simples fato de que ele estava na casa de Rudolph Caulfield, no meio da transferência do Livro de Antwartha, deu a mim e a Max razão para questionar o envolvimento dele. Vitória, o que você sabe sobre Sebastian Vioget? Você interagiu com ele de alguma forma?

Vitória abriu a boca para falar, e então a fechou. Sebastian a havia alertado sobre divulgar a fonte de sua informação... mas como ela poderia esconder essa informação de tia Eustácia? Especialmente após uma pergunta tão direta?

Ela lutou, sabendo que sua tia a observava, e que sua demora em responder já dera a Eustácia a informação que ela procurava. Então ela tomou a decisão.

— Eu visitei o Cálice de Prata para tentar obter informações sobre o Livro de Antwartha, e o conheci naquela ocasião. Ele deixou claro que eu não devia contar a ninguém que havíamos conversado, então eu não contei.

Tia Eustácia assentiu com a cabeça uma vez. Para o alívio de Vitória, ela não pediu mais detalhes. Em vez disso, comentou:

— Se tiver a oportunidade de encontrá-lo novamente, não seria ruim se você tentasse estabelecer com ele algum tipo de cooperação. Poderia ser bom para nós.

Com isso, Vitória soube que não podia mais adiar sua visita ao Cálice de Prata.

Ela iria naquela noite.

A srta. Grantworth adquire uma dor de cabeça

Chegar ao Cálice de Prata não seria tão fácil quanto ela imaginara.

Ela tinha esquecido que seu noivo ia levá-la ao teatro naquela noite. E ela bem que andava ansiosa para ver a última montagem de *A Megera Domada*, de Shakespeare.

Dizia para si mesma que a estranha sensação de estômago revolto não tinha nada a ver com o fato de que veria Sebastian novamente... era porque esperava que Filipe não lhe fizesse perguntas quando ela reclamasse de dor de cabeça imediatamente depois do fim da peça.

Assim podia ver a performance e voltar logo para casa, em vez de ir mais tarde a um baile depois do teatro ou passear pelos jardins de Covent. A cortina subia às sete e meia e a peça normalmente terminava às onze.

Se Barth estivesse lá com sua carruagem à meia-noite, daria à Vitória bastante tempo para visitar o Cálice de Prata e voltar para casa a tempo de dormir várias horas antes de provar seu vestido de noiva.

Perfeito.

E funcionou direitinho. Não havia vampiros no Teatro Drury Lane, e nem o mais tênue calafrio deslizou pela nuca de Vitória durante a viagem de ida e volta. Com efeito, havia uma escassez de vampiros desde as lutas em Redfield Manor, e Vitória começou a se perguntar se ela e Max tinham acabado com grande parte do exército de Lilith. Talvez a Rainha Vampira estivesse escondida lambendo suas feridas, ou, melhor ainda, talvez tivesse deixado o país.

— Tem certeza de que não há nada que eu possa fazer por você? — perguntou Filipe enquanto a conduzia pela entrada da residência dos Grantworth. Ele estava claramente desapontado de ter que encurtar a noite, mas encarou a situação com graça e preocupação, como ela sabia que ele o faria.

— Obrigada, querido, mas um pouco de descanso e o chá de hortelã de Verbena é tudo o que preciso. Estarei nova em folha amanhã — disse ela. — E é melhor que eu esteja, porque a madame LeClaire virá para a prova do vestido.

Jimmons abriu a porta para eles e Filipe a seguiu até a soleira.

— Pois isso, minha amada, é algo pelo qual eu pagaria muito para ver. — Seu sorriso, cálido e curvo, dizia que ele sabia que era uma questão de tempo até que satisfizesse esse desejo.

Olhando em volta para se assegurar de que estavam a sós, Filipe a tomou pelos ombros e sob a leve pressão de seus dedos, ela se aproximou dele. Seus seios tocaram os botões do paletó dele, as dobras de sua saia se misturaram à calça dele e um pé deslizou por entre os dele.

Outro movimento condutor de seus dedos, e ela chegou mais perto e teve que respirar, porque eles estavam perto... tocando... o quadril, a coxa, o pé. E então, a boca. Quente, escorregadia, macia, ele a beijou.

Se ela realmente estivesse com dor de cabeça, Vitória tinha certeza de que ela teria voado de sua cabeça assim como todos os seus outros pensamentos.

— Eu sei que você não está se sentindo tão bem — murmurou ele próximo aos lábios dela quando pausaram, com a testa grudada, uma na outra — mas eu não consegui resistir. — Seu nariz esbarrou no dela quando se abaixou para beijá-la de novo.

Quando ele finalmente a afastou dele, com o mesmo cuidado com que a aproximara, Vitória abriu seus olhos. Teve que piscar para poder ver direito, e estava deliciosamente satisfeita de ver que os olhos dele, normalmente semicerrados, estavam ainda mais fechados. Ele parecia querer voltar para os braços dela com a mesma facilidade e conforto com que deitava em um colchão de penas. Só que mais morno. Mais convidativo.

— Boa noite, Filipe — ouviu-se dizer, enquanto ele se afastava, ainda segurando sua mão. Sua palma, seus dedos, e então a ponta deles, passaram pela mão dele enquanto a soltava. A porta estava atrás dele. Ainda olhando para ela com aqueles olhos semicerrados, sinceros e determinados, ele virou a maçaneta e saiu na noite.

— Bão, se isso num é um beijo de amor verdadeiro, num sei o que é.

Vitória rodopiou e viu Verbena no pé da escada (Meu Deus, ela nem ouviu que ela se aproximava!) com uma expressão decididamente reflexiva em seu rosto.

— O amor não é necessário para um casamento bem planejado — disse Vitória, firmemente — mas certamente não machuca. Então, Barth está aqui?

— Ele tava na esquina esperando o marquês ir embora — respondeu Verbena. — Tem certeza que eu num posso ir com a sinhora, hoje?

— Não, eu lhe agradeço, Verbena, mas vou sozinha. Barth me deixará lá com segurança e estarei em casa antes do amanhecer. Você tem que ficar aqui, caso minha mãe pergunte por mim. Ela estava preocupada quando eu saí do teatro, porque disse-lhe que não estava me sentindo bem. Agora é melhor eu ir andando se pretendo dormir pelo menos um pouco esta noite.

— O Barth vai esperá a sinhora trocá de roupa.

— Não, eu levarei minha capa vermelho-escura. O capuz me ajudará a esconder o rosto. — Na eventualidade de Max também estar no Cálice de Prata.

Quando Vitória desceu da carruagem de Barth, quarenta minutos depois, o Big Ben acabava de marcar a meia-noite. Debaixo da pesada capa, Vitória trazia a pistola, que lembrou de levar aquela noite, já que não haveria nenhuma Verbena para salvá-la. Também levava três estacas em diversos locais do corpo, sua *nécessaire*, que continha um frasco de água benta salgada, e um grande crucifixo dentro de seu corpete, relativamente alto. O último foi insistência de Verbena, pois se não podia ir, faria tudo para que sua patroa estivesse bem protegida.

Bem protegida dos vampiros ela estaria. E armada com uma pistola, estaria a salvo de outros predadores.

Mas por alguma razão, quando pensava em Sebastian Vioget, não estava totalmente certa de quão segura estaria.

O Cálice de Prata desta vez tinha mais mesas vazias do que da última vez que Vitória estivera lá; mas como havia uma mesa aquela vez e três agora, não achou que aquilo fosse indicação de que os negócios iam mal.

Por baixo do capuz e dos cachos que a protegiam, a nuca de Vitória se arrepiou de frio como se um vento do Ártico tivesse batido nela. No pé da escadaria íngreme, ela parou para dar uma olhada em volta, procurando alguém que conhecesse.

Amélie, a pianista de cabelo platinado que se sentara com Verbena da última vez, estava em seu lugar, à esquerda. Continuava com o mesmo olhar melancólico que Vitória recordava de antes, e tocava a mesma música triste e lenta. Max não estava lá, e nem Sebastian, pelo que ela podia ver.

Puxando o capuz de sua capa, Vitória saiu das sombras, perto da escada e andou até uma mesa. Berthy, a garçonete rude, lembrou dela, embora ela estivesse vestida de homem na última vez. Aparentemente Sebastian estava correto sobre o disfarce não ter escondido seu sexo. Ela passou respingando com as duas mãos cheias de canecas e deu-lhe uma cotovelada que resultou num esguicho em sua capa.

— Ele falou pra você ir pros quartos dos fundos.

Vitória não desperdiçou energia tentando descobrir como é que Sebastian sabia que ela tinha chegado; talvez tivesse dito à Berthy para lhe dar essas instruções não importa quando viesse. Dirigiu-se à parede de tijolos onde ficava a porta, mas aí mudou de ideia e escolheu uma mesa vazia com três cadeiras.

No caminho de volta ao bar, Berthy parou na mesa de Vitória o tempo exato para perguntar:

— Vai querê o quê.

— Sidra — replicou Vitória, para as costas de Berthy; mas ela assentiu com a cabeça, portanto tinha escutado.

Deixando que sua atenção vagasse pelo salão, Vitória se divertiu identificando quais fregueses eram mortos-vivos e quais eram mortais. Para sua surpresa, o placar era equilibrado; e havia até mesas onde os dois tipos se misturavam. Por que um mortal interagiria voluntariamente com um morto-vivo é algo que ela não compreendia. Era como se a mosca sentasse para tomar chá com a aranha: propenso a ser perigoso e bagunçado.

Quando Berthy voltou, com as mãos cheias de novo, Vitória a viu jogar duas canecas em uma mesa com vampiros. Algo opaco demais para ser vinho tinto espirrou para os lados e na mesa. Vitória sentiu os pelos de seu braço se eriçando, e desviou o olhar enquanto um dos vampiros bebia avidamente.

Colocando a sidra diante de Vitória, Berthy lhe deu o que parecia ser um sorriso e se inclinou sobre ela para dizer:

— Fazendo ele vir até você, né? É assim que faz. — E foi embora.

Escondendo o sorriso com a caneca metálica, Vitória tomou um gole da bebida fermentada. Nada mal. Ela lembrou de trazer dinheiro esta vez, e puxou algumas moedas que deixou na mesa para Berthy.

Naquele momento, vestido de preto, é claro, Max apareceu na curva das escadas. Assim como Vitória fizera, ele deu uma olhada no salão, e, reconhecendo o inevitável, ela levantou o braço para chamar-lhe a atenção.

Ele não pareceu surpreso em vê-la, aliás, a rapidez com que ele andou até a pequena mesa entregou o fato de que estava procurando por ela. Eustácia deve ter-lhe contado.

— Boa noite, Max — disse Vitória, enquanto ele se sentava na cadeira a seu lado. — Quer que eu peça a Berthy para trazer a você uma cerveja? Ou prefere o que eles estão bebendo? — Ela apontou os vampiros que estavam próximos. — Parece um pouco grosso para ser *chianti*.

Ele se inclinou em direção a ela, com os cotovelos na mesa, próximos aos dela, seus olhos varejando a sala mesmo enquanto falava.

— Não acredito que você veio aqui sozinha, Vitória.

— Sou uma Venadora, Max, assim como você.

— Eu não sei o que Eustácia colocou na sua cabeça, mas Sebastian Vioget...

— ... está satisfeitíssimo de recebê-lo em seu estabelecimento.

A intensidade de Max evaporou. Vitória literalmente sentiu-a esvaindo-se dele; ele estava perto o suficiente para que ela sentisse os músculos retesados dele se relaxando. Ele respirou fundo, calmamente.

— Vioget. Que *timing* impecável, como sempre.

Vitória olhou para Max. Seu corpo relaxado, alto e esguio, na cadeira a seu lado; no rosto a expressão de que seu melhor amigo tinha simplesmente aparecido e mencionado que o sol estava brilhando. Seu sorriso mostrava até dentes brancos e covinhas ao lado da boca... mas ela detectou o nervosismo naquele sorriso inócuo.

— E quem é sua adorável acompanhante? — Sebastian sentou na terceira cadeira, à esquerda de Vitória. Os três sentados formavam um V, com Vitória no vértice, de frente para o salão.

Antes que Max pudesse responder, ela tinha que salvar a situação.

— Devo estar em vantagem, então, senhor Vioget. Eu sou Vitória Grantworth, e devo confessar que estou ciente de que o senhor é o dono deste estabelecimento. Eu o vi na última vez que estive aqui. — Nada disso, estritamente falando, era mentira.

Com a aprovação cintilando em seus olhos, Sebastian estendeu o braço e tomou-lhe a mão enluvada.

— Muito prazer em conhecê-la, srta. Grantworth. — Levou a mão dela aos lábios e beijou-a, observando-a com seus olhos dourados. Trouxe à memória a última vez que ela visitara o Cálice de Prata, vestida de homem, e eles apertaram as mãos; a mão dela, fina, e a dele, com sua palma larga.

Ela teve então uma lembrança súbita daquela mesma mão bronzeada, os dedos espalmados, esfregando a pele morna de seu umbigo de marfim. Seu estômago se encolheu involuntariamente, como se ele estivesse tentando tocá-lo de novo, e seus olhos se encontraram enquanto ele soltou os dedos dela.

— Que tal um pouco daquele uísque que você guarda nos fundos? — disse Max, com a voz ainda calma e suave. Mas Vitória podia senti-lo analisando-a, como se tentasse ler nas entrelinhas das palavras educadas que trocara com Vioget. Sua maneira serena apenas ressaltava o poder que ela sabia estar oculto. A questão era se Sebastian estava ciente disso.

Sebastian fez um sinal para Berthy, e de alguma forma ela já sabia o que ele queria, porque momentos depois ela jogou a garrafa de uísque com dois pequenos copos. Desta vez não manchou os punhos de renda.

— Então, você recuperou o Livro de Antwartha — disse Sebastian, depois de bebericar. A luz do castiçal na parede brilhava nas pontas de seu cabelo encaracolado, dando a ele uma curiosa aparência angelical. — Devo parabenizá-lo. Houve um momento lá, Pesaro, em que você podia não tê-lo conseguido.

O braço de Max roçou no de Vitória enquanto ele próprio dava um saudável gole no líquido dourado. Colocou o copo na mesa com um cuidado deliberado, ele encarou Max de perto. Entretanto, suas palavras soaram despreocupadas.

— Você sabia que o livro tinha uma proteção? Que um mortal não podia roubá-lo de seu verdadeiro dono?

A resposta de Sebastian foi igualmente fria.

— Ouvi qualquer coisa dessa natureza. — Os dois se olharam fixamente, nenhum deles disposto a ceder.

— Muito gentil da sua parte ter mencionado.

De repente a atenção de Vitória foi chamada por uma movimentação próxima à entrada. Ela olhou de relance e seu coração quase saiu pela boca.

Não.

Não! Impossível! Ainda olhando para a entrada, ela mal conseguia dizer as palavras.

— É Filipe! Rockley! Ele está aqui! — Vitória agarrou cegamente o pulso de Max. — Meu Deus, ele está *aqui*!

Max estivera concentrado em Vioget; virou-se e olhou Vitória, e em seguida a entrada, para onde ela ainda olhava, em choque. Ela sentiu suas unhas enterrando-se em sua pele.

O marquês estava em pé bem no pé da escada. Parecia estar segurando uma pistola. E atraiu a atenção de mais de um dos fregueses do Cálice de Prata.

Como podia ser? Ela tinha que tirá-lo dali... mas não podia deixar que ele a visse! Vitória agarrou o capuz, meteu-o na cabeça e encolheu-se na sombra, percebendo que teria que pedir ajuda a Max. Seus dedos estavam gelados. Ela se sentia doente. Como é que ele chegara lá? Como podia ser?

— Alguém que você conhece? — perguntou Sebastian suavemente com seu sotaque francês. Ele os observava de perto, como se sentisse sua desconexão com os dois. — Espero que ele não esteja pensando em causar problemas.

— O noivo da srta. Grantworth — Vitória ouviu vagamente a resposta de Max, enquanto seu cérebro procurava desordenadamente uma solução. — Ela deve ir embora antes que ele a veja.

Graças a Deus que ele entendeu. E estava certo. Ela tinha que ir embora antes que ele a visse! O choque começou a diminuir, dando lugar à concentração e determinação.

Sebastian olhou surpreso para Vitória.

— Saindo por aí escondida sem o seu noivo? Tsc, tsc, minha querida srta. Grantworth. — Levantando seus olhos, cruzou-os com os de Max. — Vou levá-la por uma outra saída, para que ela não seja vista. — Aparentemente, Sebastian também entendeu.

Max parecia pronto para discutir, mas Vitória pegou seu braço de novo, olhando-o por baixo de seu capuz.

— Max, você deve cuidar dele. Por favor. Certifique-se de que ele sairá daqui e voltará para casa, em segurança. Ele não pertence a este lugar.

Sebastian levantou-se, puxando Vitória sem esperar a concordância de Max.

— Venha comigo, srta. Grantworth — murmurou ele, fechando seus dedos firmemente em torno do braço dela.

Vitória dirigiu a Max um último olhar suplicante, por mais que odiasse o fato de ter que pedir-lhe ajuda, e permitiu a Sebastian que a conduzisse de sua mesa para uma porta que levava ao corredor escondido.

Max ia se certificar de que Filipe estivesse seguro.

* * *

Max observou Vioget retirando Vitória rapidamente do salão principal. *Maldição!* O que infernos Rockley pensava que estava fazendo?

Não importava como ou por quê... Agora a única preocupação era tirar aquele almofadinha dali antes que os vampiros decidissem ficar ofendidos com a pistola que ele empunhava.

Durante a conversa murmurada deles, Rockley tinha apenas olhado o salão e dado três passos incertos para dentro. Se viu Vitória, foi só como uma figura nebulosa.

— Rockley — disse Max, aproximando-se dele, que se mantinha em pé na entrada, olhando em volta e chamando a atenção de todos os mortos-vivos no salão. Sangue fresco era sempre melhor do que aquela coisa que Vioget mantinha embarrilado nos fundos. — Posso lhe dar um conselho? Guarde a arma. Você não vai precisar dela aqui.

O almofadinha olhou para ele e Max ficou satisfeito de ver que não havia medo em seus olhos, ou o nervosismo que frequentemente acompanha os homens que brandem pistolas por aí afetando coragem. Seu olhar não era apenas firme, mas não estava surpreso de ver um rosto que reconhecia.

— Era necessário, para ir da minha carruagem até a entrada deste lugar — replicou Rockley, guardando a pistola no bolso. — E vou usá-la, se for necessário, para encontrar Vitória e colocá-la em segurança.

Era aqui que Max tinha que mostrar suas qualidades de ator. Aliás, muito melhor, pensou ele sarcasticamente, do que Vitória e Vioget pouco antes, fingindo que se viam pela primeira vez.

— Vitória? Do que diabos você está falando, Rockley?

— Ela está aqui, em algum lugar. Eu a segui, e não posso imaginar o que ela está fazendo aqui! Em um lugar como este. — Enquanto falava, seus olhos afiados dardejavam o salão novamente, para assegurá-lo de que ela não reaparecera. — O que você está fazendo aqui?

— Não a vi por aqui — disse Max, inequívoco. — Estou aqui há mais de uma hora e se Vitória estivesse aqui, eu a teria visto. Não vou nem perguntar por que é que você acha que ela viria a um lugar como este, no meio da noite. Você deve ter uma razão para achar isso, não importa o quão ridículo seja.

— Eu a segui de sua casa. Eu a vi sair de um cabriolé alugado, meu Deus! Um cabriolé! Sua prima saiu do cabriolé e veio para cá.

Isso era verdade. Ele não podia esquecer que Vitória dissera a Filipe que eles eram primos.

— Quanto tempo faz isso? — perguntou Max, sabendo que tinha havido um lapso de tempo entre sua chegada e a de Rockley; e Vitória já estava ali quando ele voltou ao Cálice depois de uma rápida patrulha pela vizinhança. Max estivera esperando por ela desde as onze da noite.

— Há pouco tempo — replicou ele. — Eu entrei em uma pequena discussão quando desci de minha carruagem, e tive que persuadir alguns cavalheiros que viria para cá com ou sem a permissão deles.

Isso explicava a pistola.

— Como já disse, Rockley, ela não está aqui. De fato, se eu visse minha prima entrando em um estabelecimento como este, eu a teria levado para casa imediatamente. Isto não é lugar para uma mulher, e nem para a maioria dos homens.

— Eu a segui de sua casa — disse Rockley, teimosamente. — Ela disse que estava se sentindo mal, então levei-a para casa logo depois do teatro. Mas ela esqueceu o xale na minha carruagem, e eu voltei para entregá-lo e a vi saindo pela porta da frente e entrando em um cabriolé.

— Você deve ter se enganado. Deve ter sido a empregada dela que você viu, ou outra pessoa deixando a casa. É absurdo, Rockley, simplesmente absurdo pensar que Vitória viria a um lugar como este.

Max reparou que um dos maiores vampiros vinha olhando para Rockley com mais do que curiosidade. Ele tinha que tirar o sujeito antes que se visse no meio de um tumulto. A trégua que os mortos-vivos e os mortais compartilhavam no Cálice de Prata era tênue; uma vez puxada ou esticada, se desintegrava rapidamente e virava pancadaria. Ele já vira isso acontecer.

Apesar de que seria um belo inconveniente para Sebastian Vioget, Max não podia deixar aquilo acontecer. Ele olhou para Rockley, que, com seu penteadinho sem um único cabelo fora do lugar e o lenço perfeitamente amarrado, parecia pronto e capaz de se proteger.

Bancar o herói é muito bom e divertido, e certamente deve ser atraente para as mulheres... mas o marquês de Rockley não estava nem minimamente preparado para lidar com os perigos específicos deste lugar. Max tinha muita experiência e pouca paciência para tais mocinhos ingênuos.

A única coisa a fazer em uma situação como aquela era ganhar tempo, pagar uma bebida para o sujeito, e colocar *salvi* em seu uísque. Isso o tornaria mais fácil de manejar.

* * *

— A senhorita não me disse que estava noiva — murmurou Sebastian na luz bruxuleante.

Vitória sentiu a parede fria de pedra do corredor atrás dela, e o calor de suas palavras em seu rosto. Ele fechara a porta por trás dele, e eles estavam sozinhos no corredor de teto curvado. Seus dedos ainda apertavam seu braço enluvado, entre seu pulso e seu cotovelo; ela poderia facilmente livrar-se do aperto com um safanão.

— E você não disse a Max sobre a proteção no Livro de Antwartha — replicou ela. — Todos nós temos segredos.

Ele sorriu.

— É segredo que você está noiva de um jovem rico? Que precisa ser resgatado da escuridão, como uma debutante que rejeita um pretendente pegajoso?

Com isso, Vitória chacoalhou o braço, soltando-se do aperto.

— Rockley não é um segredo, e ele não é o fraco idiota que você descreveu. E não fique tão perto de mim.

— Ele já viu o seu *vis bulla*? — Ele não se afastou; e colocou sua mão entre eles, abaixo dos seios dela, para apertar o músculo tremelicoso de seu estômago por cima da camisa. — Ele sabe o que isso significa?

Ela o empurrou pelos ombros. Ele se mexeu um pouco, mas mal foi para trás. Ele era mais forte do que ela imaginara.

— Ele sabe que isso significa que seu amor anda pelas ruas, à noite? Que ela deve se misturar com aqueles do lado negro para descobrir seus segredos? — Calmo, não abalado pela reação violenta dela, ele falou, com a voz baixa e hipnótica. — Que ela mata cada vez que levanta sua arma? Que ela tem uma força que ele não possuirá jamais?

— Ele não sabe de nada. — Vitória falou, por entre os dentes cerrados, Sebastian se aproximara novamente, apertando-a contra a parede, mas sem tocá-la.

— Ele já viu, Vitória? — A gentil junção das últimas sílabas de seu nome lhe causou um borboleteio no estômago. — Já viu?

Ela não conseguia se desviar de seus olhos de tigre, mal podia mover seus pulmões para respirar. A parede áspera, úmida, se sobressaía por sua capa e por entre o frágil tecido de seu vestido, assim como a pressão da mão dele tinha atravessado a frente de sua saia. Ela sentiu uma gota de água das pedras caindo na parte de trás de sua cabeça. Estava fria e embolorada.

— Não — sussurrou ela.

A satisfação iluminou o rosto dele.

— Entendo.

Afastou-se de um pulo, como se tivesse sido puxado para trás. Como se a proximidade dela tivesse subitamente se tornado demais. Vitória conseguiu respirar e se mexer, desgrudando-se da parede e se afastando dele.

— Venha. Vamos logo antes que o seu Venador venha nos procurar.

Ele se virou e saiu andando a passos largos, deixando Vitória segui-lo; tão diferente da primeira vez, quando ele a levara pelo braço. Ela hesitou, como fizera antes. A escolha entre Cila ou Caribde; a solidez de Filipe ou o redemoinho de Sebastian. Qual era o menor dos dois desafios?

No fim, ela seguiu Sebastian. Filipe era uma parte maior de sua vida, uma que ela não arriscaria. Sebastian era só um homem.

16

O marquês vence o jogo de conchas e comete um erro grave

Filipe de Lacy não era burro. Nem um pouco.

Ele sabia que alguma coisa estava errada; o que ele não sabia era se o primo taciturno de Vitória, Maximiliano Pesaro, era a causa ou a solução.

O homem parecia inteligente e capaz, não dava a impressão de ser dissimulado ou desonesto. Sugerindo firmemente que Filipe guardasse sua arma ele provavelmente o poupou de uma altercação naquele lugar imundo, algo em que Filipe não pensou, em sua preocupação com Vitória. Tinha que lhe dar crédito por aquilo, na falta de outra coisa.

A maneira com que alguns clientes estavam olhando para ele, como se fosse uma lebre novinha, pronta para o espeto, deixou Filipe um tanto incômodo. Ele não era nenhum coelhinho, que sairia correndo ao menor sinal de perigo. Mas havia algo errado com aquele lugar. Algo que deixava seu sangue frio.

Mas ele viu Vitória sair de sua casa; apesar dos argumentos de Pesaro, tinha certeza de que era ela. A maneira que ela andava, até seu movimento quando fechou a porta por trás dela... ele reconheceria Vitória em qualquer lugar, com qualquer disfarce. E a capa cor de granada era da melhor lã; certamente não a emprestaria para sua empregada.

Ele seguiu, então, o cabriolé, no começo com uma pontada de ciúme em seu coração. Ela ia se encontrar com alguém? Um amante? Esta não era a primeira vez que ela ia embora mais cedo ou encurtava uma noite. Incerteza, porque precisava dela, e preocupação por sua segurança, o levaram a segui-la. Ele realmente a amava; não poderia suportar se outra pessoa também possuísse seu coração.

Quando o cabriolé virou a esquina e entrou na pior parte de Londres, parando, finalmente, naquele lugar sujo e escuro, Filipe já não desconfiou mais que ela fosse se encontrar com um amante. Em vez disso, ele percebeu que o que quer que a atraísse a esta parte da cidade ia bem mais fundo do que a lascívia da paixão.

Ela não devia e não podia lidar sozinha com aquilo, fosse o que fosse. Devia estar apavorada por ter que ir até aquele lugar; e as circunstâncias só podiam ser as piores para que ela não estivesse disposta a se abrir com ele. Mas ele ia levá-la para casa e convencê-la a contar tudo... pois iam se casar e ele seria seu marido. Cuidaria dela. Ele consertaria o que quer que precisasse ser consertado.

Pelo menos esse era o plano até que desceu as escadas e entrou naquele inferninho que cheirava a ferrugem e mofo. O primo o levara até uma mesa no canto mais escuro e pediu uma bebida para ele. Até o momento em que viu, de soslaio, a mão de Pesaro mexendo na caneca de Filipe, de leve, ligeiramente... mas o suficiente para notar o movimento... foi quando Filipe percebeu que Pesaro tinha seus próprios planos. E quando Filipe bebericou seu uísque, e sentiu Pesaro observando-o, teve a certeza.

Então quando o outro se virou para falar com a servente extremamente dotada, Filipe trocou as canecas.

E quando Pesaro virou-se de volta, Filipe propôs um brinde, observando como o outro bebia a mesma droga que tentara lhe dar, o tempo todo se perguntando por que ele faria tal coisa. Queria matá-lo ou simplesmente drogá-lo?

Supôs que se o primo de Vitória o quisesse morto, não o teria aconselhado a guardar a pistola, ou tirado ele do centro das atenções, no salão.

Não importava. Ou perguntaria a ele, ou, se morresse, a questão se tornaria irrelevante.

Como era de se esperar, Pesaro parecia ansioso para que Filipe bebesse seu uísque; então ele aceitou, mas só se o primo bebesse com ele. Quando as duas canecas já estavam quase vazias, ele começou a perceber os sinais de que o outro perdia os sentidos. Seus olhos se fechavam, as palavras ficavam mais lentas. Se estava sendo envenenado ou simplesmente drogado, Filipe não sabia... mas o que quer que fosse, o outro tentara fazer isso com ele, então ele não sentia nenhum remorso.

— Você trocou as canecas — disse Pesaro, com voz pastosa e os olhos brilhando de raiva. — Seu burro!

— É nada mais do que você merece. Por que tentou me envenenar?

— Você não... sabe... perigo.. manter você... seguro... burro.

Esperou até que Max apagasse, com a cabeça caindo na mesa.

— Agora encontrarei Vitória. — Filipe jogou algumas moedas na mesa grudenta e elas tilintaram até parar próximas aos dedos dobrados do homem. Levantou-se e saiu andando sem olhar para trás.

Era claro que sua noiva não estava lá, se é que estivera. Ele atravessou o salão, em passos rápidos, dedilhando a pistola por baixo da capa.

Filipe não via a hora de sair daquele lugar deprimente e nauseabundo; subiu correndo as escadas, precisando respirar o ar fresco da noite. Tinha que clarear a mente, que agora trazia mais dúvidas do que quando chegou lá, incluindo a razão pela qual o primo de Vitória tentaria drogá-lo.

Quando chegou ao topo das escadas, Filipe ouviu passos pesados atrás dele. Virou-se e viu um dos frequentadores do local, grande e pálido, subindo os degraus.

Passando pela porta, Filipe voltou à noite. Fechou a porta e se apressou. Mas o homem chegou com mais rapidez do que ele poderia imaginar. De repente, estava exatamente atrás dele, e Filipe sentiu um bafejo quente em seu pescoço... mesmo que o pescoço estivesse coberto pela capa, e o homem não o estivesse tocando.

Ele virou-se, puxou a pistola de seu bolso e a apontou a seu perseguidor. Estavam no meio de um beco estreito, e não havia para onde correr a não ser de volta para as escadas do Cálice de Prata... ou passando pelo homem que bloqueava a entrada do beco.

— Afaste-se, ou eu atiro — alertou Filipe, com o dedo pressionando o gatilho. Sua mira estava firme e tinha os sentidos vivos e preparados, embora uma onda de serena confiança se apossasse dele. Não queria ferir ninguém, mas faria o que fosse preciso para se proteger... e encontrar Vitória.

O homem deu mais um passo à frente e Filipe apertou o gatilho, mirando seu ombro. Deve ter mirado mal, o homem continuou andando. A visão de Filipe se enevoou e ele sentiu um estranho aperto em seu peito, como se seus pulmões não fossem mais seus... como se alguém os inflasse e desinflasse. Não podia desviar a visão, não podia fugir do homem que vinha em sua direção.

Algo vermelho lampejava, mas Filipe não conseguia ver... se enrolava no canto de sua visão obscurecida. Filipe não via mais; mirou cegamente para frente, esperando atingir o peito do homem e puxou o gatilho.

Os olhos de seu agressor queimavam com uma cor estranha... como se fosse um vinho cintilante. Agarrou Filipe, que tentou se desvencilhar, mas o homem tinha uma força inumana; não conseguia sacudi-lo, não podia livrar-se nem um pouco de seu aperto. E então algo branco brilhou na luz fraca enquanto uma mão se fechava sobre a cabeça de Filipe, virando-a para um lado.

Dentes brancos e afiados, descendo em direção ao seu pescoço.

* * *

— Por que você não disse a Max sobre a proteção no Livro de Antwartha? — perguntou Vitória. Estava no canto oposto a Sebastian, naquele mesmo gabinete que parecia um esconderijo, onde estivera da outra vez. Aquele que só tinha uma entrada.

Ele estava servindo dois cálices de uma bebida rosa-claro, e olhou para ela. O sofá no qual ela se sentara da outra vez, quando ele tocou seu *vis bulla*, dividia o espaço entre eles como uma cerca baixa de pedra que mantinha as ovelhas em seus campos em Prewitt Shore. Vitória não estava segura de quem era a ovelha, naquele caso, e quem não era.

— Queria ver se você ia cumprir sua parte do trato — replicou Sebastian, andando em direção a ela. Vitória se moveu para que o sofá ficasse entre eles, e estendeu o braço para pegar a bebida que ele oferecia. Teve o cuidado de não permitir que seus dedos se tocassem. — Se ele soubesse, seria porque você teria contado a ele.

— Eu cumpri minha parte, mas ele podia ter morrido por não saber.

— Mas não morreu; pois não o tocou. Ele sabia.

— Só contei a ele para salvar sua vida. Ele não acreditou em mim.

— A vida dele tem tanto valor para você?

— Qualquer vida tem valor para mim. O que é isto? — Ela olhou para o cálice. O líquido despejado adquiriu uma tonalidade de rubi no fundo do cálice com formato de tulipa. Mas quando se espalhou, era rosa-claríssimo.

— Só um pouco de xerez. Prove, creio que será de seu agrado. — Ele levantou seu cálice num brinde brincalhão e virou o conteúdo do cálice garganta abaixo. Quando voltou a olhar para ela, apontou o sofá. — Sente-se, Vitória.

— Não, obrigada. — Ela deixou o copo e se afastou mais. Agora estava atrás do sofá e ele na frente.

— Você tem medo de mim, Vitória?

— Do que teria medo? Eu sou uma Venadora.

— De fato. Pensei a mesma coisa. Aliás, talvez seja eu quem devesse tomar cuidado com você. — Olhou para ela e manteve o olhar nela por um longo momento. — Talvez eu devesse. — Desviou o olhar e voltou à mesa para servir outro cálice de xerez.

Quando virou-se para ela novamente, seu rosto estava sério, fechado. Ofereceu outro brinde irônico, mas em vez de beber o cálice inteiro, bebericou um pouco e sentou-se no sofá. Meio virado, ajeitou-se no canto para poder ver Vitória, que estava em pé, por trás da cerca protetora do recosto do sofá, com a mão sobre ele.

— Por que você veio aqui esta noite? — perguntou ele.

— Você estava me esperando. Fiquei um pouco surpresa.

— Eu lhe disse, na última vez em que você esteve aqui, que a veria de novo. Sabia que você voltaria. Mas estou curioso para saber por quê.

— Talvez para lhe agradecer a informação que nos ajudou a adquirir o Livro de Antwartha. Se não tivesse obtido a sua informação, Max e talvez eu mesma tivéssemos morrido naquela tentativa.

— Então você veio em sinal de gratidão? — Ele ficou sobre um joelho, na almofada do sofá, e cobriu a mão dela com seus dedos, apertando-a levemente, em cima do recosto. — Fico feliz de ouvir isso. E particularmente agradecido de que Eustácia tenha mandado você, em vez de Maximiliano, para essa tarefa.

Vitória queria puxar sua mão, mas resistiu ao impulso.

— Tenho a impressão de que você e Max não são os melhores amigos.

— Por que será... — murmurou Sebastian, mas soava como se não desse a mínima. — Estou mais interessado em descobrir como você pretende expressar sua gratidão por minha ajuda, do que naquilo que irrita Maximiliano. — Com a mão que estava desocupada, ele começou a baixar pelo cotovelo a longa luva dela. — Já falei o quanto você fica mais bonita vestida de mulher do que de homem?

Soltou a mão que prendia sobre o recosto do sofá, mas não a Luva, e quando ela se afastou, a luva saiu, virando-se do avesso. Sua mão e braço estavam nus.

Ela deu um passo atrás, fora do alcance dele. Sebastian não era o tipo de homem que pularia um sofá atrás dela.

Mas ele não estava olhando para ela; ele estava segurando a luva branca abandonada em suas mãos, mexendo com os dedos por toda sua extensão, como se acariciasse o braço dela. Então a dobrou gentilmente em uma das mãos e olhou para ela.

— Onde está seu anel?

No começo ela achou que ele estava falando de seu *vis bulla*, o anel em seu umbigo... mas aí percebeu que ele olhava para a mão dela. Sua mão esquerda.

— Não tenho... ainda. Você sabia que eu estava lá, na biblioteca de Redfield Manor?

— É lógico. Também vi o momento em que você pulou da janela; Maximiliano estava ocupado demais matando vampiros para perceber. Mas eu vi o movimento das cortinas e sabia que você tinha saído. Pelo que soube você matou sete vampiros aquela noite.

— Oito. E Max matou três Imperiais sozinho.

— Bravo, Max! — Sebastian se levantou e ela deu mais um passo para trás. — Vitória, você está me irritando, eu não vou pular em cima de você e violentá-la. — Realmente, ele parecia irritado, expressão incomum em um rosto que normalmente tendia a galantear e encantar.

Ele colocou a luva no bolso e andou rudemente até a mesa onde servira as bebidas. Virando o rosto para ela, ele se recostou, cruzou os braços e cruzou a perna sobre o tornozelo. Estava todo dourado e bronzeado, e parecia perigoso. Seu cabelo era preto no topo, mas amarelado e loiro nas pontas, e sua boca estava em uma linha reta, o lábio superior sombreando o inferior com uma coloração caramelada.

Houve silêncio por um longo momento. Vitória esperava que ele fosse exigir algum tipo de recompensa pela informação que os levou a conseguir o Livro de Antwartha, mas não. Seu jeito instigante e sedutor havia evaporado e agora ele parecia simplesmente insatisfeito.

— Estou certa de que posso sair em segurança — disse Vitória, por fim. — Tenho certeza de que Max já conseguiu tirar Filipe daqui. — Ela olhou para ele esperando uma resposta.

Mas em vez disso, ele enfiou a mão no bolso e tirou a luva, oferecendo-a a ela.

Estava dobrada em sua mão aberta, mas quando ela tentou pegar, ele fechou a mão dela. E puxou.

Talvez fosse a surpresa pelo movimento súbito, talvez fosse curiosidade. Talvez ela já estivesse cansada de lutar contra isso. Mas Vitória se permitiu seguir em frente até estar tão próxima a Sebastian quanto estivera no corredor.

Transferindo a mão dela para a sua outra mão, como se não estivesse disposto a deixá-la escapar, ele pôs a luva de volta em seu bolso e olhou para ela. O humor emanava de seus olhos dourados.

— Isto foi mais fácil do que eu esperava.

— Sebastian...

Ele virou a mão nua dela para cima, baixou o rosto... e encostou os lábios no meio do pulso dela. Eram macios, mas firmes, ligeiramente úmidos e leves como plumas. Ela quase sentia cócegas. Eles então se moveram, se abriram, traçando a textura das veias e tendões nesta área recatada. Ele mordiscou a beirada estreita do pulso, mordeu gentilmente a base de seu dedão.

Vitória não conseguia puxar seu braço de volta. Não, não era verdade... ela conseguia, sabia que podia livrar-se do aperto dele com facilidade... mas não podia forçar seus músculos a se moverem. Com os olhos fechados, estendeu sua outra mão cegamente e a colocou aberta contra seu sólido, quente e resfolegante peito.

— Sempre quis experimentar uma Venadora — murmurou Sebastian, olhando para ela. Seus lábios já não eram mais finos e rudes; nunca mais pareceriam finos e rudes para ela, depois disso. Depois de senti-los.

Ele ainda sentia os dedos dela, entrelaçados aos dele, e levou o dedão ao topo da mão dela, olhando-a.

E então ambos ouviram; e assim que ela conseguiu registrar o barulho em sua mente, a porta se abriu com força. Na entrada estava Max, inclinando-se pesadamente contra a porta.

— Rockley foi atacado — disse ele, e caiu por terra.

O dormitório da srta. Grantworth vê muita movimentação

Os trinta minutos seguintes foram uma confusão de atividade. Max, embora confuso e fraco, estava coerente o suficiente para explicar que conseguira interromper um vampiro no meio de um ataque a Filipe.

— Ele foi mordido? — perguntou Vitória, enlaçando um dos braços pesados dele sobre seus ombros, para que ele se apoiasse nela. Ela o estava levando para a carruagem dele, que não tinha identificação; uma tarefa que teria sido bem mais difícil se ela não usasse um *vis bulla*.

— Não... cheguei a tempo. Meti a estaca no desgraçado.

Vitória supôs que ele se referisse ao vampiro, e não a Filipe, embora não tivesse certeza.

Max salvara Filipe, carregara-o para o cabriolé de Barth, e dera-lhe instruções específicas sobre como levá-lo para casa e o que fazer quando chegasse lá. Ele não estava ferido, mas confuso e quase inconsciente pela briga subsequente.

— Do que ele vai lembrar? — perguntou Vitória, ajudando Max a entrar na carruagem.

— Nada. Usei o... pingente.

Ela o empurrou em seu assento e saiu da carruagem para se despedir de Sebastian que, embora não tivesse ajudado muito para tirar Max dali, tampouco havia atrapalhado o esforço dela. Ele veio junto, mostrou-lhe outra saída por trás, e ajudou a trazer a carruagem de Max.

— Obrigada — disse ela, apesar de não saber ao certo o que estava agradecendo.

— Até nosso próximo encontro — disse ele, simplesmente. Ele não fez qualquer menção de lhe devolver a luva, e ela não pediu. Vitória virou-se e entrou no veículo. Sebastian fechou a porta atrás dela.

A carruagem deu uma sacudidela ao começar a andar e Vitória se inclinou para o lado, em seu assento, de frente para Max.

Ele estava desmoronado no canto, uma massa enrugada de negro e cinza. Quando as lâmpadas da rua iluminaram o interior, ela viu que ele estava com os olhos fechados.

Teria sido mordido? Ela nem tinha lembrado de perguntar... estivera tão preocupada com Filipe desde o anúncio calamitoso de Max.

Vitória levantou-se cuidadosamente, movendo-se para o lado dele, na carruagem, e quase caiu em seu colo quando dobraram uma esquina inesperada.

Ela estava quase tocando sua gola quando ele abriu os olhos.

— O que você está fazendo? — perguntou ele, sentando-se direito.

— Eu pensei que você tivesse sido mordido.

— Sente-se — disparou ele, carrancudo. — Não levo uma mordida há... anos.

— Então por que você carrega água benta salgada? E por que essa mordida parece recente?

— Porque assim, quando estou com alguém que foi mordido, posso despejar na mordida da pessoa. — Ele parecia subitamente mais alerta.

— O que aconteceu com você, então, se não foi mordido?

Ele respirou fundo, cruzando os braços.

— Fui drogado. Pelo seu marquês.

Vitória alçou as sobrancelhas.

— Verdade? Então um simples marquês consegue pegar você de jeito, quando um vampiro horrendo não consegue? E você admite isso?

Max abriu a boca como se fosse falar, mas aparentemente mudou de ideia. Virou-se para a janela, seu perfil refulgindo cada vez que uma lâmpada da rua iluminava o interior da carruagem. Ela olhou o altivo declive de seu nariz, a linha decidida de sua boca, a desregrada bagunça do seu cabelo negro. Parecia abatido.

— O que aconteceu, Max?

— Fiz o que você pediu, Vitória. Não precisamos falar mais sobre o assunto. — Não desviou o olhar da janela. — O seu marquês está a salvo e não sofrerá efeitos adversos. E terá pouquíssima lembrança do que aconteceu, porque cuidei disso também. Ele estava tentando atirar em um vampiro com uma pistola. — O escárnio se apossou de sua voz. E então: — Onde está a sua luva?

Vitória olhou para baixo; seus dois braços estavam ocultos sob a capa, o nu e o vestido.

— Eu... Sebastian a levou.

Max virou-se e olhou para ela.

— E o que mais ele levou?

O coração de Vitória bateu mais rápido. Ela sacudiu a cabeça.

237

— Ele esperava um pagamento por sua informação; o que mais ele levou?

Liberdades. Liberdades que seu próprio noivo não tomara. E, de uma certa forma, ele levara mais um pedaço de sua inocência. Mostrara a ela exatamente por que mulheres usam luvas. O tempo todo.

— Vitória!

— Nada. Ele levou minha luva, e não levou mais nada. Sou uma Venadora, Max. Ele não é páreo para mim.

Pode ter sido uma risada, o que brotou de seus lábios; Vitória não teve certeza. Mas ele nada disse, apenas virou-se e voltou a olhar pela janela.

Cavalgaram em silêncio por um tempo, até que ela falou:

— Obrigada pelo que você fez esta noite.

Isso tirou a atenção dele do cenário que passava. Ele olhou para ela, sombrio e furioso, de seu canto naquele espaço estreito.

— Rockley não fazia ideia em que se meteu hoje. Essa é exatamente a razão pela qual você não pode se casar, Vitória! Os seus dois mundos simplesmente não podem se cruzar como aconteceu hoje! Continuar nesse caminho só vai causar mais destruição.

E com isso, virou-se mais uma vez para a janela e não disse mais nada.

* * *

Vitória não dormiu bem naquela noite. Seus sonhos estavam repletos de uma tempestade de imagens que se fundiam. Filipe e Sebastian, tia Eustácia e Max, com palavras e vozes correndo juntas: *Sempre quis experimentar uma Venadora... Você não pode se casar... É algo pelo qual eu pagaria muito para ver... Ele sabe que você anda pelas ruas, à noite?... O que mais ele levou?*

Ela acordou com o sol entrando por sua janela, completamente diferente da escuridão de seu entrechoque de lembranças. Eram quase onze horas. Madame LeClaire chegaria dentro de duas horas para a prova do vestido.

A prova de seu vestido de noiva.

Vitória passou a mão nos olhos. Será que Max estava certo? Se ela desposasse Filipe, estaria atraindo mais destruição?

O vazio arranhou seu estômago, e não era por não ter comido nada. Como ela podia não se casar com Filipe? O charmoso, engraçado e bonito Filipe? O homem que a fazia rir, que brincava com ela, que a ajudava a enxergar o humor na sociedade em que ela era forçada a viver? Que lhe trouxera flores depois que ela lhe dera uma bronca. O homem que fazia a coisa certa, o que se esperava. Um homem que ela podia entender.

Ele a seguira, na noite anterior. Seguira-a até um covil de vampiros, ignorando sua própria segurança; e sem a compreensão do mundo em que estava entrando. Se ela se casasse com ele, seria capaz de manter seu segredo? Teria que fazer isso? Se ele soubesse que ela era uma Venadora, portanto mais segura que qualquer um na Terra, ele entenderia?

Ele fizera suas confissões... eram inofensivas. Será que ela devia a ele o mesmo?

As palavras de Sebastian a assombravam. *Ele sabe que você anda pelas ruas, à noite? Que você deve se misturar com aqueles do lado negro para descobrir seus segredos? Que você mata cada vez que levanta sua arma? Que você tem uma força que ele não possuirá jamais?*

Como ele poderia entender? Ela própria levara meses para entender, e ela tinha sido chamada.

Ele era tão bom, tão correto. Como poderia ser casado com uma mulher que combatia o mal? Que era violenta... que matava? Ele não poderia nunca aceitar isso numa esposa, nem deveria.

Ele não podia entender o mundo dela. Tia Eustácia, Max e Kritanu... até Verbena e Barth... eles entendiam. Todos eles eram parte daquele mundo, daquela vida.

Filipe não era e nunca poderia ser.

Ela respirou fundo, sabendo o que ia fazer.

Um nó pesado instalou-se no seu estômago quando começou a considerar a vida sem Filipe. Uma vida que consistia em espreitar por ruas escuras, bares subterrâneos, e na necessidade de caçar e matar. Seria o fim das danças e dos risos, sem esperança alguma de ter alguém para amar, alguém para cuidar dela.

Talvez isso explicasse Max: seu comportamento, sua propensão à cólera e seu sarcasmo cortante. Ele era tão só. Vitória acreditara que era por opção. Talvez estivesse errada.

Talvez ela tampouco tivesse opção.

Uma violenta batida de porta vinda lá de baixo, e o barulho de fortes passos subindo apressadamente as escadas, fizeram-na virar-se para a porta do seu quarto.

Gritos; pareciam ser de Jimmons e até de Verbena, e de repente a porta dela se abriu com força, batendo na parede.

Filipe.

— Vitória! — Ele apareceu lá, tão alto e selvagem, sua capa revoando sobre ele, o cabelo caindo sobre a fronte. — Você está aqui, e a salvo!

Ela estava tão perplexa, que não conseguia se mexer nem para fechar a boca; Verbena, Jimmons e Maisie, a governanta, estavam à porta, todos falando ao mesmo tempo, explicando como acontecera de Filipe ter subido até ali.

— Mande-os embora — disse ele caminhando em direção a ela, que permanecia na cama, com os lençóis puxados sobre sua camisola. — Sou seu noivo, vamos nos casar em duas semanas... mande-os embora!

Ela nunca o vira assim, o equilibrado e correto Filipe, agitado daquela maneira.

— Podem ir. Vão. — Ela acenou para Jimmons e Verbena. Então, surpreendentemente, considerando a situação, ela teve um pensamento lógico. — Mamãe já se levantou?

— Agora vai — replicou Verbena.

— Mantenha-a longe daqui, então. Diga a ela o que quiser, mas mantenha-a longe daqui até que o marquês se vá.

— Mas não é apropriado... — começou Maisie.

— Vão. Por favor. Tudo ficará bem se ninguém falar sobre isto.

Só depois que eles saíram Vitória se permitiu olhar para Filipe. O nó em seu estômago apertou-se. Ela havia pensado que teria mais tempo para decidir o que fazer... como responder a Filipe. Como dizer que não poderia se casar com ele.

Mas sua decisão já estava tomada. E era a certa.

— Vitória, Vitória... — Ele ficou perto da cama, os braços para trás, como se tentasse impedir a si próprio de tentar tocá-la. — Sinto muito, mas eu não podia esperar. Eu precisava ter certeza de que você estava aqui, em segurança.

— Filipe... — ela sacudiu a cabeça, fechou os olhos por um momento. O que poderia dizer? — Filipe, eu estou bem. Você está me vendo, estou bem. Só tive aquela dor de cabeça.

De onde viera aquilo? Ela não planejara continuar com a farsa.

Ele olhava para ela de cima, debruçado sobre ela, os olhos azuis agudos, mas ainda selvagens.

— Vitória...

— Filipe, sente-se. Aqui. — Ela alisou a colcha francesa com a mão, abrindo espaço para ele ao lado do seu quadril.

— Não sei se devo. — Ele olhou para ela e ela viu algo em seu olhar que ainda não vira antes. — Não sei se é apropriado.

Vitória riu; não conseguiu evitar.

— Filipe, não seja absurdo... você já está aqui no meu dormitório. Em três semanas, eu estarei no seu. — Os olhos de ambos se encontraram e a boca dela secou. Tinha realmente dito aquilo? Aquela mentira?

Ele se sentou, seu sólido peso na beira da cama fazendo-a pender em direção a ele. Através de camadas de cobertores, a perna dele tocou a dela.

— Em três semanas. Não sei se posso esperar tanto tempo. — Ele estendeu o braço, tocou-lhe o cabelo solto e acariciou-lhe a face antes de recolher o braço de volta. — Mas preciso saber, onde você foi ontem à noite? Vitória? Você está metida em algum tipo de problema?

— Eu não estava me sentindo bem — disse ela. Por que continuava mentindo? Ela precisava deixá-lo ir.

— Vitória, eu amo você e você será a minha esposa, mas uma coisa que não posso tolerar é desonestidade. — Ele estava zangado; uma emoção que ela nunca vira nele antes. Zangado de verdade, e ainda por cima com uma preocupação desesperada. Mas não assustadora. Não, essa era uma zanga com a qual ela podia lidar. — O que você estava fazendo em St. Giles ontem à noite? Diga-me a verdade.

Então as lágrimas dela brotaram. Tudo o que ela vinha represando nas últimas semanas, meses até, desde que tivera aqueles sonhos. Desde que soubera de seu Chamado.

Soluços incontroláveis, tremedeiras — as consequências do medo que ela submergira tão fundo enquanto lutava por sua vida — tudo aquilo transbordou de dentro dela sobre o ombro de Filipe, pois ele a abraçara, os lençóis caindo enquanto ele a enlaçava com os braços.

— Vitória, Vitória — ele murmurou, passando a mão pela cabeça dela, descendo pelos cabelos ondulados que caíam sobre as costas. — Meu Deus, Vitória, qual o problema? Eu o resolverei, basta me dizer. Darei um jeito. Eu tenho recursos; usarei todos, se for preciso.

Quando ela se afastou de seu paletó encharcado, ele tinha um lenço pronto para enxugar-lhe o rosto e o nariz. Como uma criança. Ela se sentiu como uma criança de quem ele tomava conta. Pela primeira vez em meses teve a sensação de não precisar estar encarregada, nem de ter o controle.

Nem de ser a forte.

Nunca amara Filipe tanto quanto naquele momento.

— Obrigada — disse-lhe, soluçando pela última vez.

Ele largou o lenço e a agarrou pelos ombros.

— O que está havendo? Conte-me. Não aguento ver você assim.

— Não posso. — Ela respirou fundo. — Não posso lhe dizer, Filipe, mas juro que não é nada que você possa mudar. Mesmo que você tivesse todo o dinheiro do mundo e reinasse sobre esta terra, não poderia mudar isso.

Ele a olhou fixamente por um longo momento, seus olhos dardejando de um lado para outro como se tentasse obter uma visão melhor do olhar dela. O olhos dele estavam injetados.

— Você tem que me dizer.

— Não posso.

— Ontem à noite fui atrás de você. Sei que era você, apesar da história que o seu primo me contou. No começo tive medo que você fosse encontrar um amante, e a segui... porque eu tinha que saber. Tinha que saber se você tinha dado seu coração a outro. Se fosse o caso, pensei naquele momento, se eu tivesse a comprovação, mesmo assim eu ia querer me casar com você. Eu encontraria um jeito de tirá-lo da sua cabeça.

"Mas quando o seu cabriolé... meu Deus, Vitória, você não sabe o quanto é perigoso você usar um cabriolé?... parou em

St. Giles, não soube mais o que pensar. Você não encontraria um amante lá, não importa quem ele fosse. Vi você sair do cabriolé e entrar em um dos lugares de aparência mais perigosa que já vi. Eu não teria ido lá se não soubesse que devo protegê-la. Tive que usar minha pistola para convencer alguns sujeitos da rua a me deixar passar.

"O seu primo salvou a minha vida. Não estou certo do que aconteceu; está tudo confuso na minha mente. Sei apenas que saí para procurar você e acordei na minha casa. Como cheguei lá não faço ideia. Sonhei com olhos vermelhos...

"Você vê, minha querida, eu não entendo o que aconteceu ontem à noite, mas não vim aqui com acusações ou noções pré-concebidas. Não há nada que você me diga que vá mudar o que sinto por você. Por favor!"

Ela podia dar-lhe algo; talvez o ajudasse a entender.

— Você acredita em destino?

Ele assentiu com a cabeça, uma ponta de alívio tangível em seu rosto.

— É claro. Foi o destino que nos uniu, anos atrás.

— O destino não se muda. É indelével, escrito sobre pedra. Poder, dinheiro e recursos não podem mudá-lo, Filipe. Você não pode alterá-lo. E é por isso que não posso lhe dizer, não importa o quanto você implore, o que eu estava fazendo em St. Giles ontem à noite. Porque esse é meu destino. — Um destino que ele não podia aceitar, uma esposa que matava, um mundo de perversidade e escuridão. Filipe estava demasiadamente na luz... ela não podia destruir o seu mundo.

— Vitória!

Ela estava sacudindo a cabeça.

— Eu amo você, Filipe. Mas não posso.

Ele pareceu golpeado.

— Vitória, de todo o coração, peço a você por favor que me diga. Não ficarei furioso, não importa o que seja. Mas não posso ter isto entre nós se vamos nos casar.

Agora. As mãos dela congelaram por baixo do calor dos cobertores, ela respirou fundo e fechou os olhos. Não olharia para ele ao dizer isso:

— Então talvez não devêssemos nos casar.

Ele estava imóvel, tão imóvel. Até sua respiração parou; ela não ouvia nada na escuridão de seus olhos fechados, além de vozes distantes, lá embaixo. E as batidas rápidas, dolorosas, de seu coração.

— Vitória. — A angústia na voz dele abriu-lhe os olhos. Filipe não estava olhando para ela, e sim pela janela, para a luz do sol derramando-se sobre uma mansarda ali perto. Um gaio azul, com seu guincho desagradável, revoluteou e pousou no galho de uma árvore vizinha.

— Desculpe, Filipe.

Ele se ergueu abruptamente, afastando-se da cama e caminhando até a porta. Ela o observou com os olhos marejados, e ele parou na soleira.

— Se você mudar de ideia... — disse ele para a porta.

— Não posso. — Ela forçou as palavras de sua garganta. Queria chamá-lo de volta.

Filipe não olhou para trás; atravessou a porta e fechou-a gentilmente atrás de si.

Vitória não entendeu. Ela teria batido com força.

18

Interlúdio numa carruagem

Vitória mandou um bilhete para Madame LeClaire cancelando a prova devido a uma "indisposição". A notícia seria logo espalhada, sabia ela, de que o noivado com o marquês de Rockley tinha sido desfeito. Estaria no jornal dentro de dias, nas colunas sociais ou nos anúncios, dependendo de quem recebesse a notícia primeiro.

Ela não teve ânimo de contar para sua mãe. Ainda não. Talvez em um dia ou dois, quando a ferida não estivesse mais em carne viva. *Lady* Melly estava tão feliz por estar trazendo um marquês para a família, que Vitória não teve coragem de contar que havia cancelado tudo.

Verbena estalava a língua vendo-lhe os olhos vermelhos, mas nada disse além de:

— Lamento muito, *milady*. Num é a mesma coisa, mas eu me senti muito mal quando perdi o meu Jassie pra outra mulher. Pelo menos a sinhora sabe que não foi por causa disso.

Se a intenção era fazê-la sentir-se melhor, falhou miseravelmente. Vitória penas pediu que Verbena saísse do quarto e ficou olhando pela janela, observando o barulhento gaio azul visitando a árvore.

Ela deixou de comparecer a um jantar naquela noite; em vez disso, assim que sua mãe saiu para trocar fofocas e piadas com outras damas da sociedade, Vitória escapuliu da casa pela porta dos fundos. Estava com seu vestido de saia dividida, feito especialmente para caçar vampiros.

Naquela noite, rastreou e enfiou a estaca em cinco mortos-vivos.

Na noite seguinte, mais três.

Na terceira noite, encontrou apenas um. Foi uma sensação deliciosa quando ela cravou a estaca no peito do vampiro.

Mas não era suficiente, então ela percorreu as ruas perto do jardim de Covent e se deixou abordar por diversos criminosos mortais. Depois de mostrar-lhes sua pistola e a destreza com que chutava e socava, Vitória botou-os para correr na escuridão e sentiu-se um pouco mais satisfeita.

Ela não retornou a Grantworth House até o amanhecer. Então caiu em sua cama e dormiu um sono agitado.

Quando tia Eustácia mandou-lhe uma convocação, no quarto dia após a entrada de Filipe no quarto de dormir de Vitória, ela considerou ignorá-la. Não via necessidade em se encontrar com sua tia ou Max, que certamente estaria lá. Estava fazendo seu trabalho caçando e matando os mortos-vivos; eles haviam conseguido o Livro de Antwartha, que ela escondera na capela de St. Heath's Row antes que Rockley e ela cancelassem tudo.

Para que sua tia queria um encontro?

Sua decisão foi tomada quando *lady* Melly botou a cabeça para dentro do quarto.

— Estou indo para o chá na casa de Winnie; ela e Petronilha gostariam que você também viesse para que discutíssemos a disposição das cadeiras no casamento. Não vejo Rockley há alguns dias, também. Vitória, ele está doente?

Aparentemente sua mãe não vira as orlas vermelhas nos olhos de sua própria filha, nem os círculos negros abaixo destes.

— Que eu saiba, não. Ele tem estado muito ocupado. E, infelizmente, prometi à tia Eustácia que iria visitá-la hoje. Faz quase uma semana.

Ela realmente precisava contar à sua mãe.

Cada dia que não contava, corria o risco de a notícia aparecer nos jornais antes que soubesse. Não era justo com *lady* Melly que ela fosse mantida às cegas. As damas da sociedade fariam um carnaval à custa dela se isso acontecesse.

— Mamãe, tenho que lhe contar uma coisa. Rockley e eu tivemos uma discussão. Nós... — Sua voz descarrilou quando viu a expressão de choque no rosto de *lady* Melly.

— Bem, certamente você pode consertar isso, Vitória! Não pode arruinar o seu futuro por causa de uma discussãozinha à toa!

Uma discussãozinha à toa.

— Queria que a senhora soubesse, caso escute rumores — acrescentou ela, inutilmente. *Que droga!* Ela conseguia abater três vampiros sozinha; por que não conseguia dizer a verdade à sua mãe?

— Bem, espero que você fale com ele no baile dos Mullingtons na semana que vem e conserte as coisas! Sem desculpas, Vitória. É o quinquagésimo aniversário do duque; todo mundo estará lá, incluindo você.

Ela assentiu com a cabeça. Não tinha escolha; e Filipe provavelmente nem estaria lá. Ele odiava esses eventos. E se houvesse um indício de boato de que ele estava disponível novamente... bem, ele seria cercado antes de dar três passos salão adentro.

— Bem, verei você hoje à noite. Sairemos às sete e meia. Esteja pronta. E passe alguma coisa sobre essas olheiras, Vitória. Você parece horrivelmente exausta.

No fim, ela acabou não indo à casa de tia Eustácia. Mandou uma mensagem, depois que a mãe saiu, dizendo que já tinha compromissos marcados para aquele dia.

E passou o resto da tarde em seu quarto.

Naquela noite, não teve alternativa senão comparecer a um sarau com *lady* Melly. O único fator positivo era que iriam embora cedo, o que lhe permitiria escapulir de casa mais tarde e fazer o que passara a chamar de patrulhamento em busca de vampiros.

O sarau foi tão entediante quanto o outro a que comparecera na residência dos Straithwaite; talvez ainda mais, já que desta vez Rockley não compareceu.

Nem, infelizmente, os vampiros.

* * *

Passava da meia-noite quando Grantworth House adormeceu e Vitória saiu de fininho pela porta dos fundos.

Barth, seu confiável meio de transporte, esperava na esquina, e, como de hábito, simplesmente acenou com a cabeça quando ela entrou no cabriolé. Ele já conhecia seu dever e conduzia o coche a uma parte perigosa da cidade. Cada noite variava; Vitória não se importava. Sabia que Barth conhecia os melhores lugares aonde levá-la.

As ruas de paralelepípedos estavam úmidas pela chuva fraca de verão, e brilhavam como dentes cinzentos ao luar. Vitória desceu do cabriolé e disse a Barth para vir buscá-la em duas horas.

Quando ele foi embora, ela caminhou pelo centro da rua vazia e ficou por ali, olhando em volta, desafiando qualquer perigo a abordá-la.

Tudo estava silencioso. Cinza, preto e silencioso.

Ela preferia esta área da cidade — onde quer que fosse; não se importava e não precisava saber — porque as lâmpadas da rua ou haviam queimado até se apagar ou não tinham sido acesas naquela noite. Era um território fértil para vampiros... ou outros bandidos que mereciam uma lição. Ela não tinha preferência.

Depois da primeira noite sozinha patrulhando, vestida com roupas de homem, Vitória decidira usar sua saia dividida em incursões posteriores. Vestida de mulher, ela atraía mais atenção daqueles que escolhiam suas presas entre os mais fracos.

Mas naquela noite, parecia que as ruas estavam isentas de perigo para homens ou mulheres.

Ela andou pela rua, ousada e rápida, observando qualquer coisa que se movesse nas sombras. Atenta a qualquer friozinho na nuca.

Nada.

Nada até que ela dobrou uma esquina no terceiro quarteirão e reparou numa mudança de movimento em um beco. E sua nuca esfriou.

Com os lábios se esticando num sorriso vil, Vitória foi em direção ao movimento nas sombras. Tinha sua estaca na mão, escondida sob a capa, e andava sem qualquer preocupação. Passou o beco, seus movimentos quase gritando inocência e tentação.

Esperou que ele ou ela aparecesse e a atacasse, mas quando nada aconteceu depois de meio quarteirão, ela parou e olhou para trás. Não havia ninguém ali; o frio em sua nuca tinha arrefecido.

Assim que se virou para voltar pelo beco, uma carruagem preta, grande e elegante, despontou na esquina. Vitória olhou; não era comum ver um coche tão caro nesta parte da cidade.

A carruagem parou na rua diante dela. Seus dois cavalos pretos reviravam os olhos, o único branco puro naquela noite cinzenta, e batiam os cascos. O condutor permaneceu imóvel e não olhou para Vitória.

A porta se abriu.

— Vitória.

Era Sebastian, e estava acenando para ela; só sua mão enluvada era visível, mas ela reconheceu a voz, o modo como ele dizia seu nome.

Ela se dirigiu para a carruagem, chegou à porta e olhou dentro dela. Sebastian estava sentado sozinho, inclinando-se de seu assento o suficiente para estender-lhe a mão, oferecendo ajuda para que ela entrasse.

— Venha. Não encontrará ninguém para caçar esta noite, minha adorável Venadora.

— E por que não? — Ela se postou em frente à porta, com as mãos na cintura, súbita e inexplicavelmente irritada.

— Venha dar um passeio comigo. Desfrutaremos da lua cheia e eu lhe contarei tudo.

— A menos que aí dentro haja um vampiro disposto a morrer, prefiro caminhar, obrigada. — Virou-se e saiu andando.

Ele se moveu tão rapidamente, que ela não teve tempo de reagir. Saiu da carruagem e agarrou-a pela cintura, arrastando-a de volta para o veículo no que parecia ser um movimento instantâneo. Ela tropeçou numa pedra que marcava a beira da estrada, caindo na direção da carruagem. Suas mãos se apoiando na parede impediram-na de aterrissar na lama.

— Então você quer briga, não é? — disse Sebastian em seu ouvido, enquanto plantava suas mãos nas dela. — É o que estão dizendo nas ruas. É o grande tema lá no Cálice.

Ela sacudiu seus braços, largando-se dele, e se virou. Ele estava lá mesmo, tão perto que ela podia contar os seus cílios, e sentir o cheiro de cravo-da-índia em seu hálito.

— Você não é páreo para mim! — sibilou ela, sem entender de onde vinha aquela raiva toda; só sabia que precisava de uma válvula de escape.

— Prove.

Ela se moveu, mas ele era rápido e pegou seus pulsos, um em cada mão, e puxou-os para baixo, deixando-os estirados, ao longo dos quadris. Vitória se debateu, mas antes que pudesse se livrar do aperto dele, ele fincou o pé ao lado dela e a puxou para o lado. Ela perdeu o equilíbrio, ele a levantou e a enfiou na carruagem.

Sebastian já estava dentro, enquanto ela ainda se recompunha, e trancou a porta. Ele bateu uma longa bengala no teto para que o condutor partisse assim que Vitória se levantou do chão.

— Sente-se, minha querida — disse ele, olhando para ela em pé, como se tivesse acabado de pedir um chá. — Se você quiser brigar, eu brigo. Você parece estar precisando de algum tipo de... alívio. Ou... pode sentar-se em segurança aqui.

Vitória se sentou. Estava resfolegando, e um pouco abalada pela facilidade com que ele a dominara. Bem, não a dominara, exatamente: ele a pegara desprevenida, mas ela não fora dominada. De modo algum.

— O que você quer?

— Essa, minha querida, é uma pergunta perigosa de se fazer. Tem certeza de que quer minha resposta?

Ela o analisou, o modo como os olhos dele cintilavam, a curva de um meio-sorriso nos lábios. E decidiu que não estava pronta para uma resposta. Então fez uma pergunta diferente:

— O que quis dizer quando falou que eu não encontraria ninguém para caçar hoje?

— Quis dizer que os mortos-vivos andam aparecendo pouco nas ruas ultimamente, graças à campanha que você tem movido contra eles. Eles têm gasto seu tempo no Cálice, enchendo os meus bolsos. — Ele sorriu largamente. — Então achei que encontraria você andando pelas ruas, frustrada com a falta de atividade.

— Campanha? Caçar e matar vampiros é o que Venadores fazem. Não é diferente do que Max vem fazendo há anos.

— Maximiliano é conhecido por suas habilidades frias e calculistas, é verdade, mas aparentemente a técnica particular usada por você nos últimos dias tem botado os mortos-vivos para correr. Talvez tenha algo a ver com o fato de você ainda estar de posse do Livro de Antwartha e levar essa vantagem sobre Lilith; não tenho certeza. Só sei que os vampiros têm estado mais dispostos a beber sangue embarrilado do que sangue fresco nas últimas noites.

— Então você veio me levar ao Cálice, para eu poder caçar lá?

Um olhar de terror limpou o charme do rosto dele.

— De modo algum! — E ao reparar no sorriso mínimo que ela se permitira, ele riu. — *Touché*, minha querida.

— Por que você quer proteger os vampiros? — perguntou ela, sentindo-se um pouco menos nervosa. Um pouco mais relaxada.

— Eu não protejo vampiros.

— Oferecendo-lhes um lugar seguro para se reunirem, é evidente que você protege.

— Talvez eu considere benéfico ter um lugar aonde eles virão para relaxar. Talvez ter esse local público onde suas línguas se soltarão e as informações fluirão seja valioso para mim, assim como para outros. E há, é claro, dinheiro para se ganhar.

Tanto dos mortos-vivos quanto daqueles que simplesmente desejam interagir com eles.

Ela ergueu uma sobrancelha.

— Algumas pessoas acham prazeroso permitir que um vampiro beba do sangue deles.

— Prazeroso?

— Você já foi mordida por um vampiro, Vitória. Você sabe qual foi a sensação, logo antes dele enterrar os dentes no seu pescoço. E como, depois que ele os enterrou, você só queria se deixar levar e permitir que ele a possuísse.

Ele a olhava de um jeito que ela mal conseguia respirar. Mas conseguiu replicar:

— Como você sabe que fui mordida por um vampiro?

De repente Sebastian estava no assento ao lado dela, e a bengala dele caiu no chão. Empurrou sua perna para a coxa dela ao virar-se para se inclinar sobre ela. Tirando sua luva, tocou a gola da capa de Vitória e afastou-a. O ar fresco passou por sua pele.

— Porque vi isto aqui. Na primeira vez que nos encontramos.

Ele traçou seu dedo pelo pescoço dela, seguindo o tendão que levava ao pequeno desnível na base da garganta. Ele afundou o polegar lá, sentindo o macio e elástico recuo enquanto o resto de sua mão se espalmava pelo lado não cicatrizado do pescoço.

Ela não podia se mexer. Mal podia respirar à medida que sua pulsação vibrava no V da mão dele, fazendo a pressão do aperto aumentar e afrouxar no ritmo de seus batimentos.

— Lembra-se disto? — murmurou ele, fazendo com que a cabeça dela descansasse em sua mão, deixando a parte marcada de seu pescoço descoberta. Aberta e vulnerável enquanto ele se debruçava sobre ela.

Ela fechou os olhos e sentiu: lábios, língua, dentes; mordidas, lambidas, tocando levemente sua pele sensível, de modo persuasivo e convincente. Ela queria se retorcer, para suspirar, para se apertar mais contra ele.

A capa dela se afrouxou e caiu, descobrindo-lhe os ombros até o topo do corpete baixo. O peso dele a pressionava ainda mais agora, e suas mãos quentes, uma nua e a outra enluvada, acariciavam os ombros dela. O couro da luva se movia como carne pegajosa contra sua pele, as costuras e botões eram ásperos onde a tocavam.

A boca de Vitória ainda estava livre; ela deu um longo suspiro; talvez tenha dito o nome dele, ela não tinha certeza. Ele levantou os braços dela por cima da cabeça, empurrando seus pulsos para o canto da carruagem onde ela estava. Isto trouxe o rosto dele para mais perto do dela; seu hálito de cravo era quente em seu queixo, seus dedos se enrolavam nos cabelos dela no topo da cabeça.

Vitória fechou os olhos. Ela podia se desviar; podia desvencilhar-se de sua pressão, sentar-se direito e empurrá-lo para o seu lado da carruagem pelas liberdades que estava tomando... mas era tão delicioso, tão temerário, tão *certo*, para o modo como ela estava se sentindo.

Filipe, o querido Filipe, a fizera sentir quente, líquida e maleável quando a beijava... mas agora ele se fora, e a boca de Sebastian no seu pescoço evocava um outro tipo de reação... mais aguda... mais profunda e indecente, e a deixava faminta por mais daquilo que ele estava oferecendo. Ou levando.

— Tão fácil — ele sussurrou em seu ouvido. — Você anseia por paixão, Vitória. O seu marquês é tão frio assim?

Ela estava entorpecida demais para sentir a irritação que o comentário dele deveria ter despertado.

— O meu marquês não é mais meu marquês — replicou ela com uma voz que não era sua.

— É mesmo? — Sebastian se afastou com tanta rapidez, que ela abriu os olhos. — Bom, se esse é assim, não sentirei um pingo de culpa por este incidente.

Apesar do fato de que seus pulmões pareciam cheios demais para respirar novamente, Vitória replicou:

— Duvido que culpa seja uma emoção que acometa você, independentemente das circunstâncias.

Ele riu, deu-lhe um breve beijo nos lábios pela primeira vez, e disse:

— Bem, é preciso ao menos parecer que se faz um esforço. — E então, como se percebesse quão deliciosa era a boca de Vitória, ele a beijou novamente. Duros e ásperos eram seus beijos, e Vitória, como que liberta de algum tipo de restrição, beijou-o de volta.

Era completamente diferente de Filipe. No fundo isso a entristecia, porque a paixão deles fora verdadeira; sem a brutalidade subjacente daquela que partilhava com Sebastian.

Quando ele se mexeu, soltando-lhe os pulsos e permitindo que as mãos dela procurassem seus cabelos, ela se virou para não escorregar do assento e seu pé pisou, sem equilíbrio, na bengala. Sebastian fez pressão com seu peso sobre ela, para colocá-la de volta no assento, e grudou seus quadris nos dela. Uma espécie de queimação, um formigamento entre suas pernas a surpreendeu e ela o agarrou mais próximo, querendo mais, sentindo a rigidez dele através da roupa.

Sebastian moveu-se novamente, e de repente Vitória sentiu um jato de ar fresco sobre seus seios. Ela arfou pela surpresa e seu primeiro instinto foi se debater, mas quando ele riu sobre sua pele e fechou seus lábios sobre um dos mamilos, ela se recostou contra o assento.

Céus!... Ela não tinha ideia!

Ele mordiscava e chupava e ela o puxava mais perto, e mesmo quando as mãos dele começaram a alisar impacientemente a sua saia dividida, jogando cada uma das metades para cima dos quadris dela, ela não o afastou. Havia liberdade em saber que ela poderia fazê-lo, a qualquer momento.

E naquele momento, ela permitiria o que quer que isso fosse. Ela precisava.

Sebastian sabia que ela precisava.

Quando as mãos dele deslizaram até o topo de suas coxas, ela as apertou tanto quanto pôde, mas uma das pernas dele estava presa entre elas. Ele riu novamente, roçando a parte inferior do seio e olhou para ela com os olhos dourados brilhando, semioculto pela fronte saliente e as pontas dos cabelos caindo sobre sua testa no ritmo do movimento da carruagem.

— Você ainda é inocente, minha querida?

— De algumas formas — replicou ela com mais honestidade do que deveria ter sido capaz naquele instante.

Ele recolheu as mãos da saia e as moveu para a cintura, puxando-lhe a cinta e deixando sua calcinha de algodão visível às lâmpadas da rua e ao luar. Ele deu um suspiro suave e baixo quando encontrou o que queria.

Encurvou as duas mãos em torno do pequeno inchaço de seu umbigo e juntou-as até que seus dedos tocassem o *vis bulla*.

— Ahh... — disse ele numa voz derretida. E baixou seu rosto até a prata morna.

O leve toque de seus lábios sobre sua pele fez com que ela quisesse se contorcer, e pressionar-se contra sua boca ainda mais.

Mas então, como uma ducha de água gelada, ela percebeu que sua nuca estava fria. Vitória paralisou-se, ouvindo a si mesma. Sim, estava fria.

Sebastian parou como se também tivesse notado algo no ar, no momento em que a carruagem parou com um solavanco.

— Vampiros — disse Vitória, empurrando-o e baixando sua saia. Puxou seu corpete de volta para cima dos seios e sentiu o gelo na parte de trás do pescoço com uma intensidade incomum. Checando para se certificar de que suas estacas não haviam saído do lugar durante este último intervalo com Sebastian, ela se levantou, sacudiu as saias e agarrou a maçaneta da porta.

Havia um silêncio desconfortável.

Sebastian estendeu o braço no momento em que ela girava a maçaneta. Seus dedos se fecharam em seu pulso.

— Tenha cuidado, Vitória.

Ela olhou para ele.

— Sou uma Venadora. — E abriu a porta.

Em pé, na rua cinzenta, havia um Imperial e três vampiros Guardiões. Cercaram o lado da carruagem onde estava a porta. Ela entendeu. Não era um ataque casual: eles a estavam esperando.

Um pensamento odioso porém nada surpreendente lhe ocorreu. Ela se virou para Sebastian, fechou a porta e a trancou.

— Você me trouxe até eles?

A expressão dele era ilegível.

— Por que eu salvaria a sua vida contando-lhe sobre o Livro de Antwartha, e depois faria uma coisa dessas?

Uma forte pancada contra a porta da carruagem fez com que o veículo oscilasse e voltasse para o lugar. Vitória pegou a bengala no chão da carruagem e, encostando a ponta metálica na beira do assento, enfiou o pé nela. O metal se quebrou, deixando uma ponta afiada e letal, transformando-a numa estaca que poderia ser usada para combater uma espada como as que os Imperiais portavam.

Suas mãos estavam úmidas, seu coração batendo mais rápido que o normal. Ela nunca havia lutado com um Imperial. E nem enfrentado três Guardiões sozinha.

— Venadora! Mostre-se!

Ela não era nenhuma covarde, mas sabia que as probabilidades eram todas contra si.

Uma das janelas foi quebrada, espirrando vidro sobre o casaco de lã preto de Sebastian estirado sobre o assento. Ele bufou, indignado, e o pegou, jogando os cacos de vidro no chão. Ainda assim, não disse nada a Vitória.

O rosto lascivo de um vampiro assomou na janela arrebentada, e ele enfiou a mão para dentro, tentando achar o trinco. Vitória reagiu, enfiando a estaca e milagrosamente acertando-o no peito. *Puf!* Um Guardião já era.

Mas ela não podia ficar lá dentro para sempre. Eles não iriam embora e Sebastian não parecia estar oferecendo ajuda alguma.

Vitória se inclinou para fora da janela quebrada e disse:

— Quem chamou por uma Venadora?

— Eu chamei. — O vampiro Imperial aproximou-se da carruagem. Era uma mulher de cabelo ensebado e seus olhos tinham a cor vermelho-violeta de seu *status*. Ela empunhava uma espada como as que Max enfrentara e usava calças bem justas, que permitiam mais liberdade de movimento do que as que Vitória usava.

— O que você quer?

— Vim para levá-la à minha senhora. Ela deseja conhecer a mais nova Venadora.

Vitória retrocedeu quando um dos Guardiões arremeteu contra a carruagem, na vã tentativa de agarrá-la e puxá-la para fora.

— Por favor, diga a Lilith que lamento, mas só recebo visitas às terças e quartas, das duas às três e meia da tarde. Infelizmente, não servimos a bebida favorita dela.

Ela estendeu o braço para fora e agarrou o vampiro que acabara de atacá-la. Fechou os dedos sobre o paletó dele, tentando puxá-lo para dentro do coche. Se ela pudesse apenas... pegar... todos... um por um.

Ele se soltou da mão dela e caiu no chão, mas de repente, o que parecia ser uma batalha empatada teve uma reviravolta para o pior. Os três vampiros que sobravam avançaram para a carruagem como se voassem e se chocaram contra ela com toda a sua força.

Um dos lados da carruagem subiu e ficou no ar por um momento, e então caiu sobre o seu outro lado.

Vitória e Sebastian aterrissaram um em cima do outro sobre as janelas opostas, e no furor, um braço magro e pálido entrou pelo que agora era o topo da carruagem e fora apenas uma janela quebrada, procurando a maçaneta desajeitadamente.

Vitória ficou em pé, escalando os assentos verticais. Ignorou a dor em sua cabeça e pisou em Sebastian, que permanecia estendido no chão.

A porta se abriu antes que Vitória pudesse evitar, mas ela estava preparada com sua estaca e a enfiou no peito que vinha pela entrada. Com um grunhido de triunfo, ela enterrou a estaca no corpo, e o sangue jorrou.

Então ela percebeu, quando o corpo foi jogado longe, que um dos vampiros tinha usado o motorista de Sebastian como um escudo humano.

Mas esse foi seu último pensamento, porque subitamente tudo ficou escuro e se fechou quando algo pesado foi jogado sobre ela. Vitória se debatia, mas o que quer que a estivesse prendendo com aquele tecido pesado sobre ela, era forte e imóvel.

Ela não conseguia respirar, não conseguia encher seus pulmões de oxigênio que não estivesse carregado de fiapos, poeira, ranço, ou apertado... muito apertado... ela lutou contra aquele aperto e tentou respirar... e finalmente perdeu a batalha.

O negrume virou realidade.

19

O marquês intervém

Alguma coisa a puxou, abafando-a até a semiconsciência. Era muito difícil... ela não conseguia abrir os olhos.

— Vitória!

Lá estava de novo. Aquela voz sibilante, incomodando-a.

Então, de repente, ela acordou. Lembrou-se dos Guardiões e da Imperial. Sebastian e seu coche.

Mas mesmo com os olhos abertos, ela não via nada. Negrume. A voz estava mais próxima, mas ela não sabia quem era... estava baixa demais. Ela fez sua boca se mexer:

— Aqui.

Algo a estava cobrindo, enrolado nela de forma que não podia se mover e mal podia respirar. Não surpreende que não quisera acordar... era difícil demais tentar respirar por baixo deste tecido pesado. Mas ela precisava.

Movimentos furtivos diziam-lhe que alguém estava vindo em sua direção. E então mãos se moveram, puxando os nós, desamarrando laços, e, por fim, arrancando o pesado tecido de lã de seu rosto.

Vitória nunca sentira algo tão maravilhoso quanto aquelas respiradas profundas e limpas de ar... embora viessem carregadas de fedor de peixe podre. Mas ela não estava reclamando.

— Max! Como é que você chegou aqui? — perguntou ela, erguendo-se e procurando as estacas. Pareciam estar em um armazém, e a julgar pelo barulho sossegado de ondas embaixo, para não mencionar os odores, era perto das docas.

— Eles voltarão atrás de você a qualquer momento, vamos! — disse ele, agarrando o braço dela. — O sol vai nascer em menos de uma hora, portanto eles se apressarão.

Ele a conduziu para fora do aposento e ela o seguiu, soltando-se de sua mão e tentando descobrir como ele a encontrara. Ela não devia ter ficado inconsciente por muito tempo se o sol ainda não tinha nascido.

Uma vez lá fora, Vitória respirou ainda mais fundo o ar impregnado com o aroma de algas marinhas e sal. Muito melhor!

Um cabriolé aguardava na esquina do armazém, e Vitória reconheceu que era o de Barth. Ela olhou para Max, mas ele já estava respondendo:

— Quando você não apareceu no lugar combinado, Barth me procurou. O resto eu soube por Sebastian. Entre.

Ele entrou depois dela e o cabriolé arrancou com uma entusiástica guinada: Barth estava tão pronto para encerrar as atividades daquela noite quanto Vitória.

— Eles estavam me levando para ver Lilith — disse Vitória. — Por que me deixaram lá? Por que não me levaram diretamente a ela?

— Só posso imaginar, Vitória, já que não estava lá e não tenho, infelizmente, acesso aos planos deles... mas suponho que tenha sido porque eles não estavam certos do paradeiro dela ou se ela estaria disponível para... hã... receber você.

Ela se recostou em seu assento, grata por não ter sido colocada cara a cara com a Rainha dos Vampiros estando inconsciente e embrulhada num pesado tecido negro. Ela se encontraria com Lilith algum dia, mas Vitória realmente esperava que isso ocorresse nos seus termos e não nos de Lilith.

* * *

A última coisa que Vitória queria era comparecer à comemoração dos cinquenta anos do duque de Mullington. Mas ela não tinha escolha.

Sua mãe estava com muita disposição, pois se dera conta de que se passara, de fato, uma semana desde que o marquês de Rockley visitara sua noiva. Vitória vinha evitando o assunto e se escondendo em seu quarto, tentando descobrir exatamente o que dizer a ela, mas aquilo tinha apenas jogado mais combustível no fogo da preocupação de sua mãe. Por nada neste mundo Melly permitiria que o noivado fosse desfeito. Rockley era um partido bom demais para deixar escapar. Ele pedira a mão de Vitória, e sua mãe agora faria tudo para que ele a levasse.

Portanto, em uma pegajosa noite de junho, *lady* Melly conduziu a filha até a carruagem dos Grantworth e olhou com impaciência o cavalariço ajudá-la a subir. Ela entrou em seguida e se acomodou no assento da frente.

— Sua criada fez um ótimo trabalho preparando seu cabelo para esta noite, Vitória — comentou ela. — Embora ela pareça um tanto obcecada com essas varetas no seu penteado. Por que ela não usa plumas ou contas em vez desses objetos chineses? — Os daquela noite eram pintados com desenhos em espiral, rosa e verde, criação da própria Verbena, da qual a empregada muito se orgulhava.

— Ela gosta de experimentar estilos diferentes — replicou Vitória, esperando evitar um longo sermão. — Eu acho que ele está bastante original.

Felizmente, Melly pareceu aceitar o comentário, e voltou sua atenção a mexer no próprio vestido, no leque e na *nécessaire*, puxando de suas profundezas o grosso convite branco e lendo-o mais uma vez, murmurando para si mesma que era um feito extraordinário o duque Mullington ter chegado aos cinquenta anos, com todos os seus pecados e vícios.

Sua filha absteve-se de mencionar que os pecados dele, por maiores que fossem, não eram nada comparados aos de outros da alta sociedade de Londres.

O vestido de Vitória era de seda verde, um pouco pesado para uma noite tão quente, mas moda era moda. Seda tinha aparência de ser cara, e, segundo *lady* Melly, a noiva de Rockley tinha de estar vestida apropriadamente. Pois ela era, ainda, a noiva do marquês, e Melly se certificaria de que ela parecesse uma. Pequenos botões de rosa, brancos e rosados, adornados com folhas verde-escuro, floresciam no laço que lhe contornava o corpete, nas mangas e nas pregas enfeitadas na parte de baixo de sua saia. Agora, no coche, Vitória segurava um xale rosa de crochê, dobrado em seu colo, e uma *nécessaire* rosa que combinava. Suas luvas eram verde-escuras.

Vitória sabia que estava bonita; se pelo menos *sentisse* isso. Nada podia fazer além de escutar sua mãe tagarelando sobre como deveria agir se visse Filipe — não, ela precisava pensar nele como Rockley de novo — no baile; como deveria ser recatada, educada e um pouco misteriosa para recapturar sua atenção, *se* ela estivesse mesmo diminuindo.

Claro que *lady* Melly não compreendera o que Vitória vinha tentando lhe explicar: o interesse dele não tinha diminuído, e sim evaporado. *Puf!*

A viagem até a residência dos Mullington pareceu ao mesmo tempo interminável e muito curta. Vitória estava exausta pela semana de correrias noturnas, e os acontecimentos daquela madrugada no coche de Sebastian e nas mãos dos Imperiais e dos Guardiões a haviam deixado um tanto desligada.

De fato, embora ela tivesse pavor do que aconteceria quando ficasse cara a cara com Rockley, estava também aliviada por ser jogada naquilo que prometia ser uma noite de normalidade. Onde ela poderia comer e beber, dançar e flertar, fofocar e conversar com gente que não tinha olhos vermelhos e presas compridas.

E nem feições douradas angelicais e beijos muito indecentes.

Verbena a havia enfeitado com estacas, é claro, e havia a chance de algum vampiro ou vampira aparecer no baile... mas não era provável, porque Mulligan House fora anteriormente uma abadia e ostentava relíquias e símbolos religiosos por toda parte, inclusive no portão de entrada. Isso, juntamente ao que Sebastian lhe dissera sobre os vampiros se amontoando no Cálice devido à caçada agressiva de Vitória, assegurou-a de que seria uma noite sem incidentes. Mas em todo caso estava preparada.

Sebastian. Vitória sentia-se alternadamente doente, confusa e desconfortavelmente quente quando pensava nele, e no que ocorrera. Ele tinha beijado seu *seio*! E ela tinha deixado... aliás, tinha gostado. Gostado muito, *muito* mesmo.

Só de lembrar, um jato de calor a fez lembrar quão perigoso, quente e excitante fora ter aqueles lábios úmidos se esfregando em sua pele íntima; como ela lutara, mesmo enquanto acontecia, com o certo e o errado daquilo; e quão pouco difícil fora corresponder ao beijo dele.

Teria ele realmente a entregado nas mãos daqueles vampiros?

Ela não podia acreditar que ele faria aquilo... porém, tudo acontecera tão rapidamente. E a coisa que mais a incomodava, ou, as *coisas*, melhor dizendo, eram, primeiro, que ele não negou. E segundo, que ele pareceu saber que eles haviam chegado pouco antes da carruagem parar; no instante em que Vitória sentiu o frio revelador na nuca e sentiu que eles estavam em perigo.

— Vitória, desça das nuvens! Já chegamos e você ainda não arrumou seu xale!

Ah, sim, o xale. Ela tinha que arrumar o seu xale.

Vitória endireitou-se como pôde na carruagem, erguendo a cabeça de forma que seu cabelo quase varreu o teto. Colocou o xale ao redor dos ombros e deixou-o deslizar até os cotovelos. A carruagem cambaleou ao entrar na fila dos veículos que esperavam para descarregar os convidados, fazendo Vitória inclinar-se para o lado. Ela reajustou seu xale e aguardou, com os pés esparramados de forma pouco elegante para obter estabilidade.

— Sente-se, Vitória! — disse sua mãe com impaciência.

— Vou ficar em pé. Já estamos quase no início da fila. — Ela de repente ficou agitada demais para se sentar e esperar passivamente. Seu estômago deu um nó. Ela sabia que Rockley estaria lá naquela noite. Ele podia ter evitado suas outras obrigações sociais na última semana, mas estaria lá com certeza. Os Mullington eram seus primos distantes.

Por fim ela saiu da carruagem tépida para o ar livre e úmido. O sol quase se pusera, irradiando do horizonte um fulgor rosado, mas o azul-cinza da noite já havia colorido os telhados e paredes de pedra a distância. Candeeiros e lâmpadas emitiam calorosos brilhos amarelos pelo corredor de tijolos que levava à entrada da casa, aberta aos convidados.

Ao serem anunciadas, Vitória passou os olhos pela aglomeração de convidados ao pé da escada do vestíbulo. Não viu Filipe, graças a Deus. Talvez ainda não tivesse chegado. Ou talvez não viesse.

Gwendolyn Starcasset estava lá, e cumprimentou Vitória como se fossem amigas de longa data. Talvez fossem; Vitória não pensara a respeito recentemente, mas ela e Gwendolyn haviam entretido conversas agradáveis em eventos passados.

— Como é bom vê-la, Vitória! — disse a pequena loira. — Tenho sentido falta de escolher com você entre os solteiros mais vantajosos. Mas agora que você conseguiu fisgar o melhor partido de todos, não precisa mais se preocupar com isso!

— Verdade. — Foram três sílabas difíceis de pronunciar, mas Vitória conseguiu. Por que Filipe não postara o anúncio no *Times*? Por que causar a ela essa agonia de esperar até o sapato cair? Assim que caísse, ela cairia no ostracismo. E então poderia parar de fazer essas aparições em bailes, saraus e se concentrar em caçar vampiros.

Afinal de contas, aquele era o seu destino. Por isso havia aberto mão de Filipe.

— Meu irmão George ficou sumamente desapontado quando soube que Rockley tinha pedido a sua mão. Ele ficou muito encantado com você no baile dos Steerings.

— E quais são as suas perspectivas? — perguntou Vitória, evitando olhar na direção da entrada principal. Ela não queria ver Rockley de modo algum. Ele certamente iria ignorá-la, e ela ficaria mortificada. Para não mencionar *lady* Melly.

Ó Deus, por que ela não se empenhara em fazer sua mãe entender o que havia acontecido?

Gwendolyn falava sem parar sobre os três homens disponíveis que tinham demonstrado interesse nela, até que um deles a chamou para dançar. Vitória teria tentado sair de fininho para o cômodo que estava sendo usado como salão das damas, mas não teve chance. *Sir* Everett Campington se aproximou e, fazendo uma elegante mesura, pediu a ela que se juntasse a ele na quadrilha.

Contente por ter algo que fazer além de olhar para a entrada principal, Vitória aceitou e de fato se viu desfrutando o animado movimento da quadrilha. Ela e *sir* Everett davam passos juntos, depois separados, e então marchavam entre uma fila de outros casais. Vitória girou, rodopiou, fez a reverência, deu a volta, e percebeu, após um instante, que estava sorrindo.

Houve apenas um momento na dança em que ela perdeu a noção: foi quando ela e *sir* Everett fizeram um giro entusiasmado, com os cotovelos enlaçados. Vitória esqueceu que era muito mais forte que ele e jogou seu parceiro de dança longe com a potência do seu movimento.

Ele voltou e eles se deram os braços novamente, desta vez lado a lado, e ela olhou para cima e riu de puro prazer; então executaram uma volta que a deixou de frente para o grupo de pessoas na beira da pista. E ela passou rodopiando por Filipe.

Vitória nem tropeçou. Não soube ao certo como conseguira, porém ficou mais agradecida que nunca. Quando a dança terminou, *sir* Everett perguntou-lhe:

— Vamos encontrar o Rockley? Tenho certeza de que ele vai querer a próxima dança.

— Hum, na verdade eu queria algo para beber — replicou Vitória de modo casual, olhando firmemente para a direção *contrária* àquela em que vira Filipe. — Não sei ao certo nem se Rockley já chegou.

Sir Everett inclinou a cabeça em aquiescência, e se sabia que ela mentia, era cavalheiro demais para corrigi-la.

— É claro, srta. Grantworth. Vamos buscar o ponche.

Vitória deu um jeito de se manter bem ocupada nos trinta minutos seguintes. Ela dançou com três outros cavalheiros, incluindo o irmão de Gwendolyn, tão bonito e loiro quanto sua irmã. Bebeu pelo menos seis taças de ponche, felizmente, pois com todo o esforço de dança numa noite tão quente, ela estava sedenta. E por causa dessas seis taças de ponche, ela foi obrigada a visitar o toalete duas vezes.

Mas chegou a hora em que não pôde mais evitar "o confronto".

No momento em que ela se virava para entrar na pista de dança com lorde Waverley, uma voz calma a deteve.

— Waverley, acredito que esta dança seja minha.

Ela se virou, sua garganta subitamente chiando quando ela tentou engolir.

— Rockley. — Ela tentou soar feliz, mas falhou miseravelmente.

Deus, ele estava... bonito, derrotado, irritado, cansado... familiar. Confortável. Suas pálpebras podiam estar um pouco mais pesadas, o azul nos olhos um pouco mais frio, a boca um pouco mais fina. Mas ainda era Filipe. E estava com o braço estendido para ela segurar.

Ela segurou com sua mão enluvada de verde. Afastaram-se de Waverley sem mais uma palavra, a ele ou entre eles.

Era uma valsa. Claro.

Ele a girou talvez muito rapidamente, muito abruptamente, para a posição de valsa, no centro do salão, como se quisesse ter certeza de que todos os veriam. E começaram a dançar.

Vitória manteve sua atenção concentrada no ombro dele; tinha medo de olhá-lo nos olhos. A ironia da situação não deixou de diverti-la, em algum lugar lá no fundo de si mesma, onde ela não conseguia rir: ela não tinha qualquer receio de encarar dois, três, até seis vampiros mortíferos... mas não tinha coragem de olhar nos olhos o homem que ela amava.

Depois de duas rodadas completas na pista de dança, ele disse:

— Seria bom você olhar para mim, Vitória. Talvez até sorrir um pouco. As pessoas vão começar a falar.

Ela concordou, erguendo o olhar para ele, mas não conseguiu sorrir.

— Você está muito bonita esta noite — disse ele, mantendo o olhar mesmo enquanto realizava uma manobra perfeita em torno de um casal que estava em descompasso com o ritmo da música. — Não surpreende que não lhe tenham faltado parceiros de dança.

Um dois três; *um* dois três... Nada havia entre eles exceto a contagem dos passos e a sensação de assuntos inacabados.

— Pensei que você me ignoraria. Por que me convidou para dançar?

Ele ergueu as sobrancelhas e as pálpebras.

— Aos olhos da sociedade você ainda é minha noiva, Vitória. Eu não deixaria você valsar com outro.

— Então por que não colocamos um fim no que a sociedade pensa, Filipe? Não há sentido em prolongar isso. Você ficará livre para cortejar quem quiser e eu estarei livre para fazer o que quiser.

A pergunta sem resposta ficou suspensa entre eles até a dança terminar. Filipe soltou-lhe a mão e moveu o braço que tinha estado ao redor de sua cintura para que ela segurasse o cotovelo dele de novo, depois a conduziu para fora do salão.

— Que tal um pouco de ar fresco? Você parece um pouco corada.

Ela estava corada e — que horror! — transpirando por toda aquela atividade.

— Sim, seria ótimo. — Ela tirou seu leque, abriu-o e começou a abaná-lo, na esperança de secar a leve umidade do seu busto.

Eles pararam perto da beira da pista de dança para pegar dois pequenos copos de chá gelado, ou o que fora chá gelado antes que o calor o transformasse em chá morno. Bebericando a bebida adocicada, Vitória permitiu que Filipe a acompanhasse através das entradas sem portas de onde pendiam clematites para manter as moscas fora e deixar entrar o ar fresco. Ele afastou os filamentos folhosos e floridos, e ela saiu para o ar livre.

Em vez de parar no terraço onde rosas e gardênias em vasos agregavam aroma e cor à noite, Filipe a conduziu além do terraço de tijolos para um dos quatro caminhos em que ele se dividia.

Quando os passos vigorosos dele diminuíram e ele permaneceu silencioso, Vitória não conseguiu mais se conter:

— Por que você não postou o anúncio no *Times*?

— Eu tenho me perguntado a mesma coisa sobre você.

— Mas... obrigada. É muito gentil da sua parte me poupar dessa vergonha. Mas não me importo.

Eles haviam se distanciado bastante da festa, e Vitória estava prestes a falar de novo, quando eles fizeram uma curva pelo caminho de cascalho e chegaram a uma árvore. Havia um banco de pedra sob a arcada e mais clematites e rosas a rodeá-lo.

Vitória pensou que Filipe, ao soltar-lhe o braço, queria que ela se sentasse, mas quando ela se inclinou para o banco, ele a puxou de volta. Para os braços dele.

Ele a beijou... ah, ele a beijou. Ela reconheceu a mesma emoção que sentira vendo-o novamente: familiaridade, conforto, e algo novo... necessidade. Isso lhe disse tudo que ela precisava saber.

Depois de um longo intervalo, no qual os dedos dela desenredaram os cabelos agrupados na nuca dele, e o ventre dele comprimiu o dela, Filipe deu um passo atrás e fitou-a.

— Senti sua falta. Eu pretendia ficar afastado e deixar você fazer o que quisesses hoje à noite, já que não temos mais compromisso algum, mas no fim, não consegui. E não foi por causa do que a sociedade pensa. Foi por causa do que eu queria.

Vitória piscou rapidamente.

— Também senti sua falta, Filipe. Eu procurava nos jornais todos os dias, certa de que o anúncio ia aparecer. E nunca apareceu.

— Pensei que você é que ia anunciar.

— Mas não anunciei. Filipe, você disse... — Ela se afastou e ele removeu as mãos da base das costas dela. — Nada mudou. Não posso lhe dizer o que você deseja saber.

— Tenho pensado. Tenho pensado muito, no meu clube, cavalgando no parque ao amanhecer, no meu estúdio. — Sorriu um sorriso torto. — Em todos os lugares onde eu tinha certeza de que não cruzaria com você.

Ela sorriu de volta. Vinha fazendo a mesma coisa... em todos os lugares onde sabia que não cruzaria com ele, como as ruas de St. Giles depois da meia-noite. Os intestinos de Londres.

— Você mencionou o destino. O seu destino. Disse que ele era indelével, imutável. Mas Vitória, eu não acredito que o destino seja uma coisa fixa. Algumas escolhas o acompanham.

"Por exemplo, eu estava destinado a amar você; sei que é verdade, pois nunca esqueci você desde aquele verão. Eu nem sequer pensei em procurar uma esposa até esta temporada... e você ficou enlutada durante dois anos depois do momento em que deveria ter se apresentado à sociedade. Como se estivesse esperando por mim, e pela hora certa. Ou como se eu estivesse esperando você ficar... pronta.

"Meu destino é amar você. Mas eu tenho uma escolha sobre como posso realizar este destino. Posso amá-la e ficar com você, ou posso amá-la de longe. Depois de hoje, ficou claro para mim que não posso amar você de longe. Que preciso amar você *comigo*."

Ele tomou as mãos dela, levantou-as, com luvas e tudo, para beijá-las, olhando-a por cima delas enquanto o fazia.

— Filipe...

Ele levou-lhe as mãos contra os lábios dela.

— Vitória. Qualquer que seja o seu destino, você tem uma escolha. Você pode decidir como lidar com ele, abraçá-lo ou combatê-lo; compartilhá-lo ou escondê-lo.

— Filipe, eu juro a você... juro que essa coisa entre nós não é algo que eu possa mudar e sobre a qual eu possa lhe falar. Mas... — Foi a sua vez de pressionar os dedos enluvados sobre a boca dele para impedi-lo de responder. — Mas se você ainda me quiser, posso prometer que farei a *escolha* de equilibrar aquela parte de minha vida com a vida que construiremos juntos. Essa é a parte do meu legado que posso controlar.

Fechando seus dedos em torno do pulso dela, ele afastou a mão enluvada de sua boca.

— Então, já que não há e nunca haverá qualquer outra para mim a não ser você, Vitória, teremos que deixar nossos destinos viverem juntos.

E a beijou.

20

Maximiliano é obrigado a servir

— Recebi isto hoje. — Max jogou um grosso envelope cor marfim sobre a mesa de chá de Eustácia. Ele escorregou na beira do carvalho altamente polido e derrubou a estaca dela. — Não posso acreditar que ela levará adiante esta loucura!

Eustácia sabia o que era; ela recebera seu convite para o casamento de Vitória uma semana antes. Ela trocou olhares com Kritanu, que estava trabalhando no acabamento das peças de madeira de uma nova arma que ele havia criado.

— Não sabia que você estava na lista de convidados.

Ele bufou.

— Ela me pediu para comparecer a fim de assegurar que, como ela diz, "nada inadequado ocorra". Ela quer que eu vigie os vampiros enquanto ela se casa!

Eustácia camuflou sua risada com uma tossida.

— Bem, ela certamente não vai poder fazer isso sozinha, não é? E eu não estou em posição de ajudar, com minha artrite. De qualquer forma, o resto da família pensa que eu sou louca. Eles me mandariam para o hospício de Bedlam se me vissem espreitando por aí com uma estaca! Max, Max... Tenho minhas reservas em relação à escolha dela, mas não posso ficar em seu caminho. Ela merece a chance de tentar se é tão importante para ela.

Max dirigiu-se ao aparador e serviu-se de um copo de uísque.

— É ridículo! Você poderia proibi-la, Eustácia.

— E enfrentar a ira de minha sobrinha Melly? Prefiro enfrentar Lilith em pessoa! — A piada foi fraca, e ela sabia disso. Mas Kritanu, abençoado seja, deu uma risadinha e voltou ao que estava fazendo, não antes que ela visse a solidariedade em seus olhos da cor do azeviche.

Tinha sido tão mais simples quando eram apenas os dois. Lutando, estudando, amando.

— Max, por favor! Ela conseguiu nos ajudar a localizar e roubar o Livro de Antwartha; ela vem caçando e executando vampiros regularmente, mesmo enquanto mantém seus deveres sociais. E tem sido de grande ajuda para nós ter acesso a alguns desses eventos, onde ela pode se locomover livremente, encontrar e matar quaisquer vampiros que tenham conseguido penetrar nessa camada da sociedade. Fazer isso não é uma coisa tão fácil para mim ou para você, que somos da Itália, e é algo que vínhamos precisando há muito tempo. Como marquesa de Rockley ela terá ainda mais acesso a esses locais. E talvez até tenha a chance de fazer isso na Corte.

— Sim, e quando ela for marquesa de Rockley terá um marido que vai querer segui-la quando ela sair em sua patrulha, como ele fez há duas semanas. Ou que simplesmente não permitirá que ela vá, e como é seu marido, poderá mantê-la em casa nas noites que talvez precisemos dela. Ou exigir sua presença em mais e mais desses bailes ridículos, ou noites no clube Almack, ou fins de semana em Bath... Nós estamos em um negócio de vida e morte aqui, e me preocupa o fato de que ela estará menos disponível para ajudar quando precisarmos dela. — Como sempre, quando ele ficava nervoso com alguma coisa, seu inglês ficava mais carregado com o sotaque da terra natal de ambos.

— Você nunca foi do tipo que gosta de trabalhar com alguém, Max, então por que está tão preocupado com isso agora?

— Lilith se fortalece mais a cada mês e nós precisamos trabalhar juntos. Todos nós. E o que acontecerá, Eustácia, quando Vitória gerar um herdeiro para o marquês de Rockley? Ela não poderá sair caçando vampiros naquela condição!

Porca l'oca! Max estava certo. Eustácia também se preocupava com essa questão, mas vinha tentando bancar a advogada do diabo com ele porque não queria que o antagonismo entre ele e Vitória aumentasse. Contudo, ela não podia discordar com aqueles argumentos dele, e, de fato, passara algumas noites insones preocupando-se com eles.

Sob todos os aspectos, aquilo não podia dar certo. Ela não podia acreditar que daria, nunca dera, que ela soubesse. Entretanto, Eustácia tinha aprendido a não viver de certezas. Só porque nunca tinha acontecido não significava que não poderia acontecer.

Hora de mudar o assunto.

— E o marquês? Presumo que ele tenha se recuperado de sua experiência no Cálice de Prata e não esteja percorrendo Londres, tentando caçar vampiros.

Max fez uma careta, presumivelmente em reação ao grande gole de uísque que entornou.

— Ele me visitou no dia seguinte ao incidente. Não lhe contei isso?

— Não, não contou.

— Ele queria saber por que eu coloquei *salvi* em sua bebida.

Ele estava um tanto... agitado. Quase saímos no braço os dois. Ele parecia estar sob a impressão de que eu tinha levado Vitória para o Cálice de Prata, e que eu é que a influenciei a fazer isso. Ele estava tagarelando sobre destino... e pelo que pude compreender, ele tinha acabado de vir da casa dela. Ele me deixou com a impressão de que iam cancelar o casamento. Por isso fiquei tão surpreso ao receber *aquilo*.

Eustácia não conseguia pensar em nada para dizer. Ela meramente arqueou as sobrancelhas, esperando que ele continuasse. Quando ele não continuou, e em vez disso sentou-se olhando feio para o ofensivo convite, ela o instigou:

— O que você disse a ele? Sobre o *salvi*?

— Disse-lhe a verdade, que foi para sua proteção. Que ele tinha entrado em um ninho de víboras que jamais poderia compreender, e que a única forma de tirá-lo de lá com segurança era drogando-o. Infelizmente, não funcionou como eu planejei.

E o fato de ele ter sido feito de bobo por um não-Venador era provavelmente a maior razão para aquilo estar entalado em sua garganta.

— Se ele a seguir novamente, pode comprometer seriamente o nosso trabalho.

Verdade. Grande verdade.

— Vitória terá que encontrar uma maneira de lidar com isso, Max. Acredito que ela será capaz de fazê-lo.

Ela rezava para que Vitória fosse capaz de fazê-lo.

* * *

— Tinha que chover justo hoje! — resmungou Melly a Winnie enquanto observava sua linda filha trocar votos com o maior partido de Londres. — Uma quinzena ensolarada, e hoje o céu tinha que ficar nublado! — Apesar de sua irritação, ela deu uma olhada satisfeita por cima do ombro, feliz da vida com as expressões em algumas das outras mães que não tinham obtido tanto sucesso em seus esforços casamenteiros. Esse dia era realmente um triunfo!

De fato, uma chuva suave de verão estava caindo neste, que era o dia do casamento do marquês de Rockley. O céu estava encoberto por nuvens cinza-pérola, e a chuva constante trazia ao ar um cheiro de turfa e flores de verão. Os numerosos convidados estavam agrupados fora da capela debaixo de tendas erigidas às pressas, e vários pares de óculos se embaçavam ou se orvalhavam. O lornhão de Melly estava umedecido, mas por lágrimas de alegria... não pela chuva.

— A garoa não os está incomodando — sussurrou Winnie de volta. — Nunca tinha visto Vitória tão linda, tão feliz. — Ela esfregava os olhos, e então fungava como um touro no seu lenço de renda.

Em St. Heath's Row, Melly havia ajudado sua filha a vestir uma anágua de seda cor de limão, com uma saia branca de gaze rendada por cima. A renda era bordada com pérolas e laços de cetim, conferindo ao todo um suave brilho reluzente. Madame LeClaire havia se superado!

A criada de Vitória prendera apenas os cachos superiores no topo da cabeça, deixando o resto do cabelo solto, em forma de cascata pelas costas e sobre os ombros. Melly tinha proibido a utilização daquelas varetas ridículas em seu penteado de noiva, portanto mais pérolas e também diamantes brancos haviam sido entrelaçados nas tranças de seu coque. E mais algumas cercavam o topo de sua massa de cachos, segurando-os como se fosse uma coroa.

Momentos após o término da última pancada de chuva, Vitória percorrera a nave da pequena capela de pedra de St. Heath's

Row, carregando um buquê de lírios do vale e rosas amarelas. Hera inglesa, amarrada nos caules, fazia uma trilha a seus pés.

O marquês estava resplandecente em seu paletó cinza e culotes pretos. As botas brilhavam como azeviche e seu colete era cor de vinho com estampas pretas e cinzentas. Seu lenço, de mesma cor que o colete, tinha o nó apertadíssimo e se destacava como uma mancha de sangue sobre a camisa imaculadamente branca.

O grosso cabelo castanho de Rockley estava penteado para trás e não se atrevia a sair do lugar mesmo quando ele inclinava a cabeça para olhar sua noiva. As longas costeletas que emolduravam a beirada de suas bochechas tinham sido aparadas e pareciam planas e macias sobre a pele. Seus olhos, semicerrados como sempre, fitavam com grande emoção a luminosa noiva a seu lado enquanto dizia seus votos com clareza e para que todos escutassem.

À medida que sua voz suave trombeteava sua promessa de amar Vitória até que a morte os separasse, Melly não resistiu e deu uma olhada em *lady* Seedham-Jones, cujas três filhas solteiras — todas haviam debutado nos últimos quatro anos — estavam sentadas perto dela. A dama em questão tinha o rosto parecido a uma ameixa seca.

Foi então que ela notou o cavalheiro italiano que parecia conhecer muito bem sua tia Eustácia. Maximiliano de não-sei-quê; como ele não tinha título de nobreza, Melly não se incomodara em aprender seu sobrenome.

— O que aquele tal de Maximiliano tem na mão?

Winnie se virou para olhar o homem alto de cabelos negros e rosto arrogante. Estava sentado na última fila da capela, com expressão de enfado, e enquanto Melly observava, ele tirou alguma coisa, uma vara longa e pontuda, da manga de seu paletó. Ele a levantou, testou seu peso e a colocou de volta dentro do punho branco e engomado. Mais de uma vez.

— Que coisa estranhíssima! — murmurou Winnie, dedilhando o crucifixo que levava suspenso ao pescoço. — Parece uma estaca dessas usadas para empalar um...

— Não fale! — sibilou Melly. — Nem mesmo respire essas suas ideias bobas no casamento da minha filha!

— Mas Melly, você sabe que...

— Chhh! Eles vão ser declarados marido e mulher!

Winnie obedeceu e fechou a boca, mas voltou-se de novo para ver o cavalheiro italiano na última fila. Melly fingiu não reparar, mas manteve um olho cauteloso no homem pelo resto do casamento.

Entretanto, ele permaneceu distante da celebração e não saiu de lá uma única vez. Portanto, o mais provável é que a imaginação de Winnie lhe pregara uma peça de novo.

Mulher tola.

* * *

Vitória nunca tinha visto o peito nu de um homem adulto, mas ela achou extremamente cativante quando, mais tarde, no dia de seu casamento, na privacidade do dormitório dele, seu marido tirou a camisa.

O fino pano engomado veio ao chão e Filipe pisou sobre ele, dirigindo-se à mão estendida dela. Ela queria sentir a pele macia que estivera oculta sob a camisa. Quem poderia imaginar que um cavalheiro tão correto teria aqueles músculos firmes e dourados cobertos por pelos negros! Mas era macio e interessante ao toque, e a julgar pela sua respiração, ele não se importava com os dedos curiosos dela.

De forma alguma.

Vitória ainda estava trajando a camisola que Verbena a ajudara a vestir depois que todos os convidados haviam deixado St. Heath's Row. Sons distantes de pratos e criados dando ordens uns aos outros durante o trabalho da limpeza chegaram a seus ouvidos, lá em cima, na suíte que pertencia a seu marido, mas a atenção de Vitória estava concentrada em outra coisa. Em particular, nas mãos de seu marido, que estavam laboriosamente abrindo os pequenos botões que Verbena abotoara uns quinze minutos antes.

Ela prendeu a respiração quando o frágil tecido de algodão, enfeitado com uma abundância de laços e cetim que ela tinha certeza de que o marido sequer notara, caiu no chão, desnudando seus ombros e grande parte de seu busto.

Enquanto Filipe, o homem que ela amava, a carregava para a cama que iam dividir, ocorreu a ela que ele não era o primeiro homem a ver seus seios nus; mas esse pensamento saiu rapidamente de sua cabeça quando ele substituiu a carícia das mãos pela dos lábios.

Era uma sensação deliciosa, e Vitória ficou gratificada de que o prazeroso formigamento entre suas pernas se tornasse mais intenso e úmido sob os cuidados do seu marido. E de que ela estava sentindo a pele quente dele por baixo de suas mãos e unhas, acariciando os pelos dispersos que cresciam em tantos lugares incomuns: em seus braços musculosos, pelo seu amplo peito, e ao longo de uma linha comprida que desaparecia em suas calças.

Ele havia parado de beijar-lhe os seios e voltou a beijar sua boca, depois ao redor da área mais sensível de seu pescoço, onde a mordida do vampiro já tinha desaparecido. Pela primeira vez na memória dela o cabelo dele saíra do lugar e caía pelos lados, tocando as costeletas e o entorno de seu maxilar.

Filipe recuou, afastou-se e abaixou os culotes. Com uma olhada de soslaio, como se quisesse checar a reação dela ao volume que se revelou, ele demorou um pouco mais para baixar a ceroula, e então ficou olhando para ela. Vitória sentiu-se por inteiro quente e trêmula quando viu a parte dele que mais obviamente a desejava.

Ele voltou para a cama, onde ela se apoiara sobre o cotovelo para observá-lo se despir. Esparramando-se ao seu lado, sua nudez contornando a extensão da camisola dela, ele passou a mão por seu corpo, de sua garganta passando entre os seios e então descendo pelo profundo V na área de sua camisola que ele impacientemente deixara abotoada. Mas não por muito tempo.

Seus dedos habilmente retiraram os botões de seus círculos com maestria, enquanto ele se inclinava para beijá-la. E então, enquanto suas mãos acariciavam a pele recém-desnuda, ele parou.

— O que...? — Ele se sentou e puxou os lados da camisola, expondo a macia redondez do estômago e o cintilar da prata que havia lá. — O que é isso?

É claro. Ela já sabia que ele perguntaria sobre aquilo. Ele não reconheceria um *vis bulla* como Verbena ou Sebastian. Mas ela não havia esperado que a expressão no rosto dele fosse de tanto... desprazer.

Ela já sabia como explicar.

— É uma tradição da família Gardella — respondeu Vitória, estendendo a mão para a redondez firme do ombro dele para puxá-lo de volta para ela.

Ele resistiu, e embora ela fosse forte o suficiente para trazê-lo, ela o soltou.

— Por quê?

— Acredita-se que isto oferece um tipo de proteção. É uma tradição familiar que tia Eustácia pediu que eu seguisse.

— É... incomum. Isso dói? — Ele estendeu um dedo para tocar na cruz de prata.

— Não. Não dói nada. — Ela deu um peteleco na cruz e na argolinha para demonstrar.

— Não estou certo de que gosto, ou de que seja apropriado.

Vitória fitou-o por um momento, e então disse a si mesma que aquela era sua noite de núpcias e não queria que fosse arruinada.

— Posso tirá-la por hoje, se faz você se sentir melhor.

— Sentir melhor? Não sei se concordo com a sua escolha de palavras... mas, sim, Vitória, acho que prefiro olhar apenas para o seu lindo corpo sem quaisquer adornos.

— Então eu já volto. — Ela não tinha a menor intenção de remover seu *vis bulla* e deixá-lo no meio do quarto, para se perder. Vestindo um roupão que havia tirado ao entrar no quarto, ela correu para o seu quarto contíguo. Na luz baixa, desentortou o anel de prata e o removeu do umbigo. Assim que o colocou sobre sua penteadeira, teve que se sentar por um momento. A ausência do amuleto deixou-a tonta e suando frio, e ela percebeu que precisava descansar a cabeça na mesa por um momento.

Poderia colocar seu *vis bulla* de volta pela manhã. E talvez Filipe se acostumasse com ele.

Ela voltou para a porta que comunicava os dois quartos, e teve um sobressalto... pois ele estava ali, em pé, seu marido, em toda sua bela nudez. Cabelos escuros, olhos pesados, escuros... membros definidos sob a luz fraca da vela na penteadeira. Ela ficou sem fôlego por um instante, sentindo-se tonta de novo... e desta vez não foi por ter retirado seu *vis bulla*.

— Venha cá, minha querida — disse Filipe, estendendo os braços para ela. Seus ombros se flexionavam facilmente à luz bruxuleante. — Espero não ter estragado o momento. — Ele sorriu de um jeito que a fez lembrar incomodamente de Sebastian: um pouco malvado, cheio de promessas. Contudo, havia uma ternura em seus olhos. Algo que ela nunca vira nos olhos dourados de Sebastian.

E por que ela o estava comparando com Sebastian? Seu marido, na noite de núpcias? Talvez fosse normal comparar e contrastar quando se era confrontado com algo desconhecido... e excitante.

Ela foi para os braços dele, feliz de que ele tivesse vindo a ela e se desculpado. Ela sentiu o calor do corpo dele, longo e consistente, contra o dela, e a pressão da ereção dele contra seu quadril. Seu roupão solto envolveu-os, e ela o fez deslizar de seus ombros. Caiu sobre o tapete, juntando-se aos tornozelos de ambos, enquanto seus seios nus apertavam-se contra o peito dele.

Filipe beijou-a no lado do pescoço, onde sua pele era mais sensível, e onde o mero toque de seus lábios fazia seus dedos dobrarem e seus seios se enrijecerem. A boca dele não parou de prová-la enquanto ele a levava para a cama e a depunha sobre ela — a cama dela, não a dele.

— Tão linda, minha querida — disse ele, apoiando-se num cotovelo, acima dela. O corpo dele jogava uma sombra sobre metade do dela, e ela observava com interesse e fascínio Filipe passar o dedo gentilmente entre seus seios, ao longo da linha irregular entre escuridão e luz. O formigamento que começara na barriga de Vitória, e então entre suas pernas, intensificou-se quase dolorosamente quando ele colocou o mamilo dela na boca.

Enquanto chupava e mordiscava, a sensação aumentava ou diminuía ao ritmo de sua boca e o deslizar de sua língua. A respiração dele ficou mais profunda, quente e úmida sobre a pele dela, e quando ele passeou os dedos entre as pernas dela, Vitória não soube se deveria juntar os joelhos... ou afastá-los.

— Deixe-me, Vitória, minha mulher — sussurrou ele contra o pescoço dela, passando a boca pelo seu maxilar enquanto se posicionava sobre ela. — Serei gentil... e depois de um momento, você sentirá só prazer.

Ela deixou. Deixou-o e abriu suas pernas de maneira licenciosa, que a teria horrorizado se tivesse pensando a respeito... mas não pensou. Simplesmente deixou. Deixou que os dedos dele tocassem e deslizassem, penetrassem e procurassem, até que ela não sabia mais o que estava acontecendo... apenas que era um prazer além de qualquer coisa que ela tivesse imaginado.

E então... a dor. A dor aguda e rápida enquanto ele movia seus quadris entre os dela, e então, como ele prometera, só prazer.

Só prazer, fácil, crescente, completo.

A marquesa se revela uma excelente contadora de histórias

Vitória sentiu-se melhor ao recolocar o *vis bulla* no dia seguinte. Foram necessários alguns encaixes e puxões para que a argola de prata voltasse ao lugar, mas ela conseguiu com uma ajudinha de Verbena e terminou de se vestir.

Estava agradavelmente dolorida pelas atividades da noite anterior, e encantada com seu novo estado civil. No café da manhã, ela e Filipe comeram arenques defumados, ovos, salsichas e biscoitos, compota e creme de Devonshire.[1] E embarcaram no seu coche de viagem, que já havia sido carregado com as bagagens, e partiram para a lua de mel de duas semanas.

Quando voltaram, ela tinha as bochechas rosadas e não estava mais dolorida.

Na manhã seguinte à sua volta, Filipe partiu de St. Heath's Row cedo para cuidar de alguns negócios na cidade com seu

---

[1] Creme amarelo grosso obtido ao ferver leite não pasteurizado, utilizado à época em vez da manteiga (N. do T.).

advogado e banqueiro. Vitória cuidou diligentemente, não sem alguma relutância, da sua correspondência, mas foi salva de uma tarde inteira de tédio por uma carta de tia Eustácia, convidando-a para o chá.

— Você está linda, minha querida marquesa — disse a velha tia quando Kritanu introduziu Vitória na sala de estar. — Descansada e feliz.

Vitória inclinou-se para beijar o rosto excepcionalmente macio e pouco enrugado da anciã.

— Estou mesmo, tia. Mas também estou bastante ansiosa por retomar minhas tarefas.

— Estamos felizes de ouvir isso — falou arrastadamente Max, do outro lado da sala.

— Max. Não cheguei a lhe agradecer por ter concordado em comparecer ao casamento — replicou Vitória. Ela já esperava que ele estivesse presente e, como parte de sua nova posição, decidira não permitir mais que ele a irritasse. Sua felicidade tornava muito mais fácil ter pena dele por seus humores sombrios e pelo que só podia ser uma grande solidão.

Ele fez uma mesura.

— Fiquei feliz em poder ajudar.

Talvez ele também tivesse decidido ser menos combativo.

— E como foi a lua de mel? — continuou Max, ficando em pé até que Vitória tomasse assento. — Espero que o marquês esteja bem e não tenha dado sinais de que pretende visitar de novo o Cálice de Prata.

Talvez não.

— Não falamos daquela noite desde que ela ocorreu — disse Vitória, mantendo a voz neutra.

— Vitória, eu sei que este é seu primeiro dia após sua lua de mel, mas achei necessário contatá-la — interpôs Eustácia.

— Soubemos hoje de manhã que um grupo de vampiros planeja uma espécie de ataque no Parque Vauxhall. Apesar da excelência de Max, achamos que deveria haver dois Venadores para impedir-lhes o êxito.

Vitória sentiu a excitação da luta pulsar junto com o coração, mas então se lembrou:

— Eu me comprometi a ir ao teatro com Filipe hoje à noite. Mas... a que horas eu teria que estar pronta?

— Meia-noite, é claro — disse Max, do canto da sala. — Tenho certeza de que você pode inventar *alguma* razão para voltar à sua casa mais cedo. Tendo acabado de voltar de sua lua de mel.

Vitória não permitiu que o rubor esquentasse suas bochechas.

— De fato, você tem razão. Não será difícil atrair meu marido de volta para casa mais cedo. Evidentemente, ficarei ocupada por algum tempo...

Max assentiu com a cabeça, os olhos escuros e frios.

— É claro. Acha possível ajustar sua agenda para que eu possa buscá-la à meia-noite? A fim de que não muitas pessoas sejam mortas antes de chegarmos?

— Não precisa me buscar — lembrou Vitória, perguntando-se para onde fora sua determinação. — Posso encontrar você lá.

— Vou buscá-la. Você nunca me encontrará em Vauxhall.

— Terei que achar um meio de sair de casa sem que Filipe saiba.

— Imagino que ele vá dormir muito bem após uma noite dessas — disse Max, docemente. — Ou talvez você possa ajudá-lo... com isto. — Tirou do bolso um pequeno frasco. — Se estiver preocupada de que ele possa acordar e descobrir que a esposa não está lá.

Vitória apanhou no ar o frasco quando ele o jogou para ela.

— O que é isso?

Mas ela já sabia. Era uma droga. Max estava sugerindo que ela drogasse seu marido.

— Chama-se *salvi*. Proteção. Segurança. Muito útil.

— A não ser que você seja pego ministrando-o e forçado a beber. — Vitória olhou para o frasquinho e depois para Eustácia, que estivera notavelmente silenciosa durante o diálogo. Era quase como se percebesse que sua intervenção seria inútil.

Ela conseguiria drogar Filipe?

Seria necessário?

Se ela não o fizesse, será que ele despertaria para descobrir que ela saíra? Se ela não estivesse na cama dele, onde se acostumara a dormir nas últimas duas semanas, ele a procuraria no dormitório dela?

O líquido era quase transparente, apenas um azul quase imperceptível tingia o fluido semelhante a água. Ela teria que usá-lo. Para protegê-lo, ela precisaria não apenas mentir para ele... mas também drogá-lo.

Pois ela não podia se arriscar a que ele acordasse e se colocasse em perigo novamente.

Nunca mais.

* * *

— Estou me sentindo exausta — murmurou Vitória no ouvido de Filipe enquanto ocupavam o camarote que ele alugara, no teatro. — Preferiria bem mais estar na cama... você não? — Ela colocou a ponta da língua no interior da orelha dele, provocando-o, depois se afastou e voltou sua atenção para o palco, comportada, empertigada e com as mãos educadamente dobradas sobre o colo.

Filipe mexeu-se ao lado dela de uma maneira que mostrava estar ele também pensando em outras coisas além da peça... de que ela, por sinal, estava gostando muito.

— Podemos sair no próximo intervalo... ah! Que *timing* perfeito — adicionou ele, enquanto os atores saíam do palco.

Vitória agarrou-se ao braço dele enquanto abriam caminho entre o alvoroço das pessoas saindo de seus camarotes para conversar e serem vistos.

Filipe a colocou na carruagem e entrou depois. Em vez de sentar-se na frente, acomodou-se ao lado dela e a trouxe mais para perto, beijando-a, ansioso.

— Minha querida, seu pescoço está tão frio! Você está bem? — perguntou ele, afastando-se.

— Não estou com frio, mas, ah, Filipe! Esqueci minha *nécessaire* no camarote, tenho certeza! E o broche da tia Eustácia está dentro... você poderia correr lá e buscá-lo para mim?

— Claro, minha querida. Espere aqui. Não demorarei nem um minuto!

Ela torceu para que aquilo não fosse verdade, e esperou até vê-lo entrar correndo no teatro para tirar a estaca de um bolso escondido em sua anágua, e então saiu silenciosamente da carruagem, para que o cocheiro não a ouvisse.

A entrada estava cheia de gente, mais cavalariços e cocheiros de cabriolés do que espectadores. Vitória não tinha certeza de onde o vampiro estava, mas seguiu seu instinto e virou a esquina. A rua estava mais escura lá, e não tão movimentada, mas quando se aproximou do terceiro cabriolé na fila, percebeu que viera ao lugar certo.

Um gemido profundo e abafado veio de dentro, e, vendo que o cocheiro não estava lá, Vitória abriu a porta com força.

Era uma vampira, e parecia ter acabado de se alimentar, ou pelo menos começara. Estava vestindo uma capa preta e seu cabelo marrom tinha um penteado bonito e complicado, rematado com joias e laços. Na verdade, não fosse pelo sangue vermelho e brilhante escorrendo pelo canto de sua boca, e a coloração esquisita dos olhos, ela pareceria uma inocente senhorita da sociedade, como a própria Vitória.

— Que bom que veio se juntar a nós — disse ela, cumprimentando a marquesa. Rápida como a luz, ela se jogou para frente e a agarrou. Não foi necessário muito esforço para puxar Vitória carruagem adentro, sobretudo porque Vitória não resistiu.

Mas uma vez que Vitória estava metade dentro e metade fora da carruagem, assumiu o controle e se esparramou no assento em frente.

Foi quando a vampira viu a estaca.

Ela recuou, apavorada, e seus olhos vermelhos se dilataram.

— Venadora!

— Prazer em conhecê-la — replicou Vitória, enquanto enfiava a estaca em seu peito.

Puf! Ela se esfacelou, e Vitória ficou sozinha com o homem que ela presumiu ser o cocheiro, julgando pela roupa pouco elegante que vestia.

Ela virou o corpo dele para examinar a mordida e determinar se ele estava vivo e podia ser salvo. A mordida era profunda e o sangue vermelho brilhante ainda corria. Ela sentiu o outro lado do pescoço dele, tentando achar o pulso... mas sua mão voltou molhada. A vampira também estivera lá.

Se tivessem saído do teatro momentos antes, ela poderia ter sentido a vampira em tempo de prevenir aquilo.

Agora não podia fazer nada pelo homem. Ele já estava morto.

Quando Vitória abriu a porta do cabriolé, congelou, e então a fechou rapidamente. Filipe estava parado na rua, chamando por ela.

Maldição dos infernos!

Ela espiou pela janela, esperando que ele passasse para que ela pudesse sair de fininho e correr de volta para a carruagem deles.

Assim que ele passou pelo cabriolé, ela saiu e correu de volta... mas assim que virou a esquina, deu-se conta de que estava deixando Filipe sozinho... onde outro vampiro poderia facilmente aparecer.

Sua nuca estava morna, mas ainda assim ela parou na esquina, espiando em volta para protegê-lo.

Para seu alívio, ele voltou e ficou à vista, andando em passos largos como se voltasse às pressas para procurar noutra direção. Ela chegou até a carruagem, onde Tom, o cocheiro, correu para ela, aliviado.

— *Milady*! Para onde a senhora foi?

Ela não respondeu, porque naquele momento Filipe virou a esquina e conseguiu vê-la.

— Vitória! Aonde você foi? E o que é isso no seu vestido? Isso é sangue? — Ele olhava para ela, estupefato.

— Vamos entrar na carruagem e eu lhe direi. — Já passava das onze, e se ela ia estar pronta para Max, precisavam ir logo.

Filipe ajudou-a a entrar na carruagem e Vitória se sentou, pensando rápido.

— Você achou minha *nécessaire*?

— Não, não havia nada no camarote. Vitória...

— Oh, meu querido, aqui está! Estava debaixo da almofada o tempo todo! — disse ela, pegando sua pequena bolsa. — Desculpe-me por tê-lo mandado nessa busca inútil.

— Sim, igual à semana passada, quando você pensou que tinha deixado seu xale naquela pousada em que jantamos.

— Não posso imaginar como me tornei tão desorientada! — disse Vitória, e por reconhecer que havia um limite para a paciência dele, bem como para o tempo em que ele podia ser distraído, ela disse: — Eu não queria assustar você, Filipe, mas vi uma conhecida de minha mãe e corri para cumprimentá-la. Acompanhei-a e ao seu marido até a carruagem, uma ou duas distante da nossa, e ela me pediu para entrar e cumprimentar a filha deles, e quando entramos, a porta da carruagem bateu no nariz dele, que começou a sangrar horrivelmente. Ele ficou tão constrangido por ter sangrado na minha saia, que eu não pude simplesmente sair correndo... então fiquei até me certificar que ele não já não se sentia tão mal. Lamento tanto não ter dito a Tom que estava saindo!

— Bem, espero que você não saia de novo correndo por aí sem avisar ninguém. Primeiro, porque não é seguro; há muitos canalhas soltos por aí, esperando uma oportunidade de roubar pessoas descuidadas... e segundo, você agora é uma marquesa e não apenas tem uma posição a zelar, mas é muito preciosa e vale uma grande quantidade de dinheiro para alguém nefando, e muito mais para mim. Quero que você esteja segura.

— Claro, Filipe. Não farei uma coisa dessas de novo. — E estava sendo sincera. Da próxima vez, ela planejaria melhor.

Eles se abraçaram, como fazem os recém-casados, pelo resto do caminho para casa; Vitória planejando como daria o *salvi* a Filipe, e Filipe pensando em como dar outra coisa a Vitória.

* * *

Era meia-noite e quinze quando Vitória bateu levemente no coche de Max.

A porta se abriu e ela entrou sem ajuda. Para sua surpresa, Max, acomodado no canto do assento, nada disse sobre o atraso.

Em vez disso, bateu no teto para que Briyani seguisse, e a carruagem arrancou.

Vitória sentou-se silenciosamente no assento oposto ao dele, tentando não pensar em como tinha traído seu marido.

Ela colocara o *salvi*, que Max garantira ser insípido e inodoro, no *scotch* de Filipe, e então o levara a ele depois que tinham feito amor.

Aninhada no grande colchão de plumas ao lado dele, Vitória fingiu dormir enquanto esperava que a droga fizesse efeito.

— Você usou o *salvi*? — a pergunta de Max a trouxe de volta ao presente... mas não a distanciou da culpa.

— Sim. Não tinha outra opção para garantir a segurança dele, tinha?

Ele olhou para ela.

— Você teve uma opção, sim, Vitória... e sabe que eu acho que você fez a opção errada.

A raiva borbulhou dentro dela, transbordando o sentimento de culpa.

— E você sabe que sua opinião nada significa para mim.

— Um fato que me fere profundamente.

— Sabe o que eu acho?

Max inclinou a cabeça, e na luz baixa, ela pôde ver uma sobrancelha se erguendo.

— Tenho certeza de que você está prestes a me dizer.

Ela continuou:

— Acho que você está com ciúme. Pura e simplesmente com ciúme, e é por isso que não tem nada agradável para dizer.

— Ciúme?

— Sim, ciúme do que eu tenho com Filipe! O que você não tem e nunca terá, porque você é frio e cruel! — As palavras saíram aos tropeços, quase como se ela não soubesse o que estava dizendo; mas ela sabia, e sabia que queria feri-lo, assim como ele a ferira esfregando sal em seu já frágil coração. Seu culpado e frágil coração.

Ela tinha medo de como se sentia, o poder das emoções que se misturavam dentro dela, porque temia, lá no fundo, que talvez Max estivesse certo no fim das contas.

Talvez ela tivesse cometido um erro.

Max sentou-se como uma pedra pelo resto da viagem até o Parque Vauxhall.

Quando chegaram, ele deu instruções ao cocheiro, pagou os quatro xelins para que ele e Vitória entrassem no parque e, com a mais ínfima das olhadas de relance nela, pôs-se a caminhar pelo sinuoso caminho.

Lâmpadas laranjas, azuis, amarelas e vermelhas iluminavam os jardins, deitando círculos coloridos pela trilha de pedra e sobre os quiosques que ofereciam fatias de presunto, biscoitos e ponche. Embora nunca tivesse estado naquele parque antes, ela sabia que havia alcovas escondidas e grutas misteriosas por ali, o lugar perfeito para um encontro, ou para um ataque vampiresco. Pessoas passeavam por lá, casais, grupos de jovens com algum adulto responsável por eles, bandos de rapazes procurando aventura. A queima de fogos havia terminado trinta minutos antes, e os frequentadores estavam começando a voltar para suas carruagens.

Não demorou muito para que a nuca de Vitória gelasse. Havia no mínimo dez vampiros nos arredores, foi seu palpite. Ela havia colocado calças e uma camisa masculina, precisando da liberdade de movimento.

Max ia na frente, e no momento em que Vitória achou que sua nuca já estaria branca com o gelo, eles deram com um grupo de quatro mortos-vivos brincando com sete rapazes.

Talvez tanto Vitória quanto Max tivessem uma quantidade igual de raiva para descarregar, porque a batalha foi curta e praticamente aconteceu só de um lado... os quatro vampiros foram empalados antes mesmo que suas vítimas pudessem correr para tentar escapar.

Já que apenas algumas presas tinham sido arreganhadas, e os sete rapazes estavam bêbados, Max não viu necessidade de limpar-lhes a memória com hipnotismo. Em vez disso, urgiu Vitória a segui-lo por um caminho mais escuro.

Enquanto contornavam um arbusto alto e espesso, três vampiros pularam sobre eles. Um deles estava carregando uma faca, e antes que pudesse reagir, Vitória sentiu uma dor quente e aguda no braço esquerdo.

Com um grito de fúria, ela ergueu o braço direito e enterrou a estaca no peito dele. Ouviu os dois suaves estalos quando Max despachou os outros, virou-se e continuou percorrendo a trilha sem dizer uma palavra.

Seu braço queimava e ao tocá-lo ela percebeu que a manga da jaqueta estava úmida. A única coisa boa daquela ferida é que o cheiro de sangue atrairia outros vampiros, tornando bem mais fácil para ela e para Max terminarem o seu trabalho e voltarem para a carruagem.

E Vitória de volta para a cama com seu marido, que dormia pacificamente e sem sonhos, graças à sua inescrupulosa esposa.

A raiva consigo mesma ajudou a impulsionar seu braço de ataque, durante os dois outros curtos incidentes; ela e Max foram eficientes e silenciosos enquanto liquidavam o magote de vampiros que se atrevera a invadir o Parque Vauxhall numa noite em que eles dois patrulhavam.

No caminho de volta para a carruagem de Max, Vitória segurou seu braço ferido, que latejava e ardia, irradiando dor até o ombro. Caminhava atrás de Max, que não se dava o trabalho de diminuir seus passos largos em consideração aos passos curtos dela.

Só depois que já estavam dentro da carruagem, cada um no seu canto, ele a viu segurando o braço. Ele bateu no teto e assim que a carruagem arrancou, ele perguntou:

— Qual é o problema com o seu braço? — Antes que ela pudesse responder, ele cheirou o ar, estendeu o braço e afastou a mão dela. — Você está sangrando por cima da jaqueta!

— Funcionou muito bem para atrair os vampiros. Terminamos bem antes do que eu pensei.

— Tire essa jaqueta. Você está sangrando toda, e provavelmente no meu assento também.

Vitória olhou feio para ele, mas tirou a jaqueta. Doeu como o inferno quando ela puxou a apertada manga sobre o braço, e quando se abaixou para puxar o outro lado. A manga branca de sua camisa estava escura com o sangue do ombro até o cotovelo. Max deu uma olhada sob a luz baixa e praguejou.

— Maldição, Vitória! Por que você não disse alguma coisa? Como isso aconteceu?

— Um daqueles três que pularam das árvores tinha uma faca e me pegou de surpresa.

Max continuou praguejando baixo enquanto vasculhava uma pequena gaveta embaixo de seu assento. Recostou-se de volta segurando um rolo de pano branco, um pequeno jarro e uma faca.

Com movimentos rápidos e irritados, ele passou a lâmina pela manga, cortando do ombro até o punho e arrancando o pedaço para desnudar-lhe o braço.

— Não se mexa. — Ele enxugou o sangue com um pouco do tecido e, apertando-o, disse: — Mantenha isto aqui por um minuto. Está começando a diminuir.

Ela segurou o pano ali enquanto ele abria o jarro. O cheiro de alecrim e alguma outra coisa que ela não pôde identificar impregnou a carruagem, e quando Max puxou o pano, ela permitiu que sua mão desocupada caísse sobre seu colo.

— Segure isto — disse ele, jogando o jarro na mão aberta dela. Ele embebeu o pano rudemente no jarro e aplicou um pouco do unguento frio e grosso sobre o corte, depois amarrou tiras de pano não muito gentilmente ao redor do braço de Vitória. Ela sentiu seus dedos começarem a formigar quando a circulação foi bloqueada, mas não disse nada.

Por fim, quando estavam se aproximando de St. Heath's Row, Max colocou o pano não utilizado e o jarro de volta na gaveta e acomodou-se em seu assento.

— É melhor começar a pensar numa boa história, Vitória, porque você vai passar por maus bocados tentando explicar *isso* ao seu marido.

Incidente em Bridge & Stokes

Filipe já encontrou sua esposa sentada para o café da manhã quando desceu as escadas, na manhã seguinte à ida deles ao teatro. Sentia-se tonto e vagaroso, embora tivesse dormido até mais tarde que o normal, depois de uma satisfatória rodada de sexo.

— Bom dia, minha querida — disse ele, respirando o aroma do toucinho defumado crocante e dos ovos à copa. Estavam sozinhos na sala de jantar; ele se inclinou, beijou o pescoço dela e disse calmamente: — Fiquei muito desapontado ao não encontrar você na minha cama. Por que se levantou tão cedo?

— Acordei cedo e não quis perturbá-lo — replicou ela. Mas os círculos escuros embaixo de seus olhos contavam uma história diferente.

— Devo ter dormido como uma pedra para não ouvi-la levantar — comentou ele, enchendo o seu prato e se perguntando por que a expressão dela parecia tão reservada. — Não consigo lembrar nem de me mexer após deitar minha cabeça no travesseiro; aliás, acho que acordei exatamente na mesma posição em que me deitei. Isso não costuma acontecer comigo. Deve ser culpa sua. — Disse isso levemente, com um sorriso brincalhão, mas Vitória não pareceu achar graça.

Ela tomou um gole de chá e pareceu ter dificuldade em engolir um pedacinho de torrada. Filipe sacudiu a cabeça; ele ainda se sentia grogue. Talvez sua piadinha não tivesse sido tão engraçada quanto ele pensava.

— Está com frio? — perguntou ele, tentando outra abordagem. — Eu estou com calor, e você está usando uma manta.

— Sim, estou com um pouco de frio — replicou Vitória. Mas suas bochechas estavam rosadas e, se ele não se enganava, havia um pequeno brilho em sua testa.

— Você não está se sentindo bem? — ele perguntou.

— Não, na verdade não estou lá essas coisas.

Um pensamento ocorreu a Filipe; um pensamento maravilhoso. Mas era cedo demais... havia só duas semanas. Mas ele falou, mesmo assim:

— Talvez... será possível que você esteja carregando o meu herdeiro? Sei que faz apenas algumas semanas, mas...

Vitória olhou para ele de seu lugar, o rosto pálido e os olhos castanhos arregalados, em choque.

— N-não... acho que é cedo demais, Filipe.

Ele sorriu.

— Então teremos que nos esforçar mais.

— Não estou me sentindo bem — disse Vitória, levantando-se abruptamente. — Acho que vou me deitar um pouco. Você vai a seu clube, hoje?

— Tenho alguns negócios para tratar... mas se você não está se sentindo bem, Vitória, eu ficarei por perto.

— Não. Não, Filipe, eu vou ficar bem. Só preciso de algum descanso. Não dormi tão bem quanto você ontem à noite.

Ele a viu sair apressadamente da sala, e notou algo muito estranho. Ao cruzar a porta, ela esbarrou o braço esquerdo na beirada. A maneira como o apertou e arquejou deu a ele a impressão de algo bem maior que a dor de uma simples batidinha. Algo mais estava errado.

* * *

Santo Deus! Um bebê! Filipe queria um bebê!

Vitória tombou na cama do seu aposento privado, esquecendo-se e caindo sobre o lado esquerdo, depois virando-se quando a dor queimou-lhe o braço.

Ela não podia ter um bebê. Não podia continuar drogando seu marido todas as noites que tivesse que sair escondida para patrulhar... Não podia continuar "esquecendo" coisas e mandando-o de volta para buscá-las. Não podia continuar inventando histórias ridículas sobre narizes que sangravam para explicar o sangue em sua saia. Não podia continuar tirando seu *vis bulla* cada vez que faziam amor.

Como ia fazer isso?

Ela podia lhe dizer a verdade... mas se fizesse isso, ele simplesmente a seguiria. Colocar-se-ia em perigo de novo.

Ou pior: ele pensaria que ela estava louca.

A porta se abriu e Vitória ergueu-se de um salto, mas não era Filipe.

— Ora, ora, *milady*, qual que é o pobrema? — Era Verbena. Com o cabelo laranja mexendo-se a cada movimento, ela se aproximou da cama e se sentou ao lado da patroa. — É o seu braço doendo de novo?

— Não, depois que você o limpou ontem à noite, ele quase não doeu mais, a não ser quando esbarrei na porta. É o marquês.

Verbena assentiu com a cabeça.

— Ah, sim, tô vendo. Eu vi que a sinhora tem que tirar seu *vis bulla* à noite. Ele não entende, e a sinhora não pode contá pra ele. O que é que a sinhora fez para ele dormir tão bem? Franks me contô que não conseguiu acordá ele hoje de manhã!

Vitória balançou a cabeça. Ninguém mais deveria saber daquilo.

— É melhor eu não falar disso. Mas o marquês quer um herdeiro.

— Claro que ele qué. Mas a sinhora não pode ficá por aí lutando com vampiro se tivé grávida de um bebê! A sinhora vai tê que fazê de tudo pra isso não acontecê.

— Eu não posso negar isso a ele!

— Nem precisa! Tem outras maneira de num tê bebê, *milady*. Sua tia deve sabê como é que os Venadô faz pra módi num tê bebê. — Verbena balançou a cabeça sabiamente. — Eu mesma cunheço uns truque, *milady*. Se a sua tia num pudé ajudá a sinhora, eu ajudo.

Vitória concordou, sentindo-se um pouco aliviada, mas ao mesmo tempo como se estivesse se afundando ainda mais num lamaçal de mentiras e dissimulação.

Talvez tia Eustácia tivesse algumas palavras de sabedoria.

* * *

Para alívio de Vitória, o sempre presente Max não estava na casa de tia Eustácia quando ela chegou, mais tarde, naquela manhã. Kritanu serviu-lhes uma refeição leve e então desapareceu discretamente quando ficou óbvio que Vitória não estava lá para praticar *kalaripayattu*.

— Como está seu braço? — perguntou Eustácia.

Aparentemente, Max estivera lá.

— Está bem.

— Vai sarar bem rápido; o unguento de Max é milagroso e você carrega a proteção do seu *vis bulla*.

Vitória comeu um pedaço de queijo, pensando em como dizer à tia que não estava segura de que poderia seguir em frente. Que ela precisava mudar algo em relação a ser uma Venadora.

— Tia Eustácia, eu preciso do seu conselho. Não sei o que fazer.

— É bem mais difícil do que você pensou que seria, não é, *cara*?

— Filipe quer um herdeiro, e eu não posso dar-lhe *salvi* todas as noites!

A anciã assentiu com a cabeça, o cabelo negro brilhando como a noite.

— Você está numa situação muito difícil, Vitória. Quanto ao bebê, bem, isso se previne com facilidade. Estou surpresa de que você não tenha perguntado sobre isso antes.

Ela nem respondeu. Sua tia estava certa.

— Vou lhe dar um tônico. Se você o beber regularmente, não engravidará. Vitória...

O modo como ela disse fez com que Vitória a fitasse.

— Lilith não esqueceu que você e Max pegaram o Livro de Antwartha. Sei que ele está escondido em segurança em St. Heath's Row, mas Lilith não vai descansar enquanto não se apossar do livro. Pode parecer que nos últimos dois meses, a atividade dos mortos-vivos diminuiu. Pode parecer que você não é necessária; que Max e eu podemos lidar com quaisquer ameaças que apareçam. Mas não se iluda. Você é uma Venadora e foi marcada como tal para sempre. Nunca se esqueça que você impingiu a Lilith uma grande derrota, pois ela não esquecerá. E não descansará enquanto não tiver se vingado.

* * *

A moda noturna não tinha a tendência de esconder os ferimentos no braço de alguém, por isso Vitória viu-se em um dilema naquela noite. Verbena a ajudou a colocar o par de luvas mais longo que ela possuía, luvas cor de melão que se estendiam até depois do cotovelo, mas ainda deixavam uma boa parte da pele à mostra, graças às mangas finas e bufantes que mal lhe cobriam os ombros.

— A sinhora vai tê que ficá com o xale nos braço o tempo todo — riu Verbena. O curativo fora removido; e, como dissera Eustácia, o corte já desinchara e começava a cicatrizar. Mas o longo talho vermelho ainda era bastante visível, de modo que Vitória embalou seu braço esquerdo com o xale duas vezes, deixando o resto atravessar suavemente a sua coluna e descansar sobre seu braço direito. — Num tire o xale do braço de jeito maneira!

Filipe mandara dizer que estaria no seu clube à noite e não poderia comparecer ao jantar dançante ao qual se esperava que Vitória desse o ar de sua graça. Ela considerou não ir, mas sentiu que seria melhor comparecer pelo menos por um pouco de tempo, para agradar à sua mãe, e voltar para casa antes da meia-noite.

Foi, portanto, com grande surpresa que, ao deixar a pista depois de uma dança típica do campo, ela viu Max cruzando o salão na direção dela.

Vitória pediu licença ao seu parceiro de dança, o filho mais moço de um conde, e foi ao encontro dele.

— Sei que você não veio aqui para confraternizar com a nata da sociedade — disse ela à guisa de saudação.

— Os esbirros de Lilith entraram em ação. Haverá outro ataque em grupo esta noite — disse ele, olhando em volta. — Não desejo estragar sua noite, mas você provavelmente salvaria algumas vidas se me acompanhasse. Você tem como fugir daqui?

— Sim, claro. — Ela já estava se dirigindo à entrada principal da casa.

— Não estou vendo o marquês. Você não precisa lhe dizer que está saindo?

— Ele não está aqui esta noite.

Max acompanhava facilmente os passos dela enquanto ela galgava o lance de escadas.

— Onde ele está?

— No clube dele.

— Qual clube é?

— Bridge & Stokes, eu acho, embora não entenda por que isso importa a v... o que foi?

Ele agarrara o braço dela, quase a levantando perto do topo da escada. O mordomo olhou-os com curiosidade, mas ela o ignorou porque quando Max a fez virar-se e encará-lo, a expressão do rosto dele fez o estômago dela afundar.

— O ataque de hoje será em um clube privado de cavalheiros.

Max não precisou dizer mais nada: ela já estava esbarrando no mordomo perplexo e abrindo caminho em meio às pessoas que estavam chegando.

Ele a alcançou do lado de fora, onde ela tentava distinguir a carruagem de Rockley na longa fila de veículos ao redor do caminho circular. Não havia tempo para esperar pelo criado para ir buscá-la.

— Tem certeza de que quer vir? E se Rockley reconhecer você?

— Eu vou.

— Então entre aí. — Ele escancarou a porta de uma carruagem negra, uma que ela conhecia muito bem, e deu a mão para que ela subisse.

Vitória ajeitou-se em seu assento, e mal tinha se acomodado quando o coche arrancou. Suas longas saias estavam emaranhadas entre as quatro pernas deles, e seu xale tinha escorregado, mostrando o corte no braço nu.

— Tome. — Max jogou-lhe um grande embrulho de pano, e quando ela o abriu, encontrou uma camisa, calças, um paletó e uma longa tira de pano. — Verbena me deu quando fui procurar você.

Vitória olhou para o embrulho e de volta para Max.

— Você não pode lutar com um vestido de baile, Vitória, e não precisa fingir recato comigo. Não tenho qualquer interesse em ver você tirando a roupa numa carruagem, ao contrário do seu amigo Sebastian, que provavelmente lhe ofereceria ajuda. — Com isso, ele recostou a cabeça no topo de seu assento e fechou os olhos. Quando percebeu que ela não se mexia, disparou: — Ande logo com isso!

Não era fácil tirar aquele vestido; Vitória se debateu e conseguiu soltar os ganchos de cobre que prendiam seu corpete por trás. Quando ela puxou o vestido por cima da cabeça, o tecido formou uma nuvem de gaze por todo o interior da carruagem, roçando o rosto estoico de Max; mas ele não se mexeu e nem deu qualquer indicação de que havia notado.

Sem o vestido, Vitória trajava apenas uma camisa leve de mulher e espartilho. Era impossível desabotoá-lo sem ajuda, então ela colocou a camisa masculina sobre a apertada roupa de baixo e começou a abotoá-la desajeitadamente.

Eles não fechavam sobre seu generoso busto, erguido e espremido como estava. Vitória deve ter feito um ruído de frustração, pois Max disse:

— Precisa de ajuda? Lamento tanto não ter pensando em trazer sua criada.

— Só um minuto. — Ela teria que tirar o espartilho e amarrar os seios para poder fechar a camisa. Por um momento ela considerou ficar de vestido... mas seria ridículo. Não só ela não seria capaz de lutar, como se destacaria inaceitavelmente no clube. Isso se conseguisse entrar.

Ela se virou no assento, mostrando o máximo possível de suas costas para Max.

— Você poderia... eu não posso desabotoar... meu espartilho.

Houve uma pausa, e então ela o ouviu se mexendo atrás dela. Ele levantou a parte de trás da camisa masculina e ela resistiu ao ímpeto de puxar os dois lados da camisa na frente. Se o fizesse ele não poderia pôr as mãos por baixo e desabotoar o espartilho.

Suas mãos foram rápidas e impessoais, e ele conseguiu movê-las por debaixo da camisa e afrouxar os laços do espartilho, do topo até a base. Ela ficou esperando sentir os dedos dele — estariam quentes ou frios? — tocarem sua pele, mas não tocaram.

Vitória sentiu a vestimenta se abrindo assim que cada laço era afrouxado, e ela o segurou no peito enquanto ele caía pelas costas. Ao terminar, Max não prolongou a coisa. Ela o sentiu se afastando, e ouviu quando ele se acomodou em seu assento, sem dizer uma palavra.

Vitória se envolveu com a tira de roupa que Verbena inteligentemente providenciara, constrangida e apressada, permitindo que a camisa escorregasse quase completamente pelos ombros enquanto o fazia. Seu braço ferido doía com o ângulo estranho, mas ela não pretendia mais pedir qualquer ajuda a Max.

— Você já está acabando? Estou ficando com torcicolo.

— Quase. — Os botões se confundiam sob seus dedos por causa da pressa, mas ela conseguiu abotoá-los. Colocou as calças, e sacudiu-se para dentro do paletó.

— Há sapatos no chão — disse Max, ainda sem se mexer. Finalmente ela terminou.

— Estou pronta. Obrigada.

Max abriu os olhos.

— Você tem que fazer alguma coisa com o seu cabelo.

Vitória tirou as presilhas das intricadas madeixas e cachos que Verbena demorara uma hora preparando, e sabia que sua única opção era soltá-los e jogá-los para trás.

— Você tem alguma coisa com que eu possa prendê-los? — perguntou ela, usando os dedos para segurá-los em um rabo que descesse de sua nuca.

Max, que parecia preparado para qualquer eventualidade, tirou uma corda fina de couro debaixo do mesmo assento onde armazenava o unguento, e, mandando que ela se virasse, ajudou-a a prendê-lo e trançá-lo. Seus dedos se encontraram e os dedos frios dele tocaram a nuca de Vitória enquanto ele a ajudava a enfiar a longa trança dentro da parte de trás da camisa.

Quando terminaram, a carruagem parou.

— Chegamos — disse Max, enfiando um chapéu na cabeça dela. — Se Rockley vir você, a brincadeira acabou. Do contrário... você pode passar por homem.

Caía por terra a opinião de Sebastian de que ela era incapaz de ocultar o seu sexo quando vestia roupas de homem.

Max jogou três estacas para ela, e enquanto ela as enfiava em seu paletó, viu-o colocar uma arma no bolso e um pequeno punhal na bota. E então o seguiu para fora da carruagem.

Vitória mal tivera a chance de se perguntar como é que Max pretendia ter acesso a um clube privado de cavalheiros que exibia a pequena e discreta placa "Bridge & Stokes" quando ele abordou o porteiro.

— Convidados do marquês de Rockley — disse-lhe, friamente. Vitória subiu os degraus para ficar ao lado dele. Seu pescoço ainda estava quente.

O porteiro permitiu que eles entrassem no vestíbulo do estreito edifício, efetivamente passando-os para o mordomo.

— Posso ajudá-los?

— Somos convidados do marquês de Rockley — repetiu Max. — Maximiliano Pesaro e acompanhante.

Vitória quis chutar Max. O que diabos ele estava fazendo? Se Filipe a visse... Mas quando o mordomo se virou, ostensivamente para chamar Filipe, Max a empurrou de maneira nada delicada em direção à espiral de escadas que subia da entrada para um balcão no andar de cima.

— Vou tirar Rockley daqui; suba lá e veja o que consegue encontrar — disse-lhe em voz baixa.

Ela subiu as escadas correndo, e estava sumindo de vista quando ouviu o mordomo voltar. As vozes lá embaixo eram confusas, mas então ela escutou o tom de voz de Max elevando-se o suficiente para que ela o ouvisse dizer: "Ele está lá em cima? Então vou subir e encontrá-lo eu mesmo, obrigado".

Vitória chegara ao topo da escada e então ficou paralisada. Ouviu Max subindo em seu encalço, repetindo ao mordomo que localizaria o marquês sozinho.

E assim que Max chegou ao topo, encarando-a, duas coisas aconteceram. Uma das portas no corredor que dava para o balcão se abriu e Filipe apareceu... e Vitória sentiu como se colocassem gelo em sua nuca.

Ela olhou para Max e os dois se moveram ao mesmo tempo: Vitória virou-se e saiu pelo corredor na direção oposta enquanto Max rodopiava para encarar Rockley, que parou quando o reconheceu. Estava com outro homem, que parecia aborrecido.

— Pesaro? Não sabia que você era um membro aqui. — Não havia cordialidade na sua voz ou em seu rosto; ele claramente não acreditava que Max devia estar ali.

— Não sou. Vim a pedido de Vitória. Ela me disse para pedir a você que volte para casa.

Vitória, distante dali e escondida atrás de uma porta aberta, quase engasgou com a audácia dele.

Foi gratificante, de certa forma, ouvir o pânico de seu marido ao replicar:

— Ela está doente? Está ferida?

— Creio que vai ficar bem, mas ela deseja vê-lo com a maior urgência.

Teria dado certo. Deveria ter dado certo, para tirar Filipe do clube antes que os vampiros atacassem, mas eles chegaram um pouco tarde demais.

Vitória sentiu o gelo aumentar em sua nuca de maneira tão repentina que se enrijeceu pela surpresa. Ainda escondida na soleira da porta, ela puxou uma das estacas de seu bolso no momento em que o acompanhante do seu marido abriu a boca.

Ela viu o brilho das presas brancas, e o lampejo súbito de vermelho nos olhos dele. Felizmente, o som que ela fez chamou a atenção de Filipe para ela, e deu a Max a oportunidade de enfiar sua própria estaca no vampiro atrás dele.

Filipe, que olhava inquisitivamente para Vitória, deu vários passos em direção a ela e não pareceu ouvir o *puf*.

— Eu conheço você? — perguntou, incerto.

Vitória, cuidando para manter sua cabeça escondida por baixo do chapéu, sentiu a presença de outro vampiro.

— Rockley, saia daqui! — disse Max, irritado. — Vá para casa ver Vitória. Ela está esperando por você!

Por sorte, ele desviou a atenção de Filipe, e então um grito e uma altercação vindos de baixo completaram a distração.

— Mas que diabos? — Filipe virou-se e começou a descer a escada, com Max em seu encalço, mal tocando os degraus.

Vitória observou os dois homens descendo e sabia que Max garantiria a segurança de Filipe. Isso deixava o segundo andar sob sua responsabilidade.

Ela se apressou pelo corredor, escancarando portas em busca dos três vampiros que sentia estarem por perto. Ela encontrou um, que começava a seduzir sua pretendida vítima com um jogo de cartas, e quando entrou na sala, ele mal teve a chance de mostrar seu jogo antes de ser empalado.

Os sons de lutas e gritos vindos de baixo a fizeram se apressar ainda mais. Max estava em grande desvantagem, se a sensação em sua nuca fosse precisa, e era sempre. Ela precisava encontrar mais dois naquele andar e então podia descer para ajudar.

Eles a encontraram antes, vindo pelo corredor, roçando ombros. E pareceram reconhecê-la.

— Lá está ela! — grunhiu um deles e de repente estava do lado dela, agarrando seu braço. Vitória se agachou e jogou-se contra as pernas dele, derrubando-o no chão no momento em que o outro se acercava.

Usando toda a força de suas pernas, Vitória arremessou o segundo vampiro sobre o primeiro, e levantou-se de um salto. Com uma estaca em cada mão, ela as rodopiou e cravou, uma, duas, em seus peitos.

Ela correu até as escadas e parou para dar uma olhada no tumulto lá embaixo. Max estava no centro da sala usando um atiçador de brasas para manter a distância o que pareciam ser dois Guardiões e um Imperial. Três outros vampiros esperavam por sua vez, impossibilitados de se aproximar e participar da briga. Gotas escuras de sangue voavam a cada movimento de Max; ele obviamente estava ferido em algum lugar.

Não havia outros homens à vista. Presumivelmente, os membros do clube haviam se retirado... ou jaziam inconscientes em algum lugar dos fundos. Filipe não estava em lugar nenhum.

Vitória saltou a balaustrada e aterrissou, conforme planejara, em cima de dois vampiros. Eles se esparramaram no chão antes que ela tivesse a oportunidade de empalar um deles; então, com uma cambalhota, ela rolou e se levantou. O barulho de metal no chão atraiu sua atenção, e ela viu que a espada do Imperial havia caído quando Max enterrou-lhe a estaca.

Ela agarrou-a do chão e, girando-a para trás e para os lados, decapitou um Guardião com uma única investida. Ele se pulverizou e ela se virou para Max, que mantinha com facilidade os três outros vampiros a distância. Quando Vitória foi na direção deles, um dos três a viu e saiu correndo pela porta da frente. Ela o deixou escapar, pois assim poderia checar as salas dos fundos para se assegurar de que não havia outros vampiros... ou vítimas. Sua nuca já esquentara e ela não esperava encontrar qualquer outro morto-vivo.

Ela encontrou quatro cavalheiros que obviamente estavam jogando faraó antes de perderem a batalha para um vampiro ou dois.

Vitória não tinha visto os resultados de muitos ataques vampíricos; na sua limitada experiência, ela frequentemente impedira que eles acontecessem. Mesmo o cocheiro do cabriolé, duas noites antes, fora mordido, mas não destruído e mutilado como tinham sido estes quatro homens.

Seu estômago embrulhou enquanto ela caminhava pelo salão de jogo. Havia sangue por toda parte, empesteando o aposento com seu fedor brutal. Camisas e paletós em retalhos; peitos e pescoços rasgados e abertos como se um cão raivoso houvesse atacado os homens com dentes e garras. A ferida escancarada de um homem ainda exibia o azul acinzentado e retorcido das veias e músculos de seu pescoço aberto.

Vampiros haviam se alimentado neles, mas também os haviam destruído.

— "Não há fúria no inferno..."[2]

Vitória se virou. Max parecia exausto, e seu rosto moreno estava tão pálido quanto sua pele olivácea permitia. Três manchas escuras coloriam seu paletó negro. Tinha uma estaca na mão.

— Presumo que a mulher de que você fala é Lilith — replicou ela, orgulhosa por sua voz estar firme.

— Chamá-la de mulher é um pouco de exagero, mas sim, eu diria que esta é a mensagem dela para nós.

— Pegamos todos os vampiros com exceção daquele que saiu correndo. Haverá vítimas que ainda podem ser salvas?

Max sacudiu a cabeça.

— Filipe?

— Ele já foi. Mandei-o para casa em minha carruagem, que nenhum vampiro se atreverá a atacar. Briyani sabe o que fazer. Ele vai dirigir por algumas horas antes de levá-lo de volta a St. Heath's Row. Disse a ele que desse a Filipe um pouco de *salvi*; você chegará em casa antes do seu marido, então pode contar a ele a história que quiser. — Sua voz soava fatigada.

— Max, você parece que vai cair.

— Já estive pior. Vamos sair daqui antes que os policiais cheguem. Não quero ter que limpar a mente deles também, hoje.

Os dois saíram juntos na noite estrelada, sem luar. Era uma noite tranquila, morna e as ruas estavam praticamente vazias. Nada indicava que uma chacina acabava de ocorrer naquele edifício estreito, de tijolos, atrás deles.

---

[2] Citação da peça *The Mourning Bride*, 1697, do dramaturgo inglês William Congreve (1670-1729). A citação completa é: "*Heaven hath no rage like a love to hatred turned / Nor hell a fury like a woman scorned*" [O céu não possui raiva como um amor em ódio transformado / Nem o inferno fúria igual a uma mulher escarnecida] (N. do T.).

A verdade vem à luz

Max não deixou Vitória cuidar de suas feridas. Ele rosnou para ela quando ela tentou tirar-lhe a jaqueta para vê-las, então ela desistiu e se acomodou no assento puído do cabriolé que eles foram obrigados a alugar para levá-los a suas casas.

O horizonte começava naquele momento a se colorir de um tênue cinza-amarelado da aurora iminente. Vitória respirou aliviada. Não teria mais que lidar com vampiros até a noite seguinte.

Agora só teria que lidar com seu marido.

Apesar de estar cada vez mais acinzentado e respirando com dificuldade, Max insistiu que o cabriolé deixasse Vitória em St. Heath's Row antes de levá-lo para casa. Nem sequer considerou entrar na casa dela para cuidar de seus ferimentos, quaisquer que fossem. Assim, quando ela apeou do cabriolé, disse ao condutor para onde levá-lo — não para a casa dele, mas para a de Eustácia — e ainda lhe deu um xelim extra para assegurar que ele acompanharia Max até deixá-lo aos cuidados da sua tia.

Somente ao subir os degraus da entrada de St. Heath's Row Vitória percebeu que ainda estava vestida de homem, e o que restara do seu vestido ainda estava na carruagem de Max. Não pareceria tão estranho para Lettender, o mordomo, que ela chegasse em casa com o sol nascendo, em um cabriolé alugado... mas chegar vestida como estava certamente seria motivo para comentários e olhares curiosos.

Contudo, ela era uma marquesa, e embora o austero mordomo pudesse olhá-la de viés, decerto não ousaria fazer perguntas.

A grande questão com a qual Vitória precisava se preocupar naquele momento era se Filipe chegara lá primeiro. Ela bateu na porta, sabendo que a criadagem já estava em pé; quiçá Lettender ainda estivesse roncando em seu quarto dos fundos. Um dos vice-mordomos abriu a porta e, pelo olhar de tédio em seu rosto, Vitória soube que chegara em casa antes de Filipe.

Graças a Deus!

Ela passou pelo rapaz como se fosse a coisa mais natural do mundo sair com vestido longo e voltar com roupas de homem, e subiu correndo as escadas para o seu quarto. Verbena levantou-se quando ela entrou, com seu flexível cabelo achatado no mesmo lado em que seu rosto apresentava marcas de travesseiro.

— *Milady!* A sinhora chegô! Cumé que tá o seu braço?

— Estou bem. Obrigada por me mandar estas roupas — disse Vitória. — Mas vamos rápido, preciso vestir minha roupa de noite. O marquês deve chegar daqui a pouco e não quero que ele me veja vestida assim.

Elas trabalharam depressa, e bem a tempo, porque assim que o sol começou a derramar seu fulgor sobre os telhados de Londres, a carruagem de Max estacionou em frente à propriedade.

Vitória cobriu-se com uma capa e desceu as escadas, segurando as saias e a anágua.

Briyani, o sobrinho de Kritanu, um homem baixo, de rosto estreito, grandes músculos e a mesma pele bronzeada do seu tio, estava ajudando Filipe a descer da carruagem.

— Obrigada por cuidar dele — murmurou Vitória ao cocheiro de Max. — Ele esteve acordado durante o trajeto?

— Não, só quando estávamos chegando. — Ele estendeu a Verbena um fardo de tecido vaporoso: o vestido de baile, irremediavelmente amassado e sujo; mas pelo menos não permaneceria na carruagem.

— Max está na casa do seu tio e foi ferido gravemente — disse-lhe Vitória.

Ele assentiu com a cabeça e subiu de volta para a boleia, partindo com a carruagem.

— Vou lá ver como ele está.

— Vitória!

Filipe estava em pé na porta da casa, parecendo mal-ajambrado e exausto. Seus olhos, sempre semicerrados, pareciam particularmente cansados.

— Querido, você está em casa, finalmente! — disse Vitória animadamente, segurando o braço dele.

— Max veio ao meu clube, disse que você pediu que eu viesse para casa. Então houve uma grande altercação por lá. Eu saí no meio dela. — Ele sacudiu a cabeça para clareá-la, e Vitória sentiu uma pontada renovada de culpa. — Devo ter dormido no caminho para casa.

Mentiras e mais mentiras. Subterfúgios e enganos. Filipe era um observador inocente que apenas queria viver uma vida normal e feliz com a esposa que amava... e acabou envolvido em uma bagunça que não podia compreender. E nem sabia disso.

Por quanto tempo ela poderia gastar energia para assegurar que ele não soubesse? Para assegurar que ele estivesse a salvo? Vivendo uma vida dupla?

Vitória abraçou-o, lá mesmo na entrada de St. Heath's Row, pouco além dos muros de pedra que separavam a propriedade das ruas de Londres.

— Estou bem. Não havia urgência para que você voltasse para casa; eu apenas disse a Max, quando o vi no jantar dançante dos Guilderston, que se ele visse você, dissesse que eu chegaria em casa cedo e gostaria de ver você.

Talvez outra esposa teria perguntado sobre sua noite, sobre a altercação de que ele mal se lembrava no Bridge & Stokes, mas Vitória não podia levar a farsa tão longe.

— Venha, você parece exausto. Por que não descansa um pouco?

Ele colocou o braço ao redor da cintura dela e a empurrou com surpreendente força para dentro da casa.

— Irei, se você ficar comigo, minha adorável esposa.

— Claro que sim. — Será que ele percebia o alívio na voz dela? Será que ele notava que a tensão dela se esvaíra quando ele pareceu aceitar o que acontecera tão facilmente?

Vitória não estava certa se deveria ficar aliviada ou desapontada por Filipe estar cansado demais para fazer amor com ela, como ele decerto havia pretendido. Ela se aninhou ao lado dele e tentou dormir, sabendo que algo teria de mudar antes que ela enlouquecesse.

Seus sonhos foram repletos de imagens e odores do episódio no Bridge & Stokes, de carne humana retalhada e piscinas de sangue; olhos vazados e bocas escancaradas gritando, estáticas e em choque... de olhos vermelhos e presas cintilando e o zunido da lâmina de metal, decepando, decepando e decepando...

Quando ela acordou, foi por um movimento inquieto, e estava olhando dentro dos olhos azuis de seu marido. Ele não estava sorrindo.

— Você estava lá, ontem à noite. No clube. No meu clube.

Pega tão de surpresa, Vitória não pôde fazer nada a não ser mover sua boca. Tentar falar; mas seus lábios não formavam palavras.

— Você estava com o seu primo. Ele é realmente seu primo? — Ele estava apoiado num cotovelo, meio sentado. O lençol caíra de seu dorso nu e mostrava a curva de seu braço e a inclinação de seu cotovelo.

— Não, quero dizer, sim, ele é meu primo — gaguejou ela, sentando-se. Tarde demais ela se lembrou da cicatriz no seu braço esquerdo... Apressadas na noite anterior, Verbena a vestira com um traje sem mangas. O corte em seu braço, embora cicatrizando rapidamente, era longo, vermelho e impossível de não notar.

Filipe notou e agarrou-lhe o braço, tirando-lhe o equilíbrio.

— O que é isto? Quando foi que isto aconteceu?

Vitória se afastou, soltando-se dele com pouco esforço. Ela não tirara seu *vis bulla* na noite anterior.

— Há alguns dias. Foi um acidente no estábulo; eu me cortei com uma das ferramentas do ferrador.

— É um corte bem fundo — replicou Filipe, com a voz neutra. — Quando foi que você disse que aconteceu?

Vitória engoliu. A última vez que ele a vira nua fora ao fazerem amor na volta do teatro. Pouco antes que ela o drogasse. Apenas duas noites antes.

— Acho que foi ontem de manhã, depois que você foi embora para o seu clube.

Ele olhou para ela.

— Ontem? Parece ter cicatrizado bem rápido.

O coração dela estava disparado.

— Sim, estou muito surpresa. Minha tia me deu algum unguento particularmente eficaz.

Filipe jogou os cobertores com tanta força, que eles caíram sobre ela, deslizando para o seu colo. Ele saiu da cama, nu e belo, e muito, muito irritado.

Ele andou até a janela, que tinha a altura da parede, do teto ao chão, e cruzou os braços. Como já fizera antes, falou para a parede, não para ela... embora as palavras fossem para ela.

— Vitória, eu quero saber por que você estava no meu clube ontem à noite fantasiada de homem com aquele italiano que você alega ser seu primo. E quero a verdade sobre como você recebeu um ferimento tão perigoso que cicatrizou com tanta rapidez.

Ela respirou fundo. Havia desejado que algo mudasse. Isso faria as coisas mudarem.

— Eu estava no clube porque nós, Max e eu (sim, ele é meu primo distante) soubemos que haveria um ataque por lá. Eu quis me certificar de que você estaria seguro.

— *Você* quis se certificar de que *eu* estaria seguro? — Ele se virou da janela e o brilho amarelado do sol projetou uma bela sombra dourada sobre sua pele e cabelo. Infelizmente, ela não estava em posição de apreciá-la. — Que tipo de absurdo você está dizendo, Vitória? O que você poderia fazer a não ser se colocar em perigo? — Ele apontou o braço dela. — Parece que já se colocou!

Ela estava zangada com o escárnio na voz dele, e exausta, e completamente estressada. Ela teria terminado a conversa ali, sem dizer mais nada. Ele que ficasse irritado.

Mas não fez isso.

— Eu trabalho com Max. É parte do legado da nossa família.

— Você *trabalha* com Max? Marquesas não trabalham.

— Eu trabalho. — Ela engoliu. — Eu caço vampiros.

Ele olhou fixamente para ela. E olhou.

E olhou.

Por fim disse, com uma voz terrível:

— Você está louca!

— Não estou, Filipe. É verdade.

— Você está louca.

A paciência dela acabou. Ela pulou da cama e foi até ele, parando tão perto, que sua camisola tocava as pernas e a barriga dele.

— Dê-me suas mãos.

Quando ele relutantemente lhe ofereceu as mãos, ela apertou-lhe os pulsos e disse:

— Tente se soltar.

Ele tentou e não conseguiu. Ela forçou seus braços para os lados, observando a expressão no rosto dele mudar da raiva para o choque e a incompreensão.

Ela o soltou.

— Sou uma caça-vampiro. É o legado da minha família. Não tenho escolha; é o que tenho que fazer.

Filipe se afastou dela, topando com a janela atrás dele.

— Eu não acredito em vampiros.

— Isso é muito tolo da sua parte, já que um deles quase mordeu você ontem à noite... pouco antes de você me ver. Max o matou enquanto você falava comigo.

Ele sacudiu a cabeça.

— Quer eles existam ou não, você não pode caçar vampiros, Vitória! Você é uma marquesa! Você é um pilar da sociedade! Eu a proíbo! Como seu marido, eu a proíbo!

— Filipe, não é algo que você possa proibir. Isso está no meu... sangue. É o meu destino.

— Você pode acreditar nisso. Você pode achar que não tem escolha, mas se você não sair de casa para caçar vampiros, estará fazendo a escolha de não seguir seu destino.

— E devo então ignorar cada vez que souber que haverá ataques de vampiros... em lugares como o Bridge & Stokes? Deixar pessoas morrerem? Você escapou, Filipe, porque Max lhe contou uma mentira que fez você ir embora. Mas você não viu a carnificina que ficou para trás... de alguns dos seus amigos! Foi além do horripilante!

— Eu proíbo, Vitória.

— Não ficarei parada deixando pessoas morrerem desse jeito.

Ele se afastou da janela e passou por ela, entrando em seu quarto de vestir e gritando por seu criado:

— Franks!

Filipe parou na porta que comunicava os dois quartos, segurando a beirada e olhando para o chão.

— Você deveria ter me dito isso antes de nos casarmos, Vitória. É imperdoável que não o tenha feito.

E fechou a porta. Suavemente. Mas o barulho foi alto.

* * *

— Eles só chegaram da lua de mel há dois dias, Nilly — disse Melly complacentemente —, mas tenho certeza de que poderei convencer o mais novo e mais notável casal da alta sociedade a comparecer ao baile da sua sobrinha.

— Isso seria divino! — entusiasmou-se Petronilha, de olho na bandeja com bolinhos de laranja e canela. Tinham um cheiro delicioso, mas aquela cor esquisita de cenoura a repelia. Talvez ela tivesse uma conversa com Freda sobre diminuir a coloração. Pelo menos os biscoitos de lima não tinham aquele tom horroroso de verde da última vez que ela os fizera. Agora estavam bem apetitosos, mesmo com a fina camada de glacê.

— Onde está Winnie? Pensei que ela queria ouvir todos os detalhes da lua de mel — reclamou Melly. Ela não tinha a hesitação de suas amigas: solapou dois bolinhos e começou a mordiscar um terceiro.

— Estou aqui! — Como se recebesse a deixa, a porta da sala se abriu, dando passagem à duquesa Farnham, que tilintava e chocalhava a cada passo.

— E o que, em nome de Deus, é isso? — perguntou Melly, olhando desconfiada para o crucifixo enorme que pendia da sua cintura como uma corrente de chaves usada por castelãs em tempos medievais. Só que o crucifixo era bem maior do que qualquer corrente de chaves. — E *isso*?

— É a estaca dela, claro — explicou Petronilha, como se Melly tivesse perdido a cabeça, embora *lady* Grantworth achasse que suas duas amigas mais queridas é que a haviam perdido. — Winnie, espero realmente que você não esteja pensando em usar uma coisa dessas! Seria tão cruel!

Winifred afundou-se em sua poltrona favorita na sala de Petronilha, conseguindo ao mesmo tempo empurrar quatro bolinhos e três biscoitos de lima para o seu prato e servir-se uma xícara de chá.

— Não sou boba o suficiente para ficar me exibindo por aí sem proteção, e vocês duas seriam sábias se fizessem o mesmo.

— Não, não, não, *não!*... Winnie, não me diga que você ainda tem medo que um vampiro pule das sombras em cima de você à noite! — Melly enfiou na boca o resto do bolinho de laranja e tomou um gole de chá, balançando a cabeça e revirando os olhos.

— Eu diria que sim! — Winifred despejou uma quantidade generosa de creme em seu chá, desdenhando o açúcar, e mexeu gentil e elegantemente com a colher para dispersá-lo. — Vocês ouviram sobre o incidente de ontem à noite naquele clube de cavalheiros, Bridge & Stokes, não ouviram? Quando me contaram eu fui imediatamente até um dos lacaios, ordenei que ele pegasse uma das bengalas do duque e a transformasse numa estaca. Não vou a lugar nenhum sem ela!

— Incidente no Bridge & Stokes? — ecoou Petronilha, com os pálidos olhos azuis arregalados de interesse. — Do que é que você está falando? Havia vampiros ali? Alguém foi mordido? — A última pergunta veio quase sem voz.

— Aqueles não eram vampiros, Winnie! — Melly sacudiu a cabeça e alisou as saias. — Sei do incidente que você está falando, e não foram vampiros. Quantas vezes vou ter que repetir que eles simplesmente não existem? São produto da imaginação de Polidori, alimentada por lendas e histórias de fantasmas.

— O que aconteceu em Bridge & Stokes? — perguntou Petronilha novamente.

— Como é que você não ouviu falar? A fofoca está correndo entre os empregados com mais rapidez do que fogo num campo seco — replicou Melly com ar de superioridade.

— Estive indisposta a manhã inteira — respondeu Petronilha delicadamente.

Melly bufou, mas Winnie dignou-se, por fim, a explicar:

— Cinco homens foram encontrados mortos depois que alguns transeuntes informaram a polícia que tinha havido uma briga barulhenta lá, hoje de manhã bem cedo. Ninguém escutou tiros, e pelo que ouvi, os corpos foram encontrados bem destruídos, mutilados, até. Uma tremenda sujeira. — Ela estendeu a mão para pegar outro biscoito, pensou duas vezes e o colocou de volta no prato. Aparentemente havia algumas coisas que afetavam seu apetite.

— Lorde Jellington, meu primo, visitou-me hoje de manhã bem cedo — intercedeu Melly. — Pois o marquês é membro do clube em questão e tinha, de fato, estado lá ontem à noite. Mas parece que ele foi embora antes do incidente, e Jellington quis me assegurar que ele não estava envolvido.

— Conhecendo Jellington, tenho certeza de que não era só isso que ele desejava ao visitar sua atraente prima em terceiro grau — comentou Petronilha, maliciosamente.

— Ora, vamos! Jellington nunca olhou duas vezes... bem, talvez duas vezes, mas definitivamente não três vezes... para mim dessa forma — replicou Melly, escondendo o rosto na xícara de chá.

— Foram os vampiros que fizeram isso! — Winnie conduziu a conversa de volta aos trilhos. — É por isso que não houve tiros! Eles não precisam de armas para conseguir o que querem.

Melly estava sacudindo a cabeça.

— Não, Jellington diz que uma ou duas pessoas, ao que parece, atacaram os membros do clube com facas. Talvez em algum tipo de represália, pois todos os mortos (exceto um, que pode ter sido morto acidentalmente) estavam endividados e deviam muito dinheiro a alguns daqueles agiotas horrendos de St. Giles. Os policiais acreditam que foi uma tentativa de coletar fundos que lhes eram devidos, ou fazer daqueles homens um exemplo do que acontece quando não se paga uma dívida. — Ela fungou e pôs sua xícara na mesa.

Foi a vez de Winnie bufar.

— Isso é o que os policiais estão dizendo. Mas não acredito neles. Eles não querem que haja uma onda de pânico em Londres, com todos crendo que há vampiros por aí.

— Se há vampiros causando tudo isso — redarguiu Melly — por que ninguém informou ter visto um?

— Eles são muito cuidadosos... eles se infiltram na calada da noite — replicou Winnie. — Certifiquem-se de que as janelas de seus quartos estejam bem fechadas e trancadas.

— Vou me assegurar de que a minha será totalmente trancada — replicou Petronilha, em tom um pouco sério demais. — Eles realmente se infiltram na calada da noite, não é? Mas já ouvi que eles podem se transformar em sereno ou neblina e penetrar pelas gretas da janela... e aí se transformam de volta em homens. Dentro do dormitório! Ah, meu Deus, e o sr. Fenworth dorme em seu próprio quarto do outro lado do corredor! Estarei completamente sozinha e desprotegida! — Sua voz aumentou de volume como se ela quisesse garantir que quaisquer vampiros por perto ouviriam.

— Se eles se infiltram na calada da noite, então essa é uma indicação clara de que vampiros, se é que existem, não foram responsáveis pelo ataque no Bridge & Stokes. — Melly se inclinou para despejar um cubinho de açúcar em seu chá.

— E aquele incidente no Parque Vauxhall anteontem à noite? — comentou Winnie. — Jellington lhe disse qualquer coisa sobre aquilo?

— Não.

— Houve algum tipo de altercação por lá, mas ninguém ficou machucado ou ferido.

Melly levantou as sobrancelhas.

— Ninguém foi machucado, ferido e muito menos mordido... e você debita o incidente, qualquer que tenha sido, a vampiros inexistentes? Winnie, minha querida, você realmente está levando aqueles romances góticos muito a sério. Tudo de violento ou inesperado que acontece nesta cidade não pode ser atribuído a criaturas como vampiros. Há suficiente maldade perpetrada pelo homem para que precisemos inventar seres paranormais em quem jogar a culpa.

"Agora, vamos deixar de lado os absurdos e falar sobre coisas muito mais interessantes... como por exemplo, quando teremos um marquezinho em nossas mãos!"

* * *

Sua esposa estava louca. Tinha que estar louca, porque a alternativa era aterrorizante.

Pela primeira vez até onde se lembrava, Filipe de Lacey, marquês de Rockley, não sabia o que fazer.

Ele saiu de St. Heath's Row e dirigiu sua charrete até a cidade. Parou no White's, outro dos clubes que frequentava, e sentou-se sozinho a uma mesa. Bebeu vários copos de uísque, comeu um grande naco de carne que tinha gosto de serragem, e um filão de pão que poderia estar cheio de carunchos que ele nem notaria.

Depois do White's, ele continuava inquieto, então foi para outro clube de cavalheiros, embora não tivesse qualquer vontade de ser sociável. No Bertrand's ele evitou seus amigos e se sentou numa sala vazia, ignorando o burburinho sobre os infelizes que haviam perecido no Bridge & Stokes na noite anterior.

Talvez por isso ele não quisesse conversar com ninguém.

Ele não queria saber se Vitória estava certa ou errada. Não queria ter que pensar sobre o que significaria se ela estivesse certa.... ou se estivesse errada.

* * *

Quando Filipe não retornou a St. Heath's Row na manhã seguinte, Vitória não aguentou mais. Pediu que preparassem a carruagem e foi até a casa de Eustácia.

Sua tia olhou para ela uma única vez e entendeu:

— Ele sabe.

Vitória afundou-se numa cadeira, zangada por suas mãos estarem tremendo e lágrimas ameaçarem seus olhos. Ela assentiu com a cabeça.

— Ele me proibiu de continuar a caçar.

Eustácia esperou. Sabia o poder do silêncio. O som do relógio marcava os minutos, diluindo as esperanças que ela depositara em Vitória.

— Eu lhe disse que não podia ficar quieta deixando pessoas morrerem.

Eustácia assentiu com a cabeça. Bem falado.

— Ele ficou zangado e saiu. Não voltou para casa desde que discutimos ontem de manhã.

— Ele viu você no clube? — Max tinha contado a Eustácia sobre o ataque no Bridge & Stokes enquanto ela tratava de seus ferimentos. Foi a tentativa dele de evitar que ela lhe desse um sermão sobre não cuidar direito de suas feridas; ela percebeu e deixou-o pensar que conseguira enganá-la. Mas quando terminou, ela o repreendeu duramente. Até mesmo Venadores tinham que cuidar de seus ferimentos, lembrou-lhe Eustácia.

— Sim, ele me reconheceu. Eu lhe disse a verdade; não podia esconder mais, tia. Não podia viver naquela mentira, continuar entupindo-o de *salvi*.

— Claro que não podia, *cara*. Não está na sua natureza ser dissimulada. Eu sabia que existia a possibilidade de você ter que contar a ele, algum dia. Não esperava que fosse tão cedo, e no meio de um período tão difícil...

— Como assim?

— Você e Max enfrentaram dois ataques nas últimas três noites; talvez até tenha havido um ontem à noite de que não soubemos. Lilith está reunindo suas forças. Ela está pronta para atacar você em retaliação por você tê-la passado para trás. Ela quer o Livro de volta e tem algum plano em mente para obtê-lo.

Ela esfregou as falangetas de sua mão esquerda, onde as afiadas pontadas da artrite a incomodavam, e prosseguiu:

— Max não está em condições de sair, mas ele está no Cálice de Prata desde ontem, tentando descobrir o que está acontecendo. — Ele suspeitara que Rockley teria reconhecido Vitória e que eles discutiriam, por isso não permitira que Eustácia a envolvesse, insistindo que lidaria sozinho com aquilo enquanto a marquesa cuidava de seus "incêndios domésticos", como disse cinicamente.

— Eu sabia que ele estava muito ferido — observou Vitória —, mas ele não me deixou cuidar dos ferimentos.

— Eu sei. Ele me confessou isso — suspirou Eustácia. Ela possuía outras suspeitas a respeito das motivações de Max, mas agora não era o momento para ventilá-las. Em vez disso, comentou: — Ele não gosta de ser mimado.

— Tia Eustácia, eu cometi um erro contando tudo a Filipe?

— Não sei como você poderia ter feito outra coisa; mas acredito, sim, que haverá consequências. Elas podem ser simples como o marquês tentar impedir você de sair quando precisarmos de você; ou podem ser mais severas. Você precisa fazê-lo entender de que isto não é algo em que ele possa se envolver, por mais que queira protegê-la. Ele não pode. Você precisa deixar isto claro para ele; ou mande-o falar comigo e eu o farei.

Vitória assentiu com a cabeça. Faria isso. Se algum dia ele voltasse a St. Heath's Row.

— Agora, *cara*, você deve voltar para casa e descansar. Seu marido ama você; ele voltará no momento adequado para ele, quando tiver assimilado a sua confissão. E nós precisamos de você. Max não pode fazer isto sozinho.

Vitória concordou... mas pela primeira vez, ela realmente se arrependeu de sua decisão de aceitar o Legado. Gostaria de ter recusado, e que limpassem sua mente.

Ela desejava a ignorância. E uma vida normal.

24

Três cavalheiros se encontram

No fim do segundo dia depois de Vitória lhe ter contado sua história fantástica, Filipe se deu conta do que deveria fazer.

Ele certamente já visitara o Bridge & Stokes, encontrando-o "Fechado por motivo de morte". E, sem dúvida, houve falatório sobre os ataques ocorridos lá; mas ninguém mencionou vampiros.

Ele chegara ao ponto de dirigir sua charrete à casa do primo de Vitória, Maximiliano, planejando confrontá-lo como já fizera antes... mas o sujeito não estava em casa, e o mordomo de pele escura não soube dizer a Filipe quando é que seu patrão voltaria.

Uma coisa que ele ainda não estava preparado para fazer era encarar Vitória. Por isso não voltou para St. Heath's Row.

Em vez disso, ele alugou um cabriolé para levá-lo a St. Giles. Ao local até onde ele seguira Vitória, o estabelecimento chamado Cálice de Prata.

Ali ele encontraria a resposta.

Ah, ele não era burro. Entorpecido, talvez; tonto e com a mente partida de tristeza e dor... mas não burro. Ele se preparou: colocou um crucifixo por baixo de seu paletó. Encheu os bolsos com dentes de alho. Até encontrou algo que poderia usar como uma estaca de madeira: uma bengala quebrada na chapelaria do White's.

Filipe não acreditava em vampiros, e embora não tivesse perdido seu tempo lendo aquele romance ridículo de Polidori[3], sabia o que o folclore dizia sobre a proteção contra os mortos-vivos.

Mas ele também enfiou uma arma no bolso.

* * *

Quando Max entrou no Cálice de Prata pela terceira noite seguida, soube que algo ruim ia acontecer.

Já era hora; ele vinha esperando que a coisa toda explodisse havia três dias. Desde o primeiro ataque no Vauxhall, seguido pelo outro no Bridge & Stokes, ele sabia que isso levaria a alguma coisa.

A paciência de Lilith tinha acabado.

O que ele não esperava, nem poderia ter imaginado encontrar, era o marquês de Rockley sentado amigavelmente a uma mesa com Sebastian Vioget.

Antes que tivesse a chance de se perguntar sobre aquilo, Vioget deu uma olhada para cima e o viu em pé na entrada. Deu um sorriso mínimo e acenou com a cabeça para Max.

Max foi ao encontro deles. Não importava quão astuta fosse Lilith, isto não podia ser parte do plano dela.

— Boa noite, Rockley — disse Max, aproximando-se da mesa.

— Pesaro. Por que não estou surpreso em vê-lo aqui? — Sincero no que dizia, não havia inflexão em sua voz.

---

[3] O escritor inglês John William Polidori (1795-1821) foi o criador do gênero "vampiresco" na literatura, a partir de *The Vampyre: A Tale*, de 1819 (N. do T.).

— Talvez, mas eu estou surpreso em vê-lo. Pensei que após sua última visita, você teria aprendido alguma coisa. A saber: que existem lugares onde você não é bem-vindo... e nem a salvo.

— Vioget, aqui, me garantiu que este não é o caso, que eu nada tenho a temer enquanto estiver no estabelecimento dele. Vitória me contou tudo.

— É mesmo? Mas você não acreditou nela, então veio até aqui para descobrir por si próprio. Seu tolo! Se eu não tivesse chegado, você estaria à mercê dos caprichos desse homem.

Então ela contara para ele. Max apertou os olhos ao analisar o marquês: seus olhos dormentes, o cabelo perfeito, as roupas feitas em alfaiates. O homem entrara naquele covil de mortos-vivos não acreditando, e completamente despreparado para enfrentar o resultado de suas ações.

Era um homem morto se Max não interviesse. Novamente.

— Se você não tivesse chegado, nós teríamos continuado nossa conversa agradavelmente — replicou Vioget com frieza. — Agora, se nos dá licença, Maximiliano...

Antes que pudesse terminar, um ruído desagradável chamou a atenção de ambos. Ele se virou enquanto Sebastian erguia-se de um salto.

Imperiais. Cinco deles. Mais do que Max jamais vira juntos ao mesmo tempo. Em pé na base da escadaria, espadas desembainhadas, olhos vermelho-violeta brilhando. Só um deles sorria, e suas presas cintilavam.

Max ouviu a respiração de Rockley. Tarde demais, pobre infeliz.

O salão ficara silencioso e a tensão pulsava como um coração moribundo.

— Boa noite e bem-vindos ao Cálice de Prata. — Max teve que dar crédito a Vioget: sua voz estava tão suave e serena como se estivesse cumprimentando uma dama que chegara para o chá.

Porém, Max sabia que os cinco Imperiais não estavam lá para tomar chá, nem qualquer outra bebida, mesmo do tipo fresco.

Lilith os enviara.

O líder dos Imperiais deu três passos. Os mortos-vivos nas mesas próximas se encolheram. Imperiais, quando irritados, costumavam canibalizar seus próprios semelhantes.

— Sebastian Vioget, fomos enviados para conduzir você à presença de nossa senhora.

— Por favor, apresente a ela minhas desculpas, mas já tenho um compromisso para esta noite.

Max notou que Vioget se movera em direção à parede de tijolos atrás de Rockley. Fingindo ajustar seu paletó, Max moveu-se para a esquerda do marquês, colocando-o entre Sebastian e ele, e a centímetros da porta escondida. Max não ia deixar Vioget entrar por lá sem eles dois.

Não pela primeira vez, ele se perguntou como tinha sido levado a pajear um marquês... de novo.

— Você é engraçado, Vioget. Bem, você pode tornar isto simples... ou difícil. — A maneira que o líder Imperial acariciava o lábio inferior com a presa esquerda indicava que ele preferia muito mais a forma difícil.

Max tocou Rockley e sentiu a rigidez do seu ombro.

— Prepare-se — disse-lhe baixo, sem mexer os lábios. — Atrás de você.

Mas não tiveram a mínima chance.

Subitamente, o salão se tornou um turbilhão: uma mesa voou, espadas lançaram clarões, cadeiras se partiram, gritos, berros e golpes ressoaram.

Max agarrou Rockley, jogou-o debaixo de uma mesa e foi atrás. Melhor esquecer a porta escondida; eles tentariam esgueirar-se para fora ao longo das paredes.

Filipe, que se vira impossibilitado de se mover, soube de repente que sua única chance de escapar era seguir o primo de Vitória pelo chão, por baixo das mesas. Ele largou a pistola que tinha no bolso, percebendo, finalmente, o que Pesaro e Vitória vinham tentado lhe dizer. Tarde demais.

Os olhares hipnóticos e a maneira com que os clientes o fitavam, como se o atravessassem e o suavizassem, não haviam sido suficientes; não, foi somente quando aqueles cinco homens, com olhos ardentes e armas mortais irromperam salão adentro que ele percebeu que iria morrer.

Ele iria morrer com acusações e raiva pendentes entre ele e sua esposa.

Sabendo instintivamente que o crucifixo em seu bolso seria pouca proteção contra as cinco criaturas, Filipe engatinhou pelo chão atrás de Max, jogando sua única esperança de sobrevivência no homem que parecia saber o que fazer. Cacos de copos e lascas de madeira cortaram seus culotes finos e feriram suas mãos. Algo escuro e grudento respingou sobre sua cabeça e ombros, vindo das mesas acima. O fedor de ferrugem encheu suas narinas. Houve um barulho alto de algo se espatifando atrás deles e ele sentiu cheiro de óleo de lamparina e, logo em seguida, o odor asfixiante de um violento incêndio.

Ele e Pesaro milagrosamente alcançaram a curva da parede que terminava ao pé da escada que dava naquele lugar que ele associaria para sempre ao inferno. Gritos e sons de luta os seguiam enquanto eles avançavam lentamente pela parede, sob a cobertura de uma súbita e espessa fumaça, e Filipe quis gritar em triunfo quando tocaram o último degrau.

Subindo os degraus aos tropeços, Filipe viu seu guia olhar para trás, parando na escada. Ele passou por Max e seguiu em frente, reconhecendo que não havia esperança de ajudar

Vioget. Ou quem quer que fosse pego no caminho daqueles cinco monstros.

Mas quando ele alcançou o topo, a liberdade, ele se viu encarando mais duas daquelas criaturas. Seus olhos eram vermelhos e eles não carregavam espadas. Uma era mulher. Mas, por menos familiarizado que fosse com esses demônios, Filipe reconheceu que eram vampiros pela forma como seus movimentos ficaram lentos ao ser capturado pelo olhar dela.

— Que beleza! — disse ela com voz gutural. — Exatamente o que eu precisava. E eu pensando que perderia toda a diversão ao ser colocada aqui para vigiar.

Ele não conseguia lutar; os olhos dela o aprisionaram. Ele foi pego e carregado, sem qualquer esforço, para algum lugar qualquer. Ele se debateu; não podia se livrar... ela o segurou perto e ele sentiu o coração dela batendo nele, através dele, como se estivesse em um invólucro que o apertava mais quando ele se debatia.

Ela o enfiou em algum lugar; ele caiu sobre algo acolchoado e lutou para fugir. Estava em uma carruagem; pela porta pôde ver que haviam capturado Max. Estavam arrastando-o em direção à carruagem, mas ela o puxou para trás, para longe da abertura.

— Agora, meu adorado — disse ela, olhando-o nos olhos. Ele não podia evitar. Eles o compeliam como nada jamais o fizera. Ele estava vagamente consciente de um pesado fardo sendo jogado ao lado dele, pois quebrou a conexão por um milésimo de segundo.

— Meu adorado — disse ela novamente, e emaranhou seus dedos fortes nos cabelos dele, como uma amante. Como Vitória. Então ela os agarrou, puxou a cabeça dele para trás com força, e ele gritou com o choque. Ela se inclinou para ele; seus lábios eram quentes e frios ao mesmo tempo. Eles tocaram a curva de seu pescoço, a parte macia agora aberta e nua.

Ele se debateu, mas ela se afastou e olhou para ele, acalmando-o com seus olhos.

— Não vai doer, meu adorado... meu adorado. — Ela lambeu seu rosto, fechou sua boca sobre a dele e enfiou sua língua dentro. Sufocando-o... porém dando-lhe prazer. Quando ela recuou, ele sentiu gosto de sangue... e ela estava lambendo os próprios lábios. Ele também quis lambê-los.

Alguém se debatia ao lado dele, na carruagem. Isso o abalou, e a vampira sibilou:

— Domine o Venador. Mas controle-se. Nossa senhora arrancará o seu coração se você se alimentar nele.

Então ela voltou para Filipe, sorrindo, chamando-o com os olhos.

— E qual é seu nome, meu adorado? Você é bonito demais para ficar anônimo. Talvez eu fique com você para mim.

Ele queria responder; ele não queria responder... mas não tinha escolha. Os olhos vermelhos dela, rodeados de preto e com a pupila também negra, o compeliram a responder:

— Filipe... — conseguiu ele. — Rockley...

Os olhos dela se dilataram pelo choque; o controle dela falhou. Unhas afiadas enfiaram-se no seu escalpo e no braço que ela agarrava.

— Você é Rockley? Casado com Vitória?

Distante, por cima do zumbido em seus ouvidos, ele ouviu um "Não!" desesperado, mas o gemido de Max não pôde impedi-lo de responder "Sim".

A vampira sorriu, olhando para ele. Suas presas eram longas e bonitas. Ele as queria nele, dentro dele. Ficou excitado por antecipação. Ele respirou fundo quando ela se debruçou sobre sua carne. Ela o atiçou por um momento; seus lábios, sua língua, suas presas arranhando, mordiscando.

— Isso muda as coisas — murmurou ela, e enterrou-lhe as presas em sua orelha.

Ele gemeu enquanto o prazer e a dor o invadiam... diferente de tudo que ele já sentira. Um líquido morno pingava no seu pescoço; ele podia cheirá-lo. Cheirá-lo no hálito dela quando ela voltou para sua boca. Ele queria sentir o cheiro também.

— Não precisarei matá-lo, agora. — Ela respirou fundo e exalou, devagar, delicadamente... injetando seu hálito tépido na carne e no sangue dele enquanto enterrava os dentes no seu ombro.

O marquês, o Venador e o estalajadeiro desaparecem

Vitória tinha acabado de voltar para St. Heath's Row depois de um jantar em Grantworth House quando a mensagem chegou.

Ela foi muito pressionada para explicar à sua mãe o porquê de seu novo marido não ter comparecido com ela; e foi ainda mais difícil livrar-se de socializar com os presentes depois do jantar... mas ela alegou exaustão. Aparentemente, os círculos azuis e pretos debaixo de seus olhos foram suficientes para convencer sua mãe de que ela não estava preparada para esticar. E se *lady* Melly acreditou que a razão se devia a um feliz e iminente evento, bem, Vitória estava desanimada demais para contradizê-la.

Assim, ela tinha começado a tirar as presilhas de seu cabelo quando o mensageiro chegou para entregar o bilhete.

Ela não reconheceu a letra, mas o selo era dourado e trazia o carimbo de um audacioso V cercado de treliças e taças. Só podia ser de uma pessoa... ela o abriu.

Estou de posse de algo de aparente valor para você, embora suas ações na minha carruagem tenham me levado a duvidar disso. Ele estará a salvo até você chegar. Dou-lhe a minha palavra.

S.

Sua palavra?

Ela jogou o bilhete na penteadeira e chamou Verbena para ajudá-la a se trocar. Uma visita ao Cálice de Prata requeria certa preparação.

Mas quando Vitória chegou ao Cálice, ou o que havia sido o Cálice, ficou claro que nada poderia tê-la preparado para a cena diante dela.

Eram três da manhã, e quando o bar deveria estar transbordando de clientes indo e vindo pelas escadas, estava silencioso. O cheiro acre de madeira queimada, sangue derramado e medo assaltou-o enquanto ela descia a escada correndo.

O lugar estava reduzido a escombros. Mesas, canecas, cadeiras, garrafas... até corpos, o piano... tudo estava espalhado pelo chão. A metade estava queimada; o local fedia a cinzas e a óleo.

Vitória entrou na sala, esperando encontrar algo... algo que lhe dissesse o que havia acontecido.

Max teria estado lá, lembrou-se ela subitamente.

Teria sido pego no meio disso? Estaria morto?

E Filipe? Sebastian prometera mantê-lo em segurança...

O frio se apossou dela; uma frigidez profunda, penetrante, terminal.

Max. Filipe. Sebastian.

Todos tinham estado ali.

* * *

Max abriu os olhos.

O quarto estava quente e sombreado, a única iluminação vinda de chamas que lambiam uma longa parede.

— Maximiliano. — Ele tentou bloquear a voz dela... mas estava fraco demais. Sua força se esvaíra, ele tinha pouca resistência. Especialmente para ela.

— Olhe para mim, Maximiliano — ela cantarolou, suas palavras afagando-o como uma mão gentil.

Ele fechou os olhos.

— Por que você tenta evitar? Você sabe que não pode se negar.

Ele se endireitou da posição esparramada em que encontrava, no chão. Suas mãos não estavam presas; mas ela não teria necessidade de fazer isso. Ele ficava impotente, de muitas maneiras, na presença dela.

— Faz tanto tempo que você não vem a mim, Maximiliano.

A maneira que ela dizia seu nome fazia-o sentir como se houvesse mil centopeias percorrendo sua pele... contudo... permanecia no ar, seu nome saído dos lábios dela. Um elo que os unia.

— Eu não vim até você, Lilith. — Ele precisou de toda sua força para que aquelas palavras soassem suaves; para dizer-lhe o nome em sua cara.

O riso dela, baixo como um suspiro, enroscou-se nele.

— Você sempre precisou de alguma persuasão. Venha cá, Maximiliano. Venha a mim.

Ele se levantou, e então forçou seus membros a obedecerem ao seu comando, e não ao dela... e se inclinou contra a parede, pousando uma das mãos no mamilo esquerdo, tocando seu *vis bulla*. Graças a Deus nem mesmo ela podia tocar naquilo!

Uma onda de força fluiu através dele e ele se concentrou nela, extraindo a energia da prata sagrada que o cingia.

E ele se virou, então, de costas para a parede, e olhou para ela.

Ela estava reclinada sobre uma longa espreguiçadeira branca. Seus olhos — que ele podia encarar apenas por um instante — eram amendoados, fundos, com belos cílios, azuis anelados de vermelho.

— Ah, voltou a ser você mesmo, não é, Maximiliano? Prefiro muito mais você no seu estado alfa àquela massa de fraqueza que meus servos descarregaram aqui ontem à noite.

— Ontem à noite?

Ela assentiu com a cabeça, majestosamente.

— Rockley está morto?

— Rockley? Oh, não... não, meu querido, eu tenho outras utilidades para ele.

Max fechou os olhos. Se o homem tivesse mantido a boca fechada, sem dizer seu nome à vampira, estaria morto. E salvo.

A conexão com Vitória não teria sido feita.

— Agora, Max, meu querido, faz tempo demais. Você tem que vir a mim.

A intimação líquida em sua voz puxava-o. As mãos e pés dele começaram a tremer com o esforço de mantê-los imóveis, sob seu controle.

O suor se acumulou em sua nuca congelada, pingando por dentro de sua camisa. As cicatrizes em seu pescoço queimavam e latejavam, respondendo ao chamado dela.

Ainda assim, ele resistia. Ele rolou pela parede, para longe dela.

Max sentiu o movimento dela; seus olhos estavam fechados em concentração, mas ele a sentiu vindo em sua direção. Ele se imobilizou, sentiu a parede sob suas mãos e bochecha e tentou segurá-la. Era lisa demais.

Alta como um homem, ela respirou sobre ele por trás. Sua presença o encobria, sufocando-o e subjugando-o... e ela ainda nem o havia tocado. Ela estendeu uma das mãos — ele sentiu o ar se mover — e tocou o cabelo dele, alisando-o, acariciando-o, então respirou fundo durante uma lânguida carícia... e exalou.

Ela inclinou a cabeça dele para o lado, gentilmente. Ele deixou.

Ela chegou mais perto e agora ele sentia os seios dela e a curva do seu ventre pressionando sua espinha e seu traseiro. Ele passou a mão entre si mesmo e a parede, tocou seu *vis bulla*, e respirou.

Seu pescoço estava aberto para ela; ela era alta o suficiente para pressionar seus lábios, um frio, outro quente, sobre a pele que havia ali. Ele estremeceu quando ela o tocou. Fechou os olhos. Esperou.

Ela brincou com ele. Riu contra sua pele, respirou em sua umidade, arranhou-o com um afiado canino. Seu batimento cardíaco tornou-se um só com o dele. Ela se fundiu a ele por trás. A camisa dele estava toda molhada; ele nada ouvia além da pulsação dela.

Quando ela passou suas unhas longas e afiadas pelo ombro dele até a base das costas, Max sentiu sua camisa ceder. Caiu por baixo das mãos dela, e quando ela se apertou contra ele novamente, tocando-lhe as costas desnudas, ele quis se entregar. Parar de lutar.

O cheiro de seu sangue pelos arranhões à unha encheu-lhe as narinas... ela fechou os lábios na beira do ombro dele, onde os cortes tinham começado e onde eram mais fundos, e ele sentiu a língua dela deslizando pela umidade.

Ela suspirou, e seus lábios se curvaram de prazer contra ele.

— Maximiliano... ninguém tem o seu sabor.

Ele reuniu toda sua força.

— Não considero isso um elogio.

Rindo de prazer, ela chupou o ombro dele com mais força.

— Prove. — Ela puxou a cabeça dele para trás em um ângulo impossível e cobriu a boca dele com seus lábios ensanguentados.

Ele provou o pesado sabor de ferro e a língua fria e escorregadia dela. Recebeu o beijo dela e quis mais. *Maldição!* Ele queria *mais*.

As mãos dela deslizaram por baixo dos braços dele, pela barriga. Dobraram-se no centro de seu peito, arrepiando os pelos que cresciam lá. Ele se arqueou, erguendo o peito, colocando a cabeça para trás ao comando das mãos dela. As mãos se afastaram para os lados, sobre seus mamilos, ela as chacoalhou e as removeu. Rindo.

— Essa é outra particularidade sua, Maximiliano... você é o único que me dá prazer e dor ao mesmo tempo. — Então ela se afastou, recuou; ele sentiu a frieza da ausência dela na sua pele desnuda.

Ele respirou fundo, recostou a testa na parede. Quando ela esfregou seu *vis bulla*, a dor que ela sentiu dera a ele um necessário choque de força. Fora assim todas as vezes, anteriormente... ela ansiava por aquela combinação de prazer com jatos inesperados de dor quando se aproximava da cruz sagrada de prata. Ela também gostava do poder que isso dava a ele, a força adicional que permitia a ele resistir quando ela o tocava.

Porque ela sabia que sempre venceria.

Max ficou ciente de que ela estava falando com alguém e se virou, focalizando, a tempo de ver o sorriso branco cintilante de Lilith.

— Receio que você terá que esperar mais um pouco, querido Maximiliano. Minha convidada chegou, e eles a estão trazendo.

Max ficou de costas para a parede, a névoa e o arrebatamento sumindo. As coisas iam de pior para o inimaginável. A convidada só poderia ser Vitória.

A marquesa é recebida

Vitória colocou a pesada bolsa sobre um ombro, segurando contra o quadril o pesado volume, enquanto seguia os dois Imperiais para dentro de uma grande sala. Ela teve que piscar para ajustar seus olhos à escuridão do salão, depois de estar na manhã ensolarada.

Os Imperiais, trajados de preto da cabeça aos pés, a haviam conduzido do local do encontro que Lilith especificara até aquele salão cavernoso em uma propriedade em ruínas a dezesseis quilômetros de Londres. Kritanu e Briyani, que a acompanharam, receberam ordem para permanecer na carruagem, uma ordem, Vitória sabia, que eles ignorariam no momento em que os vampiros a levassem para dentro.

As janelas estavam pintadas de preto e cobertas com tábuas para impedir que o perigoso sol se infiltrasse. Lá dentro, o ar frio e úmido e a luz baixa fizeram com que ela sentisse sua pele pegajosa, mas quando viraram a esquina e entraram no que parecia ser uma sala de visitas, havia labaredas saindo de grandes lareiras em cada canto.

A luz do sol queimava os mortos-vivos, o fogo não. Um vampiro podia andar por uma labareda e não ser chamuscado.

Em um dos lados do gabinete havia um púlpito baixo que a fez pensar numa sala do trono, ou no grande salão de um castelo medieval. De fato, esta sala, com janelas altas e cobertas por tábuas e um teto que se estendia até uma grande cúpula pintada de preto, provavelmente foi um salão algum dia. Vampiros de todos os tipos estavam na sala, talvez dúzias deles, entre mortos-vivos comuns, Guardiões e diversos Imperiais. Ao lado do púlpito havia um enorme prato oco que ostentava uma alta e crepitante chama, dando calor e iluminação à mulher sentada numa larga cadeira no centro do púlpito.

Lilith, é claro.

Vitória olhou para a rainha vampira, encarando seus olhos azul-avermelhados apenas por um instante, como tia Eustácia alertara, e então examinou o resto de sua figura. Esbelta, emaciada, sua pele era da cor azul e branca que Vitória imaginara... mas o cabelo, longo e ondulado derramando-se sobre os ombros e seios, era cobre brilhante. Queimava os olhos de tão brilhante.

Ela devia ter sido mais velha que Vitória ao tornar-se morta-viva; sua idade imortal era próxima aos trinta anos. Não era bonita, mas horrivelmente elegante. Suas pálpebras eram tão finas e frias, que tinham a cor roxa; as maçãs de seu rosto eram salientes e formavam covas dessa mesma cor embaixo.

Seus lábios cinza-azulados, roliços e sensuais, curvavam-se num sorriso de boas-vindas. Suas mãos, juntas no colo, exibiam unhas longas e pontudas. Do topo da maçã do rosto à lateral do seu queixo, cinco marcas negras formavam o que, mesmo a distância, Vitória podia ver que era uma meia-lua.

Lilith, a Escura, não era tão escura quanto era fogosa e frígida ao mesmo tempo. Etérea com sua pele clara e pulsos estreitos, pescoço comprido e fibroso, e longas pernas elegantemente cruzadas.

— Vitória Gardella. Que prazer em tê-la conosco.

— Onde está meu marido? — Sua voz saiu forte e ousada.

— Onde estão seus modos, marquesa?

— Estou aqui para fazer uma troca, não para tomar chá.

— Bem, então vamos ao que interessa. Você interrompeu o meu prazer.

Vitória seguiu o gesto de mão de Lilith e parou de respirar. Max. Aquele era Max.

Estava em pé ao lado do púlpito e tinha ficado nas sombras até que o gesto de Lilith fez alguém empurrá-lo para frente. Sua camisa pendia em frangalhos da cintura, seus braços estavam inertes. O sangue escorria pelo seu ombro e seu torso nu estava coberto de pelos escuros, cicatrizes e suor. A atenção dela se concentrou no brilho da prata que perfurava seu mamilo. Enquanto ela olhava, estupefata, ele levantou o rosto e a fitou. Seus olhos estavam mortiços e frios.

Chocada e subitamente aterrorizada, Vitória voltou sua atenção a Lilith, que observara tudo com interesse.

— Dois convidados Venadores de uma vez só. Nunca tive tanta sorte.

— Onde está o meu marido?

Então ela o ouviu.

— Vitória!

Ela rodopiou e o viu sendo trazido ao salão, acorrentado — como se o pobre Filipe pudesse fazer algum mal às criaturas naquela sala! — mas vivo. E andando sozinho.

Vitória voltou-se para Lilith.

— Ele não precisa ser acorrentado. Solte-o e discutiremos nossa troca.

— Discutir? Não há nada para discutir. Se quiser o seu marido de volta, entregue-me o Livro de Antwartha.

Vitória sorriu para ela. Wayren estivera na casa de tia Eustácia quando a mensagem de Lilith chegou.

— Entregarei o Livro a você quando minhas exigências forem satisfeitas. A proteção mudou, e o Livro tem que ser dado a você livremente, ou não servirá para nada. Você não pode tirá-lo de mim, ou ele se dissolverá em cinzas.

Lilith devolveu o sorriso e Vitória não gostou da expressão que o acompanhava.

— Ah, uma negociadora formidável, e que sabe planejar! Eu não esperaria menos do sangue de Eustácia. — Ela sacudiu a mão e o Guardião segurando Filipe soltou as correntes de seus pulsos. — Presumindo, é claro, que você tenha realmente mudado a proteção e não esteja apenas blefando.

— Sebastian Vioget também está aqui?

Lilith arqueou as sobrancelhas acobreadas.

— Não. Eu mandei buscá-lo, mas ele não achou adequado aceitar meu convite. — Seus olhos se estreitaram. — Eu suspeitava que ele fosse a razão de você ter chegado tão facilmente ao Livro de Antwartha.

Vitória não achava que os eventos daquela noite poderiam ser chamados de fáceis, mas nada disse.

— Ele disse a você como conseguir o Livro, não disse?

— Você acha que eu seria burra o suficiente para acreditar num homem como Sebastian Vioget?

Lilith se recostou na cadeira, rindo deliciada. Era como fumaça; delicada, penetrante e sufocante.

— Ah, tenho sentido falta de um duelo intelectual com uma mulher. Sua tia também foi uma oponente formidável em seu tempo. Quanto a ele — disse, olhando para

Max — ele é um homem e tem certas fraquezas que são um prazer explorar.

Sua atenção retornou contemplativamente a Vitória.

Os pelos dos braços de Vitória se arrepiaram e ela percebeu que precisava manter o controle da conversa. Agora teria que salvar tanto Max quanto Filipe.

— Estou com o Livro aqui, Lilith, mas meus termos são diferentes daqueles que você ofereceu no seu bilhete.

— É mesmo? Por que será que isso não me surpreende? — Lilith fez um movimento sutil e Max se mexeu para frente como se não controlasse seus movimentos. Ela fechou seus dedos no pulso dele, e o manipulou de forma que ele ficou de joelhos em frente a ela, no lado oposto ao fogo. — Deixe-me adivinhar: você também quer garantir a segurança do Venador.

Vitória assentiu com a cabeça.

Os olhos de Lilith então mudaram. Não a cor... não, eles continuaram azul-safira, circulados por um grosso anel vermelho... mas algo em suas profundezas mudou. Vitória não conseguia desviar o olhar. Estava presa, sentia-se mole e enevoada. O chão se movia sob seus pés. O ar ficou espesso, entrando-lhe à força.

— O que você quer, realmente, Vitória Gardella? — A voz de Lilith vinha de longe, e no entanto estava em seu ouvido, só para ela. Sua boca não se mexeu. Seus olhos não piscaram. — Seu marido?

Filipe andou até ela, um fantoche respondendo à sua deixa, e Vitória tocou-lhe o braço. Ele estava frio, gelado; ela queria puxá-lo para si e mantê-lo seguro. Eles trombaram um no outro e através da névoa que Lilith criou ao redor de Vitória, ela sentiu algo pesado em seu bolso.

Vitória levantou a mão e fechou suas pálpebras com os dedos, quebrando a conexão com Lilith. Um tremor percorreu-a quando Lilith reagiu, e então se rendeu. Momentaneamente. Ela não devia olhar para Lilith de novo... mas era impossível, posto que aqueles olhos pareciam capazes de atrair seu olhar à vontade.

— Por que você quer tanto o Livro? — perguntou Vitória, deslizando sua mão para o bolso de Filipe e fechando seus dedos em torno da pistola.

— Há muitos segredos nele — disse-lhe Lilith, em tom de conversa. Ela acariciou o cabelo preto de Max, puxando um chumaço que o fez levantar-se. — Estou particularmente interessada no feitiço que me dará o poder de arregimentar um exército de demônios em qualquer noite de lua cheia. E há também a decocção que posso beber e dar a meus servos para que um Venador não consiga detectar nossa presença. Isso seria extremamente útil, como você deve imaginar.

Sem aviso, ela puxou a cabeça de Max para um lado e cravou os dentes na pele dele.

Vitória observou horrorizada enquanto ela bebia das veias distendidas, seus dentes pontudos deslizando para dentro como manteiga. Max fechou seus olhos; ela podia vê-lo lutando para respirar, observou seu peito subir e descer, o *vis bulla* de prata tremendo com seus esforços. Ele fechou uma mão na outra, e sua garganta se convulsionou.

Próximo a ela, Filipe estremeceu, sua respiração se acelerava, tornando-se irregular à medida que assistia à cena. Vitória virou-se para olhá-lo e viu o brilho animal em seu olhar e a abertura inconsciente de seu maxilar... e soube. O horror a invadiu mesmo antes que ela visse o brilho das presas... o cintilar vermelho nos seus olhos.

— Não! — gritou ela.

Lilith soltou Max e ele caiu murcho no chão. Ela sorriu, seus dentes brancos brilhando. Alimentara-se elegantemente; nem uma gota de vermelho em parte alguma.

Filipe caíra de joelhos, arfando, ao lado de Vitória. Seus olhos estavam selvagens, tintos de vermelho, pois ainda era um morto-vivo recente e a necessidade o consumia. Vitória podia cheirá-la, e ficou enojada. Seu estômago embrulhou, sua cabeça girou.

Ela agarrou a bolsa e forçou os dedos a parar de tremer.

— Não gostou da minha surpresinha? Lamento não ter permitido a ele que terminasse de se alimentar antes de você chegar. Só deixei que ele me provasse para abrir-lhe o apetite. Ele ainda vai desfrutar de você quando eu lhe der a ordem. — Ela fez um gesto para Filipe. — Levante-se! Você terá o que precisa quando chegar a hora.

Filipe obedeceu e ficou em pé ao lado de Vitória, e ela percebeu o que Lilith pretendia quando ele passou sua mão possessivamente pelo braço dela. Ela teve engulhos.

— Agora vamos negociar, minha querida. Embora eu não acredite que há muito espaço para isso, já que, como você pode ver, eu tenho todas as cartas.

— Eu ainda tenho o Livro. — Embora Vitória não soubesse qual a vantagem daquilo. *Filipe.* O que ela tinha feito com ele? Casando-se com ele, satisfazendo seus desejos egoístas... ela o trouxera até lá.

A dor a entorpeceu. Ele se fora e ela não podia trazê-lo de volta. Ele estava amaldiçoado. Maligno. Imortal.

— Sim, mas o Livro vale mais para você se o der a mim do que se o mantiver.

Vitória lutou para desviar sua atenção do choque e do horror da condição de seu marido e concentrar-se em Lilith.

— O que quer dizer?

— Com o Livro, eu posso lhe dar o que você quer, Vitória. — As pálpebras de Lilith se abaixaram e ela penetrou Vitória com sua intenção. O vermelho cintilou, refulgindo de suas íris azuis. — Posso lhe dar o seu marido de volta. Inteiro. Puro. Mortal, pois ele ainda não se alimentou de um ser mortal.

— Como?

Lilith se levantou, pela primeira vez, e desceu um degrau. Colocou as mãos esbeltas no ventre, seu vestido longo arrastando-se pelos degraus atrás dela.

— Está no Livro.

— Por que eu deveria acreditar em você? — A mente de Vitória trabalhava freneticamente. Ela podia salvar Filipe! Valia a pena, para salvar-lhe a vida. Dar a ela o Livro.

— Porque você não tem escolha. E por que eu mentiria? A vantagem é minha. Não preciso fazer nada por você.

— E por que faria?

Foi quando Lilith caminhou até ela. Vitória manteve os olhos concentrados acima do ombro dela, mas a proximidade da rainha dos vampiros fez disparar seu pulso, roubou-lhe a respiração e a tornou dela. Vitória podia sentir Filipe a seu lado, lutando para se controlar.

— Porque, minha querida, eu posso dar-lhe algo mais que também me beneficiará.

Ela cheirava a rosas. Frescas, orvalhadas, lindas rosas. O ícone da maldade, da voracidade, tinha o cheiro de uma flor de verão. O epítome da feminilidade. Ela cheirava como a mãe de Vitória.

Vitória queria engasgar. Em vez disso, replicou:

— Eu suplico, não me mantenha nesse suspense.

— Posso libertá-la do seu voto. Posso torná-la uma pessoa, não uma Venadora. Posso libertá-la. Você e seu marido.

O coração de Vitória martelava. Suas mãos suavam. Ela fechou os olhos; Lilith continuou falando.

— Sua tia não lhe disse que existia uma forma de sair, não é?

Vitória sacudiu a cabeça.

— Há sempre uma saída... bem, quase sempre. — Lilith riu. O som encheu seus ouvidos, ecoando em seu cérebro. — Alguns de nós estamos presos para sempre... mas não você, Vitória. Não o seu marquês. Você pode ser livre. Ter uma vida normal. Não é isso que você deseja?

— Ah, sim, abrirei mão de meus poderes para que você possa me matar. É um ótimo acordo! — Foi uma luta formar as palavras, mas elas soaram frias, pelo menos aos ouvidos de Vitória.

Ela esperou ser convencida, esperou ouvir a linha de raciocínio de Lilith... rezando que lhe desse a liberdade para fazer uma escolha.

— Ah, não, eu não mencionei? Junto com a anulação do seu voto, há também um feitiço que dará a você e ao seu amante uma proteção infinita contra os mortos-vivos. Vocês serão livres para viver como quiserem... podem até ter um filho... totalmente protegidos de todos os vampiros. Se você me der o Livro.

Vitória respirou fundo. Tudo que ela queria na vida, pelo preço de um livro velho.

Um livro com feitiços nele que ajudariam Lilith a ganhar poder. Ela seria capaz de conjurar demônios. Seria capaz de ficar imperceptível para os Venadores.

Vitória engoliu. O livro pesava na bolsa, junto com a sua consciência. Seu coração estava entorpecido.

Filipe continuava resfolegando ao lado dela. Vitória olhou para ele, e ele a encarou, como se guiado por um fio invisível. O vermelho desaparecera de seus olhos, e suas presas haviam recuado. Ele se parecia com o homem que ela amava. Aquele que estivera ao seu lado no altar, a quem prometera seu amor e sua fidelidade.

Aquele a quem prometera estar unida pelo resto de suas vidas.

Você deveria ter me dito isso antes de nos casarmos, Vitória. É imperdoável que não o tenha feito.

Suas últimas palavras a ela ressoavam em sua memória, duras e brutalmente verdadeiras.

Ela lhe fizera um mal inimaginável, condenando-o ao inferno uma vez que sua vida imortal fosse aniquilada por alguém como ela... ou ao inferno na Terra como uma criatura maligna que se alimentava do sangue de vítimas inocentes.

Ela o amava, e ela fizera isso com ele.

Ela poderia salvá-lo... e também poderia conseguir o que queria: liberdade dessa vida. Uma consciência limpa. Uma mente ignorante desses males. A mesma abençoada ignorância que sua mãe tinha.

E proteção contra eles.

Isolamento da consciência e da realidade dos mortos-vivos.

O coração de Vitória acelerou. Suas mãos se moveram para dentro da bolsa. Sentiu a aspereza da capa de couro do livro, a lombada se soltando, as páginas quebradiças ao toque.

— Dê-me o Livro! — Lilith chegou perto, mas não se atreveu a tocá-lo antes que Vitória o desse a ela. Livremente.

Vitória sentia sua ansiedade, sua luxúria pelo monte de páginas encadernadas.

O que ela estava trocando? Sua vida, a vida de Filipe... por um livro.

Um livro que continha... talvez... grandes poderes. E talvez não.

— Afaste-se — disse Vitória a Lilith. Sua decisão estava tomada. — Farei a troca.

Uma corda extremamente fortuita

Quando Lilith se afastou dele, concentrando todo seu poder e atenção em Vitória, Max finalmente conseguiu controlar o ritmo de sua própria respiração. Seu pescoço latejava e queimava, mas ele sabia por experiência própria que poderia ter sido pior.

Muito pior.

Sangue quente escorria por sua pele. Ele tentou se levantar com os braços trêmulos, forçou-se a ficar em pé e lançou um olhar hostil ao Guardião que se atreveu a andar em sua direção. Ninguém se atreveria a tocar naquilo que pertencia a Lilith, o que garantia sua segurança. De certa forma.

Rockley fora convertido em morto-vivo. Max suspeitava, mas não tivera certeza até então, ao ver Rockley fitando sua esposa com descontrolada luxúria. Com uma ordem de Lilith, ele se alimentaria nela até que ela morresse... ou pior. Mas não até que recebesse a permissão de sua senhora. Ela não só permitira que ele se alimentasse nela, mas Lilith o mantivera para garantir sua completa devoção.

Tocando seu *vis bulla,* Max fechou os olhos, inalou o poder e deixou que a malignidade de Lilith fosse filtrada por seus poros. Eles tinham que dar um jeito de sair dali, com o Livro. Não havia esperança para Rockley.

Então ele ouviu Vitória: "Afaste-se. Farei a troca".

O quê?

Dar o Livro a Lilith? Desfazer tudo pelo qual tinham trabalhado? Não!

Ele começou a descer os degraus do púlpito... e foi bloqueado pelas espadas de dois Imperiais.

Vitória tinha visto; ela olhou para ele. Duramente. Seus olhos então se desviaram para sua esquerda, rapidamente para cima e para baixo, depois de volta para a bolsa, pendurada diante do seu corpo. Ela vasculhou a bolsa com uma mão, a outra deslizou pelas folgadas calças brancas que vestia.

Ela se vestira para a batalha, por assim dizer. Seu cabelo preso atrás, severo e negro, torcido em um coque na base de sua nuca, deixava seus olhos amplos e negros em um rosto que tinha a cor da saúde... não da morte. A despeito do cabelo vibrante de Lilith, era Vitória que brilhava, perto dela.

Max respirou fundo. Concentrou-se. À sua esquerda estava o grande prato de fogo, suspenso por uma armação de braços metálicos. Ao lado havia uma pilha de madeira... grossa demais para ser usada como estacas. Mas o próprio fogo...

— Não se aproxime — disse Vitória a Lilith, e subitamente Max entendeu o porquê. Ela segurava uma pistola em sua mão. Aquilo era útil.

Lilith recuou, mas não pareceu surpresa.

— Você pegou isso do seu marido. Não há bala nessa arma que possa me ferir. Você é a única em perigo com essa arma. — Ela se virou e olhou para Max, ainda prisioneiro atrás das duas espadas cruzadas. — Ou ele. — Suas sobrancelhas se ergueram e ela mandou-lhe um sorriso causticante. — Talvez você deseje eliminar quaisquer testemunhas da sua... mudança de opinião.

Vitória levantou a pistola e apontou-a para Max. Fazia tempo que ele não se encontrava do lado errado de um tambor, e não sentira a mínima falta daquilo. Os Imperiais até mudaram as espadas de posição, para que ela pudesse atirar melhor.

— Eu não ia querer que minha tia soubesse que abandonei meu voto; em vez disso, Max, Filipe e eu vamos simplesmente desaparecer.

— Eu ainda não acabei com ele — replicou Lilith.

— Nem eu. — Vitória olhou para Max novamente, acenando com a cabeça, apontou a pistola para cima e puxou o gatilho duas vezes em rápida sucessão. A cúpula pintada de preto se arrebentou, estilhaços de vidro choveram no centro do salão... e o sol do meio-dia explodiu através da abertura no teto.

Lilith gritou e caiu, rolando para fora do generoso círculo de luz no chão. Filipe, em pé no canto da área iluminada pelo sol, desviou-se da zona de perigo.

Max se mexera ao aceno de Vitória, atirando o prato de fogo sobre os Imperiais. A calça de um deles pegou fogo, e quando ele largou a sua espada, Max pulou sobre ela.

Ficou em pé, decapitando o Imperial em chamas. Deu uma pirueta e cortou duas outras cabeças de vampiros despreparados, e virou-se para Vitória.

Ela hesitou, olhando para seu marido, porém Max correu para ela, saltou e se colocou ao lado dela no meio do salão. A luz do sol banhou os dois, em pé no círculo da segurança. O fogo que ele derrubara se espalhou pelo estofamento da cadeira de Lilith e alcançou o carpete. A fumaça enevoou a sala, elevando-se para o ar livre, acima.

A maioria dos vampiros avançara, agrupando-se ao redor deles, bloqueando-os na área amarela redonda que atingia talvez dois metros e meio. Lilith estava a uma pequena distância, gritando ordens e esfregando as mãos em seu corpo como para remover as queimaduras da luz solar. Um dos seus Guardiões retirava-lhe uma fina camada de pele queimada do seu rosto e do seu busto, deixando-a em carne viva.

Max olhou para baixo. Deu-se conta de que o amarelo quente vinha esfriando aos seus pés. Uma nuvem se movia no céu e em breve bloquearia o sol. O santuário deles iria desaparecer.

— Não suponho que você tenha pensado no que fazer a partir daqui — disse ele, brandindo a espada para um jovem morto-vivo que se atreveu a dar um passo na direção deles.

— Eu tinha a esperança de que, como consegui a nós dois até aqui, você teria alguma ideia.

A fumaça estava ficando mais espessa e parte da mobília estava começando a crepitar. Faltava pouco tempo para que a sala inteira estivesse envolta em chamas; línguas raivosas, vermelhas e alaranjadas já devoravam as cortinas secas, apodrecidas, penduradas nas janelas negras.

Algo rápido e escuro serpenteou no círculo dos vampiros, e Max se virou a tempo de ver Vitória se debatendo nos braços de Filipe. A luz e a escuridão os dividiam: ela estava sob o raio de sol, ele na segurança das sombras, tentando puxá-la para as trevas. Parte do braço dele estava ao sol, e seu rosto se retorcia de dor com a luz solar a queimá-lo, mas ele não a soltava. Os pés de Vitória estavam distantes um do outro, com os braços para trás, e, sob a vista de Max, Filipe enlaçou-a pela cintura e a varreu para fora da luz.

Ela se debateu, tentando se soltar. Seu rosto estava banhado em lágrimas e ela parecia estar dizendo algo, que repetia sem parar... e finalmente, ela curvou a cabeça e a jogou para trás com força no nariz de Filipe. Ele a soltou, e, aproveitando a oportunidade, Max ergueu a sua espada, preparou o golpe.

Mas antes que ele pudesse cortar a cabeça do marquês de Rockley, Vitória cambaleou de volta para a luz amarela e segurou o braço que empunhava a espada, desviando o poderoso golpe para o ar e para o chão.

— Não, Max! — gritou ela. — Não!

— Você não pode salvá-lo, Vitória! — gritou ele de volta, furioso e subitamente assustado. Ela não podia salvá-lo. Será que não entendia isso?

— Não! – gritou Vitória.

— Você não pode me deixar, Vitória — disse Filipe, aproximando-se; sua voz era um eco vazio daquilo que tinha sido. — O seu lugar é aqui comigo. — Persuasivo. Tão persuasivo, tão doce e sedutor. E inevitável.

Max agarrou o braço dela quando ela quis se mover na direção de Filipe. A atração... ele entendia isso. O que não entendia era a força do chamado de Filipe a Vitória, sendo um morto-vivo tão recente. Ela era uma Venadora.

— Filipe — soluçou ela, mas com uma estaca em sua mão.

— Venha a mim, Vitória — disse seu marido. — O seu amigo pode ir embora... mas você tem que vir a mim. Eu preciso de você. Ela me prometeu que eu teria você.

Então Max a ouviu, aproximando-se deles no círculo quente de luz. Lilith. Ela havia se recuperado. Ele sentiu de novo a atração, a exigência. Ela o estava chamando... e era com fúria desta vez. Ele ia morrer. Os jogos haviam terminado.

Eles não tinham saída.

Então, enquanto a luz ia definhando, ele percebeu um movimento vindo de cima. Ergueram a cabeça e viram uma corda sendo jogada pela cúpula quebrada. Mais vidro se espatifou na medida em que a corda se esfregava nas beiradas frágeis.

— Kritanu! — sussurrou Vitória.

Max viu o rosto escuro de seu treinador, e depois o de Briyani, que se agachavam pelo buraco no teto. O *timing* não poderia ter sido melhor... eles realmente estavam fazendo um trabalho sagrado.

Um dos vampiros pulou, tentando agarrar a corda que balançava próxima à margem de luz. Ele a apanhou, mas perdeu o equilíbrio e caiu aos pés deles, na piscina de sol. Gritando em agonia, tentou rolar para fora de lá, ainda segurando a corda. Max trouxe sua espada abaixo e a agonia terminou. A corda estava solta, novamente.

— Vá! — gritou Vitória, jogando a corda sobre Max.

— Não vou deixar você!

— Eu tenho o Livro! — disse ela, ferozmente. — E você foi mordido. Vá agora!

Os vampiros estavam fechando o cerco, suas presas brilhando enquanto o sol arrefecia por trás de uma sucessão de nuvens. Lilith estava em pé no limite entre a luz e o escuro, mas não pisou além. A fumaça filtrava-se pelo buraco, flutuando no canto superior do salão, e as chamas estavam tão próximas, que Max podia sentir o chamusco do seu calor. Mesmo que o sol já não estivesse arrefecendo, o calor iria tirá-los de sua área de segurança em pouco tempo.

Quando Lilith ia alcançá-lo, Vitória levantou a bolsa e a manteve suspensa na frente dela.

— Um movimento, Lilith, e eu jogo o Livro no fogo!

Naquele instante, outra corda caiu. Max pegou-a e a amarrou na cintura de Vitória, apertando-a bem.

— Puxem! — gritou ele para cima, e imediatamente viu-se subindo pelos ares. Max balançava de um lado para outro como um pêndulo; e olhando para baixo, pôde ver sua sombra cortar o círculo de sol em um movimento rítmico, uma mancha ambulante na esfera amarela que diminuía quanto mais ele subia.

Vitória agarrava-se à bolsa, de modo que não podia trepar pela corda; porém Max havia amarrado o nó bem apertado e ela foi ligeiramente erguida do chão. Quando começava a subir, Filipe pulou na luz e agarrou seu pé, puxando-a de volta.

— Não! — gritou ele.

Max já estava na metade do caminho até o topo quando olhou para baixo e viu Filipe puxando-a. Ela não parecia resistir; parecia paralisada, suspensa no ar, a pesada bolsa apertada contra o peito. Filipe pegara seu pé e a colocara num ângulo fora da luz. Ele estava quase subindo pelas pernas dela para puxá-la de vez para baixo, adicionando seu peso e força ao fardo que Kritanu lutava para erguer.

— Vitória! — gritou Max. Ele não tinha como voltar; estava sendo içado e não podia ir para baixo resgatá-la.

Ela não estava lutando, não estava se debatendo.

Filipe alcançou a corda na cintura dela, puxando-a, e Max olhou, incrédulo, a corda que ele acabara de amarrar afrouxando-se e Vitória caindo no chão, metade na luz e metade no escuro.

A corda pendeu inutilmente da cúpula.

— Filipe — Max ouviu Vitória dizer. Ela não estava se mexendo, só olhando para ele. Seu marido olhava para ela, e então para Lilith, como se pedisse permissão.

— Deixem-me descer! Agora! — gritou Max para Kritanu, mas a corda continuou subindo inexoravelmente. O rosto de Kritanu não estava mais na cúpula; ele havia se afastado para poder puxar o fardo pesado.

— Kritanu!

Pedalando no ar, Max lutava para desamarrar o nó, enfiando os dedos no áspero cânhamo ao redor da cintura.

Filipe levantou Vitória e ela já não estava mais no sol. A corda pendia atrás dela, ainda balançando.

— Você não pode salvá-lo! — berrou Max, tentando desamarrar a corda para cair de volta e ajudá-la. Mas o seu peso e a força da gravidade haviam apertado o nó de tal forma, que ele não tinha mais como desamarrá-lo. Ele estava quase chegando à cúpula e começava só agora a notar a fumaça.

O salão era tão grande, que a fumaça, que deveria estar sufocando todo mundo, se dissipou e permanecia concentrada próxima ao elevado teto; o fogo era um perigo maior do que a fumaça.

Ele captou o gesto de Lilith dando a sua permissão. Filipe caiu sobre Vitória e a cabeça dela tombou para trás como se ele a comandasse. Max quase pôde escutar o grunhido de sua necessidade quando ele se inclinou para o pescoço exposto dela.

— O Livro, Lilith! Ele vai destruí-lo! — gritou Max, balançando-se ainda mais em sua agitação. Ele podia ver uma parede de fogo movendo-se na direção do círculo de vampiros, mas eles não se importavam. Fogo não lhes faria mal. Somente a Vitória.

— Pare! — gritou Lilith, estendendo seu braço e alcançando Filipe a distância.

Filipe paralisou-se como se ela tivesse agarrado seu pescoço, lamuriou-se, mas não se mexeu. Max conseguia ouvir sua custosa respiração e, graças a Deus, o poder de Lilith libertou Vitória e ela voltou a si. E se afastou.

Ela caiu de volta na luz do sol, e Filipe não a impediu. Ela ficou ali, caída, em um círculo muito menor de luz do que houvera momentos antes.

— Se você quer o Livro — disse ela, com a voz mais firme do que Max teria esperado —, deixe-me ir. Eu o darei a você.

Max olhou para baixo, tentando ver o que estava acontecendo. E então, assim que sua corda o fez rodopiar em um pequeno círculo, ele percebeu a corda ao lado dele se mexer, retesando-se.

— Puxem! — ele gritou para cima. — Ela está pronta. Puxem!

À medida que Vitória era içada em meio à fumaça, ele podia ouvi-la.

— O Livro de Antwartha! Lilith, o Livro é seu! Você não precisará mais procurá-lo!

— Não! Vitória, não! — gritou Max, e então ouviu o longínquo baque do Livro caindo no chão, lá embaixo. E em seguida, através da névoa de fumaça, ele viu o manuscrito, caído no círculo amarelo, esperando para ser arrebatado pelos vampiros.

E então não pôde ver mais.

Lá de baixo, uma mulher berrava e guinchava de dor e ódio, e subitamente, Max foi arrastado do ar esfumaçado para o sol, lindo e fresco.

Ele escalou para fora, com as correntes ainda tilintando, e pôs-se a ajudar Kritanu e Briyani a puxar Vitória.

Quando ela finalmente chegou ao topo, com o rosto manchado de preto, ele ajudou a puxá-la pelas beiradas de vidro quebrado, cuidando para que ela não se cortasse. Mas isso não o impediu de fulminá-la de outro modo.

— Você deu a ela o Livro? — gritou. — Vitória!

— O que sobrou dele — replicou ela calmamente, como se tivesse acabado de chegar para o chá. — Deixei-o cair e o Livro virou pó. Foi destruído para sempre.

Max recuou, plantando o pé firmemente no telhado inclinado.

— Eu presumo... — ele pausou, porque se não medisse com cuidado as palavras, poderia matá-la. — Presumo que você o fez sabendo que seria esse o efeito.

— É claro. Assim que a luz do sol o tocasse, ele se esfacelaria, tal como Wayren planejou. — Ela se virou e seguiu Kritanu e Briyani para fora do telhado do edifício em chamas, deixando Max seguindo-os atrás.

Ele tinha diversas outras coisas para dizer a ela, mas elas teriam que esperar. Embora ela houvesse tentado escondê-las, ele tinha visto as lágrimas.

Eustácia faz uma confissão

— Vimos a cúpula negra se partir — explicou Kritanu quando estavam de volta à casa de tia Eustácia — e percebemos que algo estava acontecendo naquela parte da mansão. E então a fumaça saiu. — Ele deu de ombros. — Nós soubemos.

— Você não poderia ter chegado em melhor hora — observou Max.

Vitória fitou as feias marcas vermelhas no pescoço dele. O sangramento havia parado e ela tivera o prazer de deitar água benta salgada na mordida dele durante o trajeto de volta a Londres. Ela havia falado muito pouco desde que deixaram o esconderijo de Lilith, cabendo a Max a tarefa de explicar o que pudesse.

— Os Venadores fazem um serviço sagrado — sentenciou Eustácia de sua cadeira. — As coisas mais milagrosas acontecem quando estamos combatendo o mal.

Milagrosas? Vitória fechou os olhos. Ela não conseguia apagar o rosto de Filipe da sua memória, a avidez profunda... a súplica... a curvatura de seus lábios e a linha do seu nariz. Aquele rosto tão amado, agora desesperado e vazio.

Você não pode salvá-lo.

As palavras zangadas de Max reverberavam em sua mente. Ela não podia salvá-lo; na verdade, ela o havia condenado.

— O Livro foi destruído? — A pergunta de Eustácia trouxe Vitória de volta e ela ergueu os olhos para ver todos os demais olhos fixos nela.

— Nunca tive a intenção de entregá-lo a ela. — Olhou para Max.

Ele curvou a cabeça em reconhecimento, mas nada disse. Estivera insolitamente gentil com ela desde que haviam descido do telhado da mansão e sentado na carruagem para vê-la consumir-se em chamas. A fortaleza de Lilith estava destruída, mas não havia razão alguma para acreditar que ela também estava. Ou Filipe.

Haveria mais batalhas no futuro. Lilith ascenderia ao poder de novo e eles novamente a enfrentariam.

E, como tia Eustácia havia dito, Lilith nunca esqueceria o papel desempenhado por Vitória na derrota dela.

— Sabe o que aconteceu com Sebastian? — ela perguntou de repente, olhando para Max.

— Não. Presumo que pereceu no incêndio ou foi morto pelos Imperiais. Ele teria preferido isso a encarar Lilith.

Vitória não deixou de captar o desdém na sua voz, e não pensou mal dele. Ela vira em primeira mão o poder de Lilith, e sentira o inexorável poder de atração do abraço de um vampiro. Talvez a morte fosse melhor do que não ser capaz de controlar suas próprias ações e desejos.

Mas não para ela.

— Tia Eustácia, posso falar com a senhora?

— Estava esperando você pedir.

Quando ficaram a sós, sua tia falou antes dela:

— Não tenho palavras para expressar o quanto eu sinto por Filipe, Vitória. — Seus olhos negros estavam carregados de pesar e remorso, e suas mãos macias e nodosas procuraram as da sobrinha. — Se eu tivesse sabido...

— Mas não sabia. Não poderia saber. E a senhora, assim como Max, tentou me deter. — Vitória segurou os dedos de sua tia e piscou para reprimir as lágrimas. — Não há nada que se possa fazer para salvá-lo?

Eustácia sacudiu a cabeça.

— Quando um vampiro se alimenta de um mortal, este fica condenado por toda a eternidade. Talvez orações ou um grande sacrifício possam salvar a alma dele, mas não há garantia alguma.

Vitória fechou os olhos.

— Foi meu egoísmo que causou isso. Eu nunca deveria ter me casado com ele. Eu o amava, e deveria tê-lo amado o suficiente para deixá-lo ir. — Ela ergueu o rosto e enxugou as lágrimas. — Ele me disse que seu destino era me amar, quer estivéssemos juntos ou não. Agora nem isso ele pode fazer.

— É duro, Vitória. Eu sei. Bem mais do que qualquer coisa que você já imaginou. Você deu a sua vida por esta causa, e nunca se esqueça de que ela é a coisa certa e verdadeira. Você ajuda a livrar o mundo do mal, a mantê-lo encurralado. Se você e Max e eu não estivéssemos aqui, dando nossas vidas, esta terra já teria sido devastada pelo mal há muito tempo. Em troca dos nossos extraordinários poderes e proteções, nós nos sacrificamos. — Ela hesitou e disse: — Lilith ofereceu libertar você, não ofereceu?

Vitória assentiu; seu rosto molhado estava quente e pegajoso.

— Eu queria, tia Eustácia. Eu *queria*. Ela teria me dado Filipe... ou disse que o faria. Ela podia tê-lo feito?

— Talvez. Eu não sei. — Eustácia respirou fundo. — Vitória, não fui totalmente honesta com você. Sobre as escolhas e a vocação de um Venador.

"Alguns Venadores são natos, como você. Alguns escolhem, como você sabe, por meio de grande perigo e sacrifício, assumir esse papel. Uma vez que se toma a decisão de aceitar a responsabilidade, existe apenas uma forma de um Venador deixar de sê-lo..."

— Não — interrompeu Vitória sacudindo a cabeça, decidida. — Não o diga.

Sua tia fez uma pausa e olhou para ela.

— Sei que é tarde demais para você e Filipe, mas se você quiser, eu o farei. O seu sacrifício foi grande.

Vitória levantou e caminhou até o armário onde a Bíblia Gardella estava guardada em segurança, como uma hóstia numa sacristia.

— Não. Não é mais uma opção para mim, se é que já foi alguma vez. Quando aceitei o Legado, eu o fiz de modo inocente... mas eu *não compreendia*.

"Achei divertido ser forte, poder caminhar pelas ruas sozinha à noite, e saber que eu podia me defender melhor do que qualquer homem poderia. Dava-me uma liberdade que nunca imaginei que uma mulher pudesse ter!

"Com a liberdade, a força e o poder, vêm a dor e o sacrifício. A impossibilidade de ter uma vida normal. Responsabilidade.

"Não posso voltar atrás, tia Eustácia, mesmo que a senhora me dê essa chance. Não posso porque isso não é mais brincadeira para mim. Não é mais simplesmente uma tarefa, perseguir o mal e despachá-lo para o inferno. Lilith fez disso uma coisa muito pessoal para mim."

Epílogo

Um adeus

Ele se movimentava pela casa silenciosa como fumaça: rápido, escuro, inaudível. Sua casa. No seu próprio lar ele podia entrar sem ser convidado.

Se um dos criados o visse, nada pensaria demais, a não ser que o patrão finalmente voltara para casa.

Mas ninguém o viu enquanto ele subia a escada sem ruído algum. A necessidade pulsava através dele, e quando pensou no gosto dela, em ficar finalmente saciado, sentiu o coração dela pulsando na mesma cadência que o seu. Mesmo a distância.

Sentia o cheiro dela, e suas mãos tremiam à ideia do alívio que em breve experimentaria. A horrível necessidade se dissolveria e ele seria capaz de pensar novamente. De respirar por conta própria. Descansar. Sentir outra coisa além de fome.

Ele a levaria consigo, estaria com ela... para sempre. Ele a tornaria como ele, imortal. Ela era o seu destino, havia sido e sempre seria.

Ficou em pé no umbral do quarto dela. Não hesitando, e sim... saboreando o momento. Desfrutando da atração... e do vínculo mais forte que controlava. Ele sabia que era forte o suficiente. O amor deles era profundo o suficiente. Ele podia fazê-lo... por mais poderosa que ela fosse, ele podia convertê-la.

Ela estava deitada de lado, coberta apenas por uma diáfana camisola branca que deixava braços e peito descobertos, e o luar azul infiltrava-se pela janela aberta. Seu cabelo negro encaracolava-se sobre o travesseiro. Os olhos estavam fechados, imersos na sombra.

Ele entrou, sentindo seu coração — não, o coração dela — martelando dentro do peito, das suas têmporas, da sua barriga, do seu pênis. A respiração dele ficou mais profunda, mais lenta, à medida que pensava no alívio que sentiria, afundando-se nela. Seu amor eterno.

Vitória estava esperando. Soubera que ele viria, havia esperado por ele desde que voltara para casa, recusando que Max ou Eustácia a acompanhassem. Mandou Verbena embora e deu folga aos criados naquela noite.

Queria estar sozinha quando ele chegasse.

Assim que ele encostou no lado da cama, ela sentiu sua própria respiração mudar. Não era mais dela. Ambos respiravam juntos, como um só. Ela abriu os olhos e olhou para ele.

Era Filipe... seu amado Filipe. Estendeu os braços para ele, e ele deitou-se na cama.

Ele a beijou, acariciou-a, retirou-lhe a camisola e ela deixou. Ela permitiu a si mesma o desejo, o consolo.

Ela sentiu quando ele mudou. O ritmo da sua respiração e a aspereza da sua pulsação percorreram o corpo dela como uma tempestade. A perda do seu controle. Os olhos dele adquiriram um tom róseo e, quando ergueu o rosto, suas presas cintilaram, brancas e fatais.

Mas a voz era a de Filipe. Não mudara, continuava familiar e amorosa.

— Não resista, Vitória, minha mulher — ele murmurou, como fizera outras vezes. — Serei muito gentil... e em breve você sentirá somente prazer. Estaremos juntos para sempre. É o meu destino.

Quando seus incisivos arranharam a carne dela, na tenra junção entre o pescoço e o ombro, preparando-se para penetrar, ela ficou rígida, suspirou e fechou os olhos. Lágrimas escorreram deles.

Ela procurou às apalpadelas entre as cobertas, fechou os dedos ao redor da madeira lisa.

— Sempre amarei você, Filipe. — E cravou-lhe a estaca.

Quando abriu os olhos molhados, viu alguém em pé à porta do seu quarto.

Max. A estaca dele era delineada pelo luar.

— Eu o segui.

— Eu sabia que ele viria.

Ele abaixou a cabeça e depois levantou os olhos para ela.

— Você o salvou. Você o deteve a tempo.

— Espero que sim. — Ela suspirou. — Você tinha razão em tudo, Max.

— Por isso, e por isto também, eu lamento.

— Você estava certo a meu respeito. Sou uma mulher tola.

— Não. Você é uma Venadora.

Impressão e Acabamento